フェンリル母さんとあったかご飯
～異世界もふもふ生活～

Heart-warming Meals with Mother Fenrir

4

はらくろ
Harakuro

イラスト カット
illust : Cut

Heart-warming Meals with Mother Fenrir 4

CONTENTS

illust:カット
design:BEE-PEE

Heart-warming Meals with Mother Fenrir 4

CHARACTERS

フェムルード
（ルード）

忌み子であることから、捨てられた少年。リーダに拾われ九死に一生を得て、死んだ兄弟から白と黒の力という力を受け継いだ。趣味は料理。

フェルリーダ
（リーダ）

ウォルガード国の第三王女で、フェンリラ。ルードの育てのお母さんであり、彼を溺愛している。息子の美味しい料理で『食っちゃ寝さん』が加速中。

婚約者

クロケット

ルードが誘拐から助けた猫人の娘。お姉ちゃんから親公認の婚約者へと昇格した。おっちょこちょいな婚約者さん。

お姉ちゃん扱いの人々

イリスエーラ（イリス）

フェンリラで男装が似合う執事。クールで頼れるお姉ちゃん。

タバサ

狼人の錬金術師。変人だけどインテリのお姉ちゃん。

キャメリア

飛龍のメイドさん。優しく面倒見のいいお姉ちゃん。

お母さんたち（※自称含）

エリスリーゼ（エリス）

ルードの生みの母親で狐人のクォーター。仕事（商売）に生きるお母さん。

イエッタ

ルードのひいお婆ちゃんで、エリスの祖母である狐人。お母さんと呼んでもらっている。

妹扱いの子

マリアーヌ（けだま）

飛龍の国メルドラードの王女。甘えん坊で食いしん坊な妹ちゃん。

「ねぇねぇ、凄いよこれ。紫色でツヤツヤしてる。こっちは僕、初めて見るかも。真っ赤に熟れてて、甘くて良い匂い。あっ、これも珍しい。どんな味がするんだろうね？」

「お気持ちはよくわかります。ですがその……。目的をお忘れになられては、困ります」

「僕だってそれくらいわかってるってば。でもね、この色この香りが僕を……」

細く真っ直ぐに伸びた道の両側には、色とりどりの見たことのない野菜が実る。

この先に待つのは、まだ知らぬ種族《ひとたち》が住む村。

美味しそうな野菜と、新しい出会いに心躍らされている。

だが、それだけ魅力的だった農園を、ゆっくり見ることも許されないほど、時間的な余裕が残されてはいなかった。

プロローグ

～その一　おかえりなさい～

凍り付きそうな真冬の大空を、紅と青と黒の翼《つばさ》が駆け抜けていた。

先頭の紅い翼が徐々に高度を下げると、青と黒の翼も続いていく。

分厚く白い雲を裂くように突き抜けると、目下には深い森が見えてくる。

この森は、その深さが読めないと言われており、交易商人たちの間でも通り抜けるのは無謀《むぼう》とすら言われていた。

こうして上空から見たとき、改めてその広さに呆れてしまうほどだ。

生息している獣は物凄く獰猛《どうもう》で、特定の種族を除いて、人間どころか獣人ですら立ち入るのを避けるのだという。

遥《はる》か昔より、外からの侵入者を阻んできた生きた防壁。

森を抜けると、そこにはまっ白な雪化粧をした広大な農地。

穀物の刈り入れを終えて、春から先のために力を蓄える時期にきているのだろう。

ひっそりと息を潜めているかのように、とても静かだ。

真ん中を通る街道を辿って飛ぶと、先程とは打って変わって、沢山の人の気配が感じられる。

時期的にも、年を越すために必要なものを探す人々が集っているのだろう。

そんな、賑わいをみせている商業地区が見えてくる。

上空を飛ぶ、三人の飛龍《ドラグリーナ》に気づいたのだろうか？

「ねぇ母さん。みんな、僕たちが今日こっちに来るの、知ってたのかな？」

人々は空を見上げ、笑顔で手を振ってくれている。

「そうね、ルード。きっと誰かさんが、触れ回っていたのかもしれないわ」

頭ひとつ低い背の少年を、背中から両の腕で大事そうに抱きながら、彼の肩口から頬を寄せる、
真紅の瞳で新緑色の髪を持つのは、母のリーダことフェルリーダ。

母リーダ譲りの赤い瞳、魔力を注いだとき右目だけが黄金色に変わる、珍しいオッドアイを持つ
白髪のこの少年は、ルードことフェムルード。

手を振る男性はルードと同じ、女性は母リーダと同じ種族。

この国は、伝説の種族フェンリルの住むウォルガード王国。

フェンリルとは男性の呼称であり、先代の女王に関するとあることがきっかけで、女性のことは、
親しみを込めてフェンリラと呼ばれている。

ルードたちはこの日、シーウェールズからこの地に引っ越してきた。

この国に住む人々からすれば、戻ってきたと言うべきだろうか？

なぜなら、リーダはこの国の元第三王女、現女王はリーダの母のフェリシアであり、先代の女王

もリーダの祖母のフェリスだ。

そのような素性から、『おかえりなさい』と迎えられてもおかしくはない。

商業区をあっさりと抜け、王城のある区域へ入っていく。

魔術により炎を逆噴射させ、真紅の翼を持つ飛龍が更に速度を落としていった。

王城の上空を、まるでホバリングをしているような感じにゆっくりと、二周ほど旋回する。

やや遅れて、藍色《あいいろ》の翼と漆黒の翼を持つ飛龍が、同じように上空を旋回する。

その姿はまるで、この地の主へ挨拶《あいさつ》をしているようにも見えるだろう。

王城の最上階近く、バルコニーのようになっている場所に、姿を見せる女性がいた。

純白の生地に、朱や黄、緑の大輪の花をあしらった、振り袖に似たミニドレスを纏い、頭部には髪と同じ新緑色の耳、同じ色の尻尾を持つ美少女。

眩しい日差しを遮るように右手を翳《かざ》しながら、旋回した後、商業区の方角へ飛び去っていく飛龍を見送っている。

いつもであれば、深紅の飛龍《フレアドラグリーナ》だけが挨拶に来るのだが、今日は三人の飛龍が飛んでいる。

その意味の違いが、彼女にもわかったのだろう。

「うんうん、良い子ね。約束を守る子は、大好きよ」

こう見えても、この地を治める女王の母であり、先代の女王。

彼女の名はフェリス・ウォルガード。

リーダの祖母であり、ルードの曾祖母《そうそぼ》。

この大陸に千年前もの前から伝わっており、おとぎ話にも出てくるほど、その名を知らぬものはいないとされている、〝消滅〟の二つ名を持つ、伝説の存在でもある。

彼女が国中に伝えていたからか、商業地区に居た人たちは、ルードたちが帰ってくることも、知っていたのだろう。

「さぁて、忙しくなるわ。追い込み追い込みっと」

左肩に右手を添えて、左腕をぐるぐると回しながら、フェリスは自室へ戻っていく。

▼

様々な商店が建ち並ぶ、商業区の外れにある旧第三王女邸宅。

新しくルードたちの家となるこの屋敷、玄関の前には広い庭がある。

外の道からも見える、その広い庭を挟んだ玄関口には、一人の執事。

その執事は、緑の長い髪を結っていて、この国で緑の髪は女性しかいない。

彼女は、口元に笑みを浮かべながら待機していた。

真紅の飛龍キャメリアが、ふわりと細かな雪煙を巻き上げながら庭先に着陸する。

ゆっくりと伏せられた彼女の背から、ルードが元気よく飛び降りた。

綺麗に除雪されているとはいえ、着地の勢いで足首まで埋まってしまったのだが、ルードはそれをものともせず、くるりと振り返ると手を差し伸べる。

「はい、母さん。足下、気をつけてね？」

そんな可愛らしい息子にエスコートされ、満更でもなさそうな表情をして降りてくるその女性。

この国の元第三王女であり、この邸宅の元女主人。

ルードの育ての母のリーダこと、フェルリーダ・ウォルガード。

「ありがと、ルード」

「どういたしまして、母さん」

そう、笑顔で応えるルードの背中に、声がかけられる。

「ルードちゃん、私、商会に行くから、また後でね」

振り向くとそこには、頭部の左右から顔の横あたりまである、大きな金髪の狐耳、三つ叉《また》に分かれた、大きなふさふさの尻尾。

最近この姿になって、以前の病弱にも見えた姿と違って、更にパワフルになった、ルードの産みの母のエリスこと、エリスレーゼ。

ルードは〝色々あって〟、リーダとエリス、二人の血を引いた、ハイブリッドフェンリルだったりするのだ。

エリスの後ろには、シーウェールズから荷物の輸送を手伝ってくれている、深い青の髪に乳白色の角を持つ、侍女の姿をした女性。

先程まで一緒に空を飛んでいた、青い翼の飛龍であるアミライルが、ルードにぺこりと一礼をして、少し先行してしまったエリスの後ろを小走りについていく。

「うん。晩ご飯には戻ってきてね」

「わかったわー」

ルードの声に背中で答えながら、ひらひらと手を振ってくれる。

音もなく、ルードとリーダの傍へと距離を詰めた姿があった。

「お帰りなさいませ、ルード様、フェルリーダ様。あぁ、クロケット様、わたくしが今――」

ルードとリーダの傍から、慌てて走り出したこの声の主はイリスことイリスエーラ。

ルードの忠実なる執事であり、見た目は男性の服装をしてはいるが、緑の髪を持つことからわかる通り、フェンリラであり女性だ。

彼女は、この国に以前存在していた、公爵家の元令嬢で、リーダの従妹であり、義妹でもあった。

幼きころからリーダを慕っており、リーダが初めてルードを連れて帰ってきた際、リーダに『押しかけ執事』を申し入れたのだが、あっさりと断られる。

最初はリーダに断られたところで引き下がることができずに、なし崩しにルードに執事として仕えたいと申し入れた。

リーダの勧めもあったので、お試し執事さんのようなノリで、ルードは許可を出した。

その後、彼女も色々あってルードに救われ、心から忠誠を誓うことになった。

こうして女性の身でありながら、執事となって支えてくれている。

イリスの声の方向を向くと、ドシンという音が聞こえる。

「にゃははは……。やってしまいましたにゃ」

そこには、イリスが手伝おうと慌てて駆け寄ったが、間に合わず、尻もちをついてしまった、漆黒の毛色をした耳と尻尾を持つ猫人の女性。

ルードのお姉ちゃんであり、婚約者のクロケットの姿。

「あー、もう。待っててくれたらよかったのに」

「ルードちゃんを真似して、格好よく降りようとしたら、その。ひっかかってしまいましたにゃ」

おろおろと、尻もちをついたクロケットの後ろを、右往左往している黒髪と乳白色の角、ちょっと低めの身長の女性。

クロケットを乗せてきてくれた、黒い翼の飛龍、ラリーズニア。

ルードの背後に、真っ赤な魔力の光とともに、真紅の髪、乳白色の角、真っ赤な侍女服の女性が現れる。

「クロケットさま。なんというはしたないおすがた。それでもおうたいしである、ルードさまの――」

「にゃはは。キャメリアちゃん。ごめんなさいですにゃ。でも、引っ越し早々、お小言は勘弁してほしい、ですにゃ」

「まったくもう。クロケットったら、じかくがないんだから……」

呆れてしまったからか、キャメリアはつい、クロケットと二人っきりのときの口調に戻ってしまう。

そう言いながらも、手を貸して立たせ、お尻の部分をはたいて、雪を落としてくれる。

ルードの忠実なる侍女であり、この家の家令でもある、フレアドラグリーナのキャメリア。

ルードはわざとらしく苦笑し、何かを思い出したかのように、ぽんと手を一度叩く。

「あ、僕、忘れ物しちゃった」

リーダの目を見てルードはそう言った。

彼女の目は『何かあったら教えるのよ?』という感を出しながら、ひらひら手を振り、

「はいはい。気をつけて行ってくるのよ」

ルードはクロケットの手を引き、走る。

キャメリアはルードの意図を想像し、リーダたちに会釈《えしゃく》すると、そのままついていく。

商業地区の串焼き屋でたっぷりお土産を買うと、向かいの公園からキャメリアに飛んでもらう。

ややあって、シーウェールズの砂浜に到着。

ルードたちが旅立ってから、まだ半時ほどだろう。

キャメリアの背から降りると、ルードはまた手を引きある場所へ。

そこには、まだミケーリエルの膝《ひざ》の上でぐずる小さな二人。

「ほら、すぐにまた来るって言ったでしょ?」

ルードが笑顔で言ったとき、クロケットはやっと『忘れ物』の意味を理解する。

ルードも大好き『タスロフ豚の串焼き』を、遠慮するキャメリアと一緒に六人で頬張る。

そんなとき、マイルスが帰宅し、いつものようにルードに対し『お疲れ様でございます』と、片膝をつき礼をする。

ルードは『そんなことといいから』と言うが、マイルスは『主君に対してそれは』と譲らない。

そんなとき、昼時だったこともあり、串焼きの匂いに誘われて、マイルスの腹が呼応するように鳴る。

そのチャンスを見逃さなかったミケーリエルが、すかさず串焼きを与えて食べさせた。

そのあまりの旨さに閉口し、子供たちの言葉に二人が赤面し、事態は解決する。

「「あー、おとうさんとおかあさん。ラブラブだー」」

ルードたちは、『忘れ物』を回収し、小さな姉弟に見送られながら、再び『またね』を繰り返し、キャメリアの背に乗り、ウォルガードへ向かう空へと上がっていく。

▼

ルードたちは、商業区画で用事を済ませたかのように、あっさりと新居に戻ってくる。

そこでやっと、『本当の忘れ物』に気づいた。

「あ、荷物」

「忘れていましたにゃ」

自分たちの移動は終わっていても、荷物の開梱が終わっていない。

シーウェールズの家は広い方だったが、ここは別格。

元々、第三王女だったリーダの屋敷で、本来であれば家人が常時、十数人単位で管理しないと、掃除もままならないほどの広さがある。

横に長い、四階建ての屋敷で、部屋の数だけでも数十はある。

最上階の奥にリーダの部屋があり、ルードたちは三階。

屋敷の階段を登って、ルードの部屋は左の一番奥。

以前からここに来ては、寝泊まりしていた部屋だった。

クロケットたちは右に折れた方角に、二部屋並びで部屋が用意されている。

一番奥がクロケットとけだまの部屋で、その手前がキャメリアの部屋だ。

本来は二階の部屋だったのだが、少々手を焼くクロケットと、もっと大変なけだまの二人を放っておくわけにもいかず、同じ三階に住むことになった。

「キャメリア、お姉ちゃんたちの荷物終わったら、僕のをお願いね。部屋で待ってるからさ」

ルードは左に曲がり、手をひらひらさせながら自分の部屋に向かっていく。

「かしこまりました」

キャメリアはルードの背に一礼をすると、振り向いてクロケットを見る。

「クロケットさま、はやくおわらせてしまいましょう」

「はいですにゃ」

▼

ルードの部屋のドアがノックされる。

「はいはい。開いてるから入っていいよ」

「しつれいいたします」

入ってきたのはキャメリアだった。

つい先ほど、クロケットの部屋で荷下ろしなどを行っていたはずだったが、あれからそれほど時間は経っていない。

それでもルードは『クロケットの部屋が終わったら』と、キャメリアに命じている。

ということは、クロケットがキャメリアに頼らなくても、あとは自分でできるところまで終わったということだ。

もちろん、ルードはさも当たり前のように彼女を迎える。

「じゃ、あれはここにお願い」

「はい、このあたりでよろしいですか？」

ルードが〝あれ〟と言うのは、どれを指すのか。

それは、ルードが指差した部屋の場所であり、ベッドの横に空いたスペース。

ルードの生活習慣から好みまで、しっかりと把握しているキャメリアだから可能なのだろう。

ルードの執事のイリスでは、こうはいかないかもしれない。

キャメリアたち飛龍は、荷を〝隠す〟特殊な能力を持っている。

今はその〝隠す〟を逆に作用をさせ、手をかざした場所へ、様々な書籍の並べられた低めの書棚を、虚空《こくう》から出現させた。

彼女はこの〝隠す〟能力を使って、シーウェールズにあったルードの部屋から、持ってきた荷物をここに置いただけ。

「ありがと。じゃ、……ね。今度はここに――」

こうしてあっさりと、ものの数分で、荷ほどきいらずで荷下ろしが終わってしまう。

「これでぜんぶでございます」

「うん、ありがと。あ、そういえばさ」

「はい」

「レアリエールお姉さん、大丈夫だったのかな？」

「はい。かのじょのけんにつきましては、イリスさんからほうこくをうけています。げんざい、がくえんのにゅうがくてつづきに、いかれているとのことでした」

「そっか。あのときは本当に、大変だったよね……」

▼

ミケルとミケーラのトラブルよりも、時早い朝方のこと。

ルードたち家族立ちの分の荷物を搬出し終え、アルフェルとローズたちの荷物の移動準備をし始めていたとき。

新しいアルフェル家の前に、見覚えのある馬車がつけられる。

王太子のアルスレットを、引きずりながら馬車から降りてくるお馴染みの王女。

開口一番、彼女の口から出た言葉は『私も一緒に連れて行って欲しい』。

騒ぎになるからと、シーウェーズの王城へ行くことになり、ルードとリーダは〝借りてきた猫人さん〟のように大人しく話を聞いていた。

レアリエールの言い分は、次の通りだった。

『ルードがシーウェールズを出て行ってしまうから』

『ルードのいないシーウェールズにはいたくない。どうしてもルードについていきたい』

両親である王と王妃は、『最近落ち着いてきたと思ったのに』と、呆れる。

『そういえば、嫁に行けと言っていましたよね？』

『それならば、ルード様に嫁ぎたく思います』

するとルードは冷静に、『僕はお姉ちゃん以外を、お嫁さんにするつもりはありません』と言った。

覚悟はしていたルードの声に、レアリエールは泣き崩れる。

ルードは隣にいるリーダに助けを求めた。

リーダは、とにかく落ち着きなさいと諭《さと》す。

泣き止んだレアリエールに話を聞くと、このような内容だった。

引きこもっていた彼女は、元々政《まつりごと》には興味がなく、王女であることが苦痛だった。

『ルード様のお菓子が食べられなくなるのなら、死んだ方がマシです』

ルードが作るご飯が食べられなくなるのは、リーダにとっても悲しいこと。

ルードのおかげで、毎日が楽しく感じられるようになったのは、リーダも同じ。

リーダは、学園にいたとき、一人になってしまったときの、自分に重ねてしまったのだろう。

『ウォルガードへ留学し、学園で学んでみてはどうか？』

そうリーダは提案する。

レアリエールは二つ返事で、リーダの提案に乗ることにした。

これが、シーウェールズを出る朝に起きた一騒動だった。

～その二　ルードの知らぬ、香ばしくて良い香り～

商業区画と、学園のある区画挟まれた場所にある、真新しい平屋の建物。

その面積は、とても広く、ルードたちの住む屋敷の敷地ほどの大きさはあるだろう。

ここで働いていると思われる彼らは、同じ素材の、白いローブのようなものを羽織っている。

そんな彼らに混ざって、同じような服装をした、猫人や犬人も数人いるようだ。

ここで忙しそうに指揮しているのは、背が低くて銀髪の長いくせっ毛。

ぐるぐるの丸い眼鏡をかけた、狼人《おおかみびと》族の女性。

この国唯一人の錬金術師であり、ルードの良き理解者でもあるタバサだ。

彼女の工房は、ルードがフェリスに許可をもらい、イリスが用意させた場所にある。

ルードたちが引っ越してくる少し前までは、まっさらな何もない場所だった。

そこは、エランズリルドやシーウェールズよりも、技術の進んだウォルガード。

人海戦術と魔法や力業により、たった数日で建築されたらしい。

そんな中、黒髪で乳白色の角を二本持つ、地味なようで目立つ女性がいる。

タバサの元で錬金術師見習いをしている、漆黒の飛龍《ノワールドラグリーナ》のラリーズニアだ。

彼女が虚空から取り出した荷物を、荷ほどきしては、タバサの助手たちが忙しそうに運び入れている。

工房の荷物だけは、ルードたちの引っ越しのように、簡単ではないようだ。

タバサは、ウォルガードに私室を二つ持っている。

ひとつは寝に帰る、レアリエールの隣の部屋。

もうひとつは、この工房の工房長室。

彼女の私物のほとんどは書物で、この工房長室へ運んでしまったため、自室にはベッドと着替え程度。

引越しで持ってきたものは、半分はシーウェールズにある工房に残してきたのだが、それでもかなり多い。

なにせ、シーウェールズにあった工房では、足の踏み場も、棚のスペースもないほどに、物が溢れていたからだった。

新しい工房は、元の工房の数倍はあり、彼女の下で働く者も数倍に増えている。

その上活動資金は潤沢で、エリス商会と、王室からも援助されていた。

それだけこの工房は、期待されているということ。

工房は、国営企業のようにも見えるが、実はルード個人の持ち物となっている。

母エリスが、ルードが作ったもののバリエーションを広げてタバサに提案し、新たな商品開発を続けて、自らのエリス商会で提供する。

ルードとリーダが、ウォルガードの商業区画に、エリス商会の新しい店舗を用意した。

エリス商会のある方角から歩いて来た、エリスと同じ金髪の狐耳とふさふさした尻尾を有する、ルードのお母さんのひとりであるイエッタ。

彼女は、狐人のフォルクス公国、大公でもあり、狐人族一の能力と魔力の持ち主。

エリスは尻尾を三本持っているが、このイエッタは実は〝九尾の狐〟と同じ九本持っている。

そんな彼女は、〝消滅〟のフェリスに並んで千年の時を経て語り継がれる、〝瞳〟の異名を持つ伝説の存在でもある。

だが今は、煩わしさを感じているのか、一本しか出さないように偽装しているようだ。

最近は、色々な意味で遠慮のなくなった、エリスの祖母でもあるイエッタが、物欲を全開にし始めている。

同じ血の通う彼女らは、まさにこの孫にしてこの祖母でもあるのだろう。

指示を続けるタバサの視界に、イエッタが入ってくる。

「お疲れ様です、イエッタさん。お部屋と商会の方は、もう、よろしいのですか？」

意識をしない限り、彼女特有の〝瞳〟の能力は常時発動しているわけではない。

だからこうして、タバサがイエッタに気づいたことも、知らないのは当たり前のこと。

家族だからとはいえ、声をかけてもらえるのは嬉しい。

イエッタは、タバサに笑顔で手を振る。

「えぇ。エリスちゃんからも、『忙しいのでごめんなさい』と、言われてしまったのです」

イエッタの部屋の荷物も、アミライルに『そのままの状態で』隠してもらったから、引っ越しもあっさりと終わる。

手持ち無沙汰になったイエッタは、孫エリスの顔を見に行っただけ。

邪魔になる前に、今度はこちらへ来たというわけだ。

ルードから開発を指示されているものの中で、それが完成しているかの判断が難しいものもある。

ルードは、レシピとなる組み合わせの知識はあるが、味が正しいかどうかはわからない。

味噌は材料がある程度はっきりしていて、発酵させる方法については、タバサと相談し合って乗り切ることができた。

だが、味だけは別だ。

ルードが〝記憶の奥にある知識〟を持っているから、レシピはある程度すり合わせができる。

だが、ルードにもタバサにも、『その味が正しいかわからない』という、問題が発生する。

そんなとき、ルードと同じ〝悪魔憑き〟のイエッタに相談すると、彼女は胸を拳で叩き、『我に任せなさい』と言ってくれた。

その自信の出所は、彼女が元いた場所の記憶の中に、味を記憶として持ち合わせていることを教えてくれた。

以前作ったお菓子の作り方で、イエッタが記憶しているレシピと、〝記憶の奥にある知識〟を照らし合わせてみると、同じ結果が導き出せた。

最近では、ルードが味付けに迷ったとき、イエッタに相談することがある。

そんなとき、淡い味から濃い味まで、イエッタとルードの感じる味の好みは、ほとんど変わらなかった。

彼女が間違いないというのであれば、それが完成に近い味だと、安心して任せられる。

イエッタはシーウェールズにいるとき、エリスの商会やタバサの工房によく来ていた。

それは決して、邪魔をしに来ているわけではない。

彼女は、自分の家族が頑張っている姿を、遠くから眺めるのが好きだった。

ルードが外に出ていることが多いので、商会や工房に来ることが多かっただけ。

狐人はフェンリルや狼人と同じ、獣人でいうところの犬人の上位存在なので、嗅覚もかなり優れている。

エリス商会へ足しげく通う、女性のお客さんから漂う、様々な花や果実から抽出された成分を使う髪油の香り。

タバサの工房からは、食品工業製品として量産される、プリンやアイス、味噌などの調味料。

ルードと出会うまで暮らしていた、高い山の山頂にあったフォルクス。

長年暮らしたその地で、イエッタの脳内に入ってくるのは、〝瞳〟である彼女の能力でもたらされる、警戒のための視覚情報だけ。

フォルクスでは香ることのなかった、刺激的かつ心地よい香りが、長寿であるイエッタの麻痺《まひ》し始めていた、生きているという感覚の背中を押してくれている。

リーダがルードのおかげで、毎日が楽しく感じるのと同じで、イエッタも毎日が楽しくて仕方ないのだ。

だから邪魔にならないように、日に日に豊かになっていく匂いを楽しんでいた。

▼

タバサは狼人の村にいたころから、料理をあまり得意としていなかった。

その上、『仕事をしたら負けた気持ちになる』とまで、言ってのけた元引き籠《こ》もり。

だがそこは、発想の転換。

『タバサお姉さん。料理ってさ、材料の分量や作業手順、加熱する温度や時間まで決まってる、実験みたいなものなんだよね』

ルードの言葉通り、手順と分量さえ間違わなければ、料理を作れるようになっていた。

タバサは元々、醸造や発酵を専門とする錬金術師だったからこそ、実験や検証作業は彼女が大得意の分野。

タバサは、シーウェールズの菓子職人でさえ苦手としていたプリンを、あっさりと量産してしまう。

そのとき彼女は『単純な作業ですからね。手順や手法が決まっているなら、できて当たり前なんですよ』と言いながらも、ルードに認められて、嬉しそうに照れていた。

シーウェールズでも、エランズリルドでも、パン焼きの作業は、普通の家庭で簡単に行われるものではない。

それをタバサは慣れたもので、鼻歌を歌いながら、いとも簡単に成し遂げてしまう。

今朝からは晴れていたとはいえ、雪が積もるほど寒い冬の空の下。

額に汗して頑張ってくれている新しい助手たち、研究者たちに労いのつもりでパンを焼いたのだろう。

焼き上がりをみようとしたときだった。

「あっつぅっ！」

いつものように、決まった作業工程だったのだが、引っ越し作業の疲れもあった。

タバサはつい、右手の中指に軽い火傷を負ってしまう。

イエッタは、慌てて駆け寄り声をかける。

「大丈夫なの？」

「あははは。あたしも魔法使いの端くれなのに、魔法で熾《おこ》した火で火傷をするだなんて、笑われてしまいますよね」

ちょっとだけ、自虐的な言葉だが、ふにゃりと笑みを浮かべる表情から、それほど落ち込んでいないことが見て取れた。

慌てて踵《きびす》を返し、ルードを呼びに行こうとしたイエッタを呼び止める。

「あ、大丈夫です。えっと、どこにやったっけ？」

タバサは、ローブのような白衣のポケットを、ごそごそと手探りで探しはじめる。

「あぁ、ありました。この程度の火傷で、ルード君の手を煩わせるのは、申し訳ないですから」

左手をポケットから出すと、手のひらに乗る大きさの、使い込まれた艶《つや》のある丸い木製の容器を取り出した。

きりきりと音を立てながら蓋を開けると、その中には、薄い茶色の油脂のようなものが入っていた。

「これ、あたしが前に作った軟膏《なんこう》なんです。よく効くんですよ」

その軟膏から立ち上る香りが、イエッタの鼻腔を軽く刺激する。

右手のひらに持ち替えて、左の指先で軽く掬《すく》うと、眉を少々ひそめながら、火傷した患部軽く塗っていく。

タバサは、持っていた手ぬぐいの端を噛み、縦に細く裂いて、包帯のように器用に巻いて終わり。

手慣れた感じだったことから、昔からこのように治療していたことがわかる。

「(あの軟膏の香り、何だったかしら？　どこかで……)」

イエッタは思い出そうとするのだが、いかんせん、千年以上も前の香りの記憶。

▼

エリス商会もタバサの工房も、明日から再開の予定だそうだ。

今夜は、工房の関係者を含め、王家からもフェリスたちがやってきて、ルードたちの引越祝いの宴が開かれた。

料理をするのはもちろん、ルードとクロケット。

キャメリアとクレアーナもサポートしてくれて、かなりの量が作られていく。

ウォルガードで飼育されている、ルードが絶賛したタスロフ豚の肉や、卵料理。

シーウェールズから持ってきた魚介を使った、焼き物や大鍋。

普段使うはずの食堂では入りきらない。

元第三王女の邸宅だけあって、催しを行う際に使うホールが存在し、そこでの立食という形になった。

▼

宴の参加者も、皆、満足して帰っていった。

ホールから場所を食堂へ移し、ルードとクロケットは料理でヘトヘトになっていた。

シーウェールズでの習慣が楽だったこともあり、食堂にあったテーブルを撤去し、丈夫な敷布を敷き、座卓のような高さのテーブルを持ち込んで、ちょっとしたお茶の間のような空間を再現していた。

キャメリアのいれてくれたお茶を飲んで、クロケットは、満足そうにため息をついていた。

「うにゃぁ。お疲れ様でしたにゃ、ルードちゃん」

「うん。お姉ちゃんも、お疲れ様。いや料理、堪能したねー」

「ですにゃね」

ルードもクロケットも、料理を作って『美味しい』と言ってもらうのが大好き。

ヘトヘトになるまで料理をしたのは、いつ以来だっただろうか？

けだまはおなかがいっぱいになって、眠そうにしていたので、イリスが寝室へ寝かしつけに行った。

リーダが自分の部屋から、大事そうに瓶を抱えてくる。

「今夜はね、とっておきのお酒を開けるわよ」

テーブルの上にそっと置かれたその酒瓶は、香りが飛ばないようにだろうか？

飾り気はないのに、蜜蝋《みつろう》で封がされている。

ルードもそれは見覚えがあった。

確か、ルードたちがシーウェールズに引っ越した年の、暮れあたりだっただろうか？

アルフェルが『エリスと再会できた』ことへの、感謝の印に贈ったお酒。

そのお酒は、二年に一度ほどしか手に入らない珍しいものらしく、アルフェルが手に入れた二本だけ持ってきてくれた。

リーダはそのお酒が気に入ってしまい、一気に飲んでしまわずに、少し飲んだらわざわざ蜜蝋で封をし直すという、彼女にしては珍しい楽しみ方をしていたものだ。

それ以来、新たに一本だけでも入手できたら、手元に一本だけ残して飲むことに決めた。

リーダは自らナイフを使い、封を慎重に開けていく。

瓶の口から立ち上る香りに、リーダはうっとりとした表情を浮かべる。

この家の住人は、ほとんどが獣人か、そのハーフ及びクォーター。

獣人の嗅覚は、他の種族の数倍。

その甘く、香しい芳香は、ルードとクロケットを含めた皆の鼻にも届いただろう。

「うん。懐かしいっていうか、なんとも言えない香りだね」

「そう、……ですにゃ」

すると、リーダの隣で、自らもご相伴にあずかろうと思っていたイエッタが、自分の膝頭をぱしんと叩いて、こう言った。

「そうよ。間違いないわ、タバサちゃん。あの、お薬に使われていた油脂は、〝チョコレート〟の香りなんだわ」

今の瞬間、イエッタの香りの記憶が鮮明に蘇《よみがえ》ったのだろう。

「……ちょこれーと？」

「にゃんのことでしょうか、にゃ？」

ルードとクロケットの頭には、ハテナマークが上がったような、微妙な表情で揃って首をかしげている。

人数分の小さなグラスに、お酒を注ごうとしていたリーダも、ルードたちと同じような表情をしていた。

イエッタの様子を察することができたルードは、目を閉じて〝記憶の奥にある知識〟へ問いかける。

家族のみんなは、ルードが目を閉じて思案しているときは、いつものように彼だけが知る意味不明な説明が始まるのだと知っていた。

「……〝カカオマス〟を主な、材料？　砂糖と、混ぜて作られる？　ほろ苦い、太古から存在する？　んー？　なんだろう？　余計にわからなくなっちゃった」

料理だと言うことはわかったのだろうが、ルードは正直、自分で何を言っているのか、理解できていない。

だが、イエッタは口元を軽く引き上げて、口に手のひらを当ててほくそ笑む。

そのまま彼女は、リーダからお酒のご相伴を預かりながらも、自分が言った意味不明なことの説明を始める。

タバサの使った軟膏と、リーダの大切にしているお酒は、同じ果実から作られている。

その材料を元にして、チョコレートという、彼女だけが知るお菓子ができる。

それは口の中でとろけるような、甘いお菓子だと。

「もちろん、お酒にもとても合うのよ、ね」

そう、リーダに微笑みかけるのだ。

イエッタに続いてタバサが、自分が好んで使っている軟膏の素材に使われる油脂は、綿種果油というものだと説明する。

エリスも、リーダが飲んでいるお酒は、綿種果酒という名のものだと教えてくれた。

リーダは名前にこだわりはないが、香りが大好きだから大切に飲んでいた。

タバサとエリスからの情報には共通点があった。

馬車での交易で、一年以上かけて行き来する集落があって、そこでしか栽培されていない綿種果というものを材料に作られている。

イエッタはルードに、『行ってみましょうよ』と急かす。

皆、ルードが作ったものは、全て美味しい物になることを知っている。

もし、イエッタが言う、チョコレートなるものが再現されたなら、プリン以上の感動が味わえるかもしれない。

リーダも食べてみたいとルードに言うではないか。

「でもさ、一年以上でしょ？　そんな遠くだと、困っちゃうよね？」

そんなとき、キャメリアが食堂に入ってきた。

「みなさま。おちゃのおかわりは、いかがですか？」

そう言った彼女に、皆の視線が集中する。

「えっ？　あらっ？　わたしなにか、おかしいことをいってしまいましたか？」

ルードは、小首を傾げるキャメリアと目が合い、『そんなことはないんだよ』と、笑みを返す。

自分がどれだけの空を旅してきたか、すっかり忘れてしまっていたことに気づいた。

「あー、うん。忘れてた。今の僕たちに、距離と時間の心配はないんだったね」

〜その三　歓喜に震えるアルフェルと、迫り来る不穏な空気。〜

「ただいま。変わったことはなかったかな？」

「はい。大丈夫ですよ。おかえりなさい、あなた。アミライルちゃん、おかえりなさい。いつもありがとうね」

「はい。ただいまもどりました、おくさま」

「あらぁ、そんな他人行儀なのは、私、嫌だわぁ……」

ローズはアミライルをちらりと見て、少々悲しそうな表情を作る。

「いえ、そのっ。ただいま、……おかあさん」

言ったアミライルは、恥ずかしそうに頬を染めた。

ローズは、嬉しそうにぎゅっと彼女を抱きしめて、肩越しにちらっと舌を出す。

「(やれやれ。エリスはと違うからかな？)あまりいじめてくれるなよ？」

エリスは昔、エランズリルドの城下町でも有名な看板娘だった。

計算高くドライな性格の彼女は、効率よく、注目を集める方法を考えた結果、『看板娘を演じる』ことに至ったらしい。

それほどに彼女は、アルフェルの商人としての才を、ローズのしたたかな部分を受け継いでいたのだろう。

「わかってますよ。(エリスは猫人さんを被ってましたからね。その点アミライルちゃんは)こんなに可愛いんですもの」

二人はアミライルのことを、まるで自分の娘のように、エリスも自分の妹のように可愛がっている。

ルードたちがウォルガードに引っ越す際、アルフェルたちはシーウェールズに残ることにした。

マイルスたちも継続して、手伝ってくれるからこそ、猫人の集落、狼人の村、狐人の国フォルクスとの交易は、自分で行いたい。

シーウェールズを拠点として、夢を再び叶えたい。

それが、アルフェルたちの残る理由。

エリス商会の店舗はシーウェールズ支店となり、リーダ家の後に引っ越して、今はアミライルと三人で暮らしている。

ルードは、二人を手伝うようにと、アミライルに残るようお願いする。

ミケーリエル亭も、今では人気のお店になっていた。

以前はクロケットが毎日手伝っていたが、現在は新しい従業員を雇う余裕のある環境。

それでも、マイルスが商会の仕事で出ているとき、どうしても手が足りなくなると、アミライルが代わりに手伝っている。


今回の引っ越しをきっかけに、アルフェルは前から予定していた行動に出る。

ルードが空を飛んだと聞いたその日から、夢に描いたこの場所。

朝日を浴びた、碧《あお》い海の輝きにも負けぬ、美しい青の飛龍になった、アミライルの肩越しに広がる絶景。

「これが、空、か……」

「はい。そらです」

アミライルと言葉を交わした間だけでも、知識と視覚情報が合致する。

遥《はる》か下に見える、経験と記憶に刻まれるほど、幾度も通った馬車の道。

見覚えのある奥の森を越えたと思った瞬間、アミライルは速度を落とし、ゆっくりと旋回を始める。

そこには、上空を見上げて、二人に手を振る猫人や犬人たちの姿。
馬車での移動を考えると、一瞬の出来事だった。
猫人の集落へ飛龍が降り立つのは、驚かれることはない。
持ってきた荷物を降ろすと、集落の長、ヘンルーダに挨拶。
二人でお茶をご馳走になり、集落の人たちに見送られ、再び空へ飛び立つ。
シーウェールズへ戻ると、ルードのように砂浜へ降りる。
ローズたちの待つ商会へ戻ると、かかった時間はわずかなもの。
ルードから、話だけ聞いていた空の旅。
夢だと思っていたものが現実となり、アルフェルは歓喜の気持ちが湧き上がる。
同時に恐怖で鳥肌が立つ思いをしていただろう。
空には、盗賊も危険な獣もいなかった。
シーウェールズから猫人の集落までは、どんなに急いでも数日。
獣や盗賊の対策も兼ねて、マイルスたちを護衛に、四人で行くのが最低人員。
それが今はどうだ?
荷を積んで現地へ行き、荷降しまで含めて、二人でことが足りてしまう。
この日を境に、マイルスたちの職場は、商会のあるシーウェールズとなった。
マイルスたちも元は騎士であり、一般の人より知識があり頭もよく回る。
彼らは、文官としての能力も決して低くはなかった。

リカルドとシモンズは、ローズの事務面、在庫管理をサポート。

ミケーリエル亭が、商会の商品にとってのアンテナショップを兼ねていることから、マイルスはミケーリエル亭との間を行ったり来たり。

忙しくはなったが、それでも毎日決まった時間に帰れるのは、彼らも家族がいるから、嬉しいはず。

ここ数日、エランズリルドと猫人の集落、狼人の村へと物資を届けているが、朝出発して全て回り終えるのに、半日とかかっていない。

そのおかげで、若いころにお世話になっていた村や町へ訪れることもでき始めていた。

▼

その昔、若き日のアルフェルは交易商人だった父と母に連れられて、フォルクスへ行商に来ていた。

そこでローズと出会い、アルフェルから外の世界の話を聞いた。

身を削ってフォルクス守る、ローズの母イエッタの希望を少しでも叶えたいと、ローズはアルフェルの母に弟子入りをし、後に夫婦《めおと》となり二人で旅をすることになる。

エリスが生まれるまでの間、二人は交易商人として各地を巡った。

アルフェルたちは馬車を移動手段として、国と町、町と村、村と集落を繋いでいた。

エランズリルドに居を構えるまでは、野営や宿場町、目的地などの宿が二人の家。

一カ所にとどまることがなく、物資を届けるために、移動し続けるのが日常。

約束の期日で、適正な価格で物資を届けることは、商人の意地と使命だと思っていた。

そうしてひとつひとつ、商人としての信用を積み上げていく。

いつの日かアルフェルは、商人の間で名の通った存在となっていった。

二人のような矜持《きょうじ》を持つ者も商人ならば、またそうでない者も商人だった。

そのような輩《やから》は、時として汚れた行いをこともある。

腹立たしくは思っていたが、一人の力ではどうすることもできない。

だからこそ、エランズリルドに居を構えたころは、商人たちとのパイプを太くし、商道徳に乗っ取った、正しい行いを広めていきたいと思っていた。

だが、エリスを失ってしまったあの日、全てを諦めてしまったのもまた事実だった。

▼

その晩、ローズと娘同然のアミライルと三人で、ささやかなお祝いをする。

お酒が入り、空を使った交易が成功したことに、少々興奮気味だった。

エリスがいなくなってから、沈み込んでいたアルフェルを支えたのもローズだ。

ローズが辛かった時期を支えてくれたのも、アルフェルだった。

こと、商売であれば、無敵だと思っていた二人も、国の王族相手では無力だった。

打ちひしがれていた二人を、エリスの息子ルードが救ってくれた。

その後、元気になったエリスが、自ら商会を立ち上げた。

最初は、エリスの始めたエリス商会を支えるのが目的だった。

娘しかいなかった自分たちを、父と呼び、母と呼んでくれるルードの、あの小さな背中を、一度は諦めた娘の頑張る姿を見てきた。

猫人の集落へ馬車を使って物資を届けたとき、『やはり自分は商人だった』ことを思い出す。

そんな話をするアルフェルを、優しく見守る年上の妻ローズ。

お酒の勢いも背中を押したのか、空の雄大さが踏み切る勢いになったのか。

アルフェルは、ある思いを口にする。

販路の横入りや市場の独占は、商道徳に反する行為だ。

だがアルフェルは、ルードと同じで『困っている人たちを見ていられない』。

アミライルの手助けがあれば、困っている人たちに物資を届けることができる。

アルフェルも、そんな思いを実行に移したい、そう言ったのだった。

翌朝から、ローズが集めた物資を、遅延が起きていて困っている町へ、正しい価格で届け始める。

そうして、アルフェルが知る町や村、集落へ飛び回り、たった一月経たずにある程度の正常化を行ってしまっていた。

▼

わざと遅れて到着し、わざと少ない量の物資を持ち込み、申し訳ないと作った表情で謝罪して、心の中で舌を出す。

今までこのような行為をしていた小悪党は、もはや思考が麻痺してしまっていて、アルフェルの行っている正しい行為を知る由もない。

心ない商人は、自らの顔を鏡に映し、申し訳なさそうな表情を作ってから、商店に到着する。

いつものように、言い訳をし、いつものように値段をつり上げようとした。

すると、商店の店主は『そこまで高いなら必要ない』と断ってくる。

プライドが高いだけの輩は、『他にも欲しがっているところはある』と、捨て台詞を残して去っていく。

不思議な状態が起きていた。

どの町へ、どの村へ行っても、同じように断られてしまうではないか？

積み荷が悪くなる前に、場所を変え、仕方なく正規の値段で買ってもらう。

だがこれでは、時間と労力に釣り合わない。

予想していた儲けどころか、赤字に転じてしまう。

どこの村や町にも、大きなところには歓楽街があり、その奥には、柄の悪い者が集う、悪所と呼ばれるような場所がある。

エランズリルドの貴族街にも以前はあったが、ルードの助けにより現国王のエヴァンスが力を取り戻してからは、文字通り国を挙げての浄化がなされたことで。今はなくなってしまった。

エランズリルドとシーウェールズの間にある、盗賊が出没すると言われる地域。

街道からかなり離れた場所に、普通の旅人や商人が寄りつかない小さな宿場町がある。

そこに夜間だけ営業する酒場があった。

汚れた交易を行う商人や、盗賊家業を裏で行う者たちが集まり、ここで情報交換が行われるらしい。

今夜も、脛《すね》に傷を持つような商人たちが、安酒を煽りながらも管を巻く。

こんな場所では、恨み、妬《ねた》み、嫉《そね》みなどが囁かれることは普通にある。

今夜の酒の肴《さかな》は、そんな輩の間で〝商人としては死んだ過去の存在〟とまで侮蔑《ぶべつ》されていた、アルフェルの話。

最近復帰したというだけならまだいいが、自分たちの邪魔をしている噂まで挙がった。

商材を買ってもらう商会に、文句を言ったり嫌がらせをしたりするわけにはいかない。

そんなことをすれば、商人として仕事ができなくなる。

一人が『仕方がない。儲けは少ないが、砂糖ならどこでも欲しがる』と言い出す。

砂糖は確かに、どこでも必要とされているが、原価が高くて利益が薄い。

高価な物ほど、湿気の影響を受けやすいので、輸送に気を使う。

ただ、そんなことが言っていられなくなる者もいるのは事実だ。

そんな面倒なことはせず、どうにかしてしまおうという、アルフェルを逆恨みした、不穏な言葉を口にする者までいる。

そんな不穏な空気の中、事態はおかしな方へと傾いていく――。

～その四　砂糖の産地での出来事。～

飛龍の存在を知らない土地へ行く場合、その地の人々を驚かせないようにする。

これは、アルフェルがルードから聞き、ルードらしい気遣いだと感心したことだった。

アルフェルもそれに倣《なら》い、少々離れた場所でアミライルに降りてもらう。

偽装の魔術を使える彼女は、自らの角をも隠し、髪の色までアルフェルと同じにすることができる。

こうすることで、二人は父娘の行商人のように見えたことだろう。

以前訪れたことのある、砂糖の原産地でもあるレーズシモン。

質の高くない安価なものは、果実の砂糖漬けや、焼き菓子に使われることが多い。

質の高いものは、王族や貴族などで嗜好品《しこうひん》の一部として流通すると言われている。

ルードのように、砂糖を大量に使用する職人は今でも珍しい。

その昔、アルフェルが扱った当時は、一月以上もかけて往復する距離があった。

そんな苦労も、今は移動の時間をゼロ近くにすることができたから、こうしてまた砂糖市場の視察に来ることができた。

別にアルフェルが扱うというわけではなく、幅広く商材を扱おうと思っている今後の資料として、現状を調べておくのが必要だと思ったからだ。

帰りも、なるべく町から離れた場所まで歩き、林の奥まで入っていく。

少し開けたあたりまで行くと、アミライルに姿を変えてもらい、飛び立つようにした。

シーウェールズやエランズリルドは、ルードと付き合いが深いこともあり、飛龍の存在を知っている。

最近あちこちに出没するとされた、青い翼の飛龍の存在は、このレーズシモンにも噂が流れていた。

飛び立ったばかりの二人と入れ違いに、馬車が一台、レーズシモンへ向かっていた。

御者席に座る男が、客室を振り向く。

「姉《あね》さん、あれ、例のヤツじゃありませんか？」

四頭引きの大きな馬車の窓を開け、そこから姿を見せる犬人女性。

林の奥から、エランズリルド方面の空へと飛び去る、伝説と言われた青く美しい飛龍の姿。

「あれが例の。本当に、いたんだねぇ……」

その背に乗る男の姿も、もちろん、犬人特有の能力でもある、嗅覚に反応した記憶にある匂い。

「この匂い、どこかで……。あの噂はてっきり、はみ出し者のふかし《うわさ》かと、思ったんだけどねぇ」

窓を閉め、座り直すと足を組み直す。

腕組みをし、目を瞑る、『姉さん』と呼ばれた女性。

目を開くと、御者席に座る部下に向かって指示を出す。

「おい、馬車を急がせな。早く戻って対策を練らなきゃ、ならないようだよ」

第一話　ふたりの誕生日、ルードの決意。

ウォルガードでも、年を越える宴があり、今年は先代の女王フェリスの機嫌もすこぶる良かった。

それもそうだろう、ルードたちが引っ越してきたからだ。

もちろん、リーダの母フェリシアも、父フェイルズも喜んでいる。

新年を祝うスピーチは、現女王のフェリシアが行っていた。

続いてフェリスがスピーチを行う際、ルードの手を引き一番前に連れてくると、『私の可愛い息子、ルードちゃんがね、帰ってきたの。今度の誕生日にね、王太子就任の宣言もしちゃうから、楽しみにしててねっ』と、爆弾発言。

さすがに招待されていた人々は、ルードのことを知っていたから大騒ぎにはならなかった。

だが、伝説の珍事とされた『フェンリラ発言』に次ぐ、やってしまった系の笑い話となるには違いない行動だっただろう。

▼

今年は、ルードとクロケットの誕生日を、ウォルガードで迎えることになった。

「お姉ちゃん。これお願い――」

「はいですにゃっ」

二人は朝から、王城の調理場にいた。

ルードは今、肉の仕込みに取りかかっていた。

ウォルガードでも一番とされている、タスロフ種の山豚の三枚肉《バラ》をブロック状に切り出し、表面を軽く炙《あぶ》って毛の処理をする。

これはルードが初めてウォルガードに来た際、リーダに連れて行ってもらって以来、お気に入りになった串焼き屋で使っている肉。

ルードはイエッタから教わったレシピで、この肉を使って角煮を作る予定だ。

ウォルガードで入手できる肉は、皮付きの半身が数頭分。

そこから〝記憶の奥にある知識〟を元に、ある程度切り分けられている各部位から、三枚肉を選んで、残りは氷室《ひむろ》に入れておいた。

三枚肉は皮付きが美味しいからと、イエッタに言われた。

表面の毛の処理は終わっているようだが、ところどころ残っている部分があるので、この状態で表面を火の魔法で直に炙ってから、四面を軽く焼いて、そこから魔法で一気に煮込んでしまう。

数種類の葉野菜、根野菜と水を入れて、魔法により鍋の気圧を調整しながらの加熱調理。

こまめにあくを取り、柔らかくなってきたら砂糖、味噌を漉《こ》して入れ、ちょっとの塩と香辛料、料理にも使えるタバサに作ってもらったお酒をを入れて、更に煮る。

圧力鍋のような方法で、調理時間も短く、柔らかく煮える。

煮込んでいる間に、ロース部分を可能な限り薄切りにして、これもイエッタのリクエスト、冷製しゃぶしゃぶのサラダ仕立ての、仕込みにとりかかる。

風の魔法を細かく制御をしながら、魔法で顕現させた風の包丁で肉を薄く切っていく。

実に器用というか、何というか。

そんなルードの姿に関心しながらも、クロケットは魚を捌《さば》き、金串を打って粗塩を振り、塩焼きにしていく。

これはここで獲れた川魚ではなく、シーウェールズ産の海の魚。

クロケットは魚を焼いている間に、ルードのサラダに使う葉野菜を洗い始める。

こんな下手に二人の間に混ざろうとしたら、足を引っ張ってはいけないと、フェリスから料理人に手出し無用とお達しがあったくらいの、流れるようなコンビネーション。

手の空いている料理人を含め、侍女達はルードたちが作った料理を盛り付けし、クレアーナとキャメリア二人が指揮をしている会場へと急ぐ。

すると、会場にいるはずのキャメリアが、二人の後ろに現れる。

「ルードさま、そろそろごじゅんびをなさらないと。クロケットさまはさらにじかんがかかるのですから」

「はいはい。もうちょっとだから」

「わかってますにゃ。これ終わったら、行きますにゃ」

主賓であるはずのルードたちは、なぜかぎりぎりの時間まで料理に追われている。

料理をしている姿も、パーティの主賓とは思えない普段着のまま。

ある程度魚を焼き終わると、皿に盛り付け、クロケットは額の汗を拭い、手を洗う。

「ふぅ……。ルードちゃん。私、お先に失礼ですにゃ」

「うん。僕も後から行くから」

ルードは後ろ手で手を振りながら、下ごしらえの続きを再開する。

「ルード様。プリン持ってきたわよ、って。何だか言いにくいわね」

イエッタの提案で、〝記憶の奥にある知識〟による適当な絵を、エリスが綺麗に図面を起こして、工房で作り上げた台車に、沢山プリンのケースを乗せたタバサが入ってくる。

「あ、タバサお姉さん。別に、いつも通りでいいですよ」

「こっち来て、フェンリラさんたちの手前、どう呼んだものか悩んでしまったの。助かるわ、ルード君。……っていうか」

「はい？」

「着替えしなくてもいいの？　ルード君も、今日の主賓《しゅひん》でしょう？」

料理に夢中になると、他がおろそかになってしまうのはいつも通り。

「あ、そうだった……」

「この、お料理おばけ……」

「それは言われたくないかな」

二人は、仲の良い姉弟のように、笑みを浮かべていた。

▼

公の場で着る礼服は、本来であればフェンリルの青を基調にしたもの。

だがルードの場合、フェリスが気に入ったからと、自分の能力の色にあつらえた、スーツに似た貴族の着る礼服に袖を通していた。

先程、料理をしていたとは思えないほど、可愛らしい姿になっている。

イリスが警護という名目《いいわけ》で、見惚れているのが良い証拠。

謁見の間の隣にある待機の間で、そわそわしながら待っていると、

「ルードさま。クロケットさまのじゅんびがおわりました」

キャメリアに手を引かれて、クロケットが出てくる。

ルードが着る純白の礼服に対して、漆黒の生地で縫い上げられたドレスを纏《まと》うクロケット。

今日のために、イエッタがデザインをし、ヘンルーダとクレアーナが縫い上げたもの。

猫人のクロケット用だからか、彼女の尻尾が邪魔にならないように、外へ出せるようデザインされた、くるぶし丈のふわりとしたスカート。

その上に膝丈で、純白のレースをあしらった、白いエプロン状の柔らかい生地が重なる。

袖は手首まで、白い縁取りをされた肩掛けを羽織っている。

漆黒の髪の両側には、白いリボンで結われた状態。

普段はすることもない、イエッタが施した目元が強調され、白い肌が引き立つように頬が桜色に染まるお化粧。

エリス商会謹製の、リップオイルでコートされた、口元が艶やかに光る。

「お、おまたせしましたにゃ。どう、ですかにゃ……？」

ルードは大口をあけて、ぽかんとクロケットを見上げている。

「うにゃ？　ルードちゃん？」

クロケットはルードの顔の前で、手を振る。

全く気づかないような、呆け状態なルード。

「……あ、うん。いいと、思うよ」

顔は正面、クロケットの方を向いていたが、目が少しだけ泳いでいる。

頬を赤く染めて、焦っているのが見え見えだ。

「ありがとうございますにゃ」

抱きしめたいのをぎゅっとこらえて、目を細めて笑みで応える。

クロケットとキャメリアの隙間から、とことことこと、小走りで寄ってくる姿。

ジャンプ一番、椅子に座るルードの膝の上に、ふわりふわりと長い滞空時間の後に着地したのは、これまた可愛らしいまっ白のドレスを着用し、背中には天使のような白色翼飛龍《フェザードラグリーナ》特有の翼を持つ、けだまことマリアーヌ。

「るーどちゃん、かっこいいのっ。おねーちゃん、とってもかっこいい？　のっ」

けだまは最近、成長とともにボキャブラリーが増えてきた。

かっこいいというのは、きっと今のけだまにとって、最高の褒め言葉。

それでも、言ってしまってすぐに首をちょこんとひねると、『ちょっとだけ違ったかも』というように、後悔しているように見えるのが可愛らしい。

その証拠に、ルードのお腹に抱きついて顔を埋めている。

それでも照れ隠しに、ルードを見上げ、クロケットを振り向いて笑顔を見せる。

キャメリアをちらっと見て、最後にまた、ルードのお腹に顔を埋める。

「あ、キャメリアはどうでもいいの」

けだまにとってキャメリアは、しつけの厳しい姉《ねえ》やのような存在だったから、どうしても素直な態度がとれない、反抗期のような可愛らしさ。

相変わらずなけだまの毒舌と、おざなりな対応に苦笑するキャメリア。

「あはは。ありがと、けだま。けだまもよく似合ってるよ」

ルードの膝の上から、けだまを抱き上げるクロケット。

「ありがとうございますにゃ。けだまちゃん」

けだまは、クロケットの頬に、自らの頬をすり寄せる。

「おねーちゃん。いいにおいなの。あまい、おいしそーなの」

きっと、タバサが作り上げて、エリス商会でヒット商品のひとつなっている、果物から抽出した香油を使っているからだろう。

商会では、髪油に次ぐ商品として、香水よりもほのかに香る香油を数多く取りそろえている。

飛龍が龍人化しているキャメリアやけだまですら、『良い匂い』と言ってくれる。

これが、ここウォルガードの獣人種である、フェンリラさんたちに受けないわけがない。

エリス商会で髪油を売り出したとき、クロケットはモデルという名の生け贄《にえ》となり、もみくちゃにされてしまったことは記憶に新しい。

髪油の香りはそれほど強くはない。

艶を出すためが目的で、あくまでも香りは副産物だった。

シーウェールズで、あの淡い香りに最初に気づいたのは、獣人種の女性だった。

それならばここ、ウォルガードで同じ現象が起きないわけがない。

ウォルガードでエリス商会をオープンしたその日、若いフェンリラたちが群がって大変だったと、ほくほく顔のエリスから聞いた。

エリス商会からこれらの商品が発売される以前は、香りの強い高価な花弁から抽出される香水が一般的だった。

香水は元々、ウォルガードなど各地にいる、匂いに敏感な獣人種の女性の間で、自らの匂いを着飾ることと、男性に注目をさせるために作られたのが最初だと言われている。

ただそれらは、高級なお酒の価格よりも更に高価なもので、庶民には手の届きにくいものだった。

ところが、エリス商会で売り出された香油は、容器の大きさが様々用意されており、香水を遥かに下回るリーズナブルなお値段設定。

中には、串焼き一本の値段よりも安い値段設定をされている、小さな容器入りのものまで用意されている。

今まで香水を使っていた、貴族や大店のお嬢様方まで、エリス商会の店先に群がるほどの大盛況だったと、ルードは聞いていた。

そんな中、クロケットは特に、紅玉果《こうぎょくか》の皮から抽出された香油がお気に入り。

ルードとリーダの二人と暮らすようになってから、初めて口にすることができた砂糖漬けの果実。

それらは、リーダの好物のひとつで、ルードがエランズリルドの城下町で定期的に手に入れていた、ちょっと高めの嗜好品。

ルードとクロケットが住む地域、エランズリルドや魔の森界隈には、少なからず自生していた。

だが、思い立って果実を採りに行こうとしても、すでに鳥などが啄《ついば》んでしまっていることがほとんど。

そのため、城下町で売られているものは、網などを張って、人が管理している場所から収穫されたもの。

鮮烈な香りと強い酸味、そのままでは刺激が強すぎる、いわゆる柑橘類《かんきつ》の黄玉果《おうぎょくか》や、甘く柔らかな香りと、しゃりしゃりとした歯ごたえが楽しく、熟すると酸味が和らぎ、甘みが増してくる紅玉果。

両方ともそのまま食べても良いのだが、保存の利く砂糖漬けのように加工されたものが、エランズリルドでもよく売られていた。

リーダのお土産にと、よく買っていた砂糖漬けの果実がこの二種類。

ルードが一番好きだと言っていたのが紅玉果だった。

だからクロケットも、数ある香油の中で、ここぞというときは、勝負服のように、この香りをまとうことにしていた。

「ルードさま。リーダさま、が、おみえです」

ちょっと意味ありげな間があった。

それよりも、ノックの音がないのに、キャメリアは外にいるリーダにどうやって感づいたのだろう？

キャメリアに聞いても、きっと『じじょのたしなみです』と言うのがわかっているから、ルードはあえて聞かないで置いておく。

音もなく内開きの扉を開けると、少々驚いたような表情をしたリーダがぽつんと立っていた。

彼女はこほんと軽く咳払いをする。

「いいかしら？」

招き入れられているのがわかっていながら、リーダは再確認。

二人は軽く目を見合わせると、リーダを向いて、笑顔で迎える。

「うん」

「はいですにゃ」

リーダはいつもの深紅のものではなく、落ち着いた薄緑のドレスを着ている。

おそらくは、フェンリラであり、元第三王女としての礼服だったのだろう。

「このあと、忙しくなりそうだから、今のうちに、ね」

ルードはリーダの言わんとしていることを理解する。

クロケットは相変わらず、わかっているのか、わかっていないのか、微妙な表情をしていた。

「ルード。十五歳、おめでとう。クロケットちゃん。二十歳、おめでとう」

ここでやっと、リーダの来た理由に気づいたのだろう。

クロケットは両の手で頬を押さえ、恥ずかしそうにしていた。

「二人がね、少し前に婚約して、わたしは嬉しかった。ヘンルーダをずっと知っているから、ちょっとだけね、娘が欲しかったの。二人とも、ずっと仲良くするのよ？」

「うん」

「はい、ありがとうございます、……ですにゃ」

「あとね、ルード」

「ん？」

「あなたに救われたと、今でも思ってるわ。あの子の、魂を救ってくれて、本当にありがとう」

「うん。僕の大事な、お兄ちゃんだからね」

「ルードさま」

「はい？」

「エリスさまが」

「やっぱり？　さっきから匂いがしてたんだよね」

「うふふ。エリス、ばれてるみたいだから、入ってきなさいな」

扉の影からこっそり覗いていたのだろう。

出てきたところをリーダが体を入れ替え、背中をとんと押してしまう。

少しつんのめるようになってしまうエリスを、彼女の背より小さなルードが、支えるように抱き留めた。

「んもう。リーダ姉さんったら。じゃ、私もちょっとだけ」

そのままルードをぎゅっと抱きしめる。

「ルードちゃん」

「はい、ママ」

「……生きていてくれて、ありがとう。私を、生かしてくれて、ありがとう。エルシードの、私の無念を晴らしてくれて、本当にありがとう。お父さんとお母さんに、会わせてくれて、ありがとう。こんなに沢山の人たちに愛されてくれて、ありがとう。あとね、クロケットちゃん」

エリスは手招きをする。

「はい、ですにゃ」

クロケットが二人の近くに寄ると、エリスはルードを解放し、クロケットを抱きしめる。

「ルードちゃんを愛してくれて、ありがとう。それだけっ」

クロケットの返事を待たぬまま、エリスは踵を返して逃げるように走って出て行ってしまった。

「あらまぁ。エリスったら。じゃ、ルード、クロケットちゃん。またあとでね。けだまちゃん、一緒にあっちで待ってましょうね?」

「はいなのっ」

けだまはルードとクロケットに、改めて『おめでとなのっ』と言うと、リーダに飛びついて一緒に部屋を出ていった。

「あはは。慌ただしいね」

「はいですにゃ」

気がついたら、他の沢山の匂いが、ドアの裏で並んでいるのがわかる。

「ルードさま、その……」

「うん。入ってもらって」

「はい、かしこまりました」

タバサとクレアーナ、フェリシアとフェイルズ。

皆が入れ違いに、一言ずつ祝いの言葉を伝えていく。

最後に、イリスとキャメリアが残る。

「あのとき、わたくしを拾っていただいたこと、今でも感謝しております。ルード様がいなければ、未だにわたくしは、フェルリーダ様に謝ることが、できていなかったでしょう……」

「いいって。僕だってさ、んー、そのっ。ありがと、イリス」

案外ルードも不器用なのだ。

生まれて初めて、リーダ以外に背中を預けたのもまたイリス。

エリスを助け出すときから、世話になっていたのも間違いではないのだから。

「クロケット様。おめでとうございます。毎日の努力。わたくしは知っておりますよ」

「にゃははは。そんにゃこと、ありませんにゃ」

照れるように笑って誤魔化す、クロケット。

「ルードさま。おめでとうございます。いっしょう、おそばにいさせていただきます」

「うん。ありがと」

「クロケットさま。おめでとうございます。おとしをかさねられるのですから、もうすこし、しっかりしましょうね」

案外クロケットには、遠慮のないキャメリアだった。

キャメリアはキャメリアなりに、クロケットの緊張を解そうとしてくれたのだろう。

「にゃはは。にゃんで私にだけ、厳しいことを言うんですかにゃ……」

「ルード様、クロケット様。ご準備はよろしいでしょうか？」

イリスが最終確認をする。

「うん、できてるよ」

「はいっ。だ、大丈夫、ですにゃ」

ルードは堂々とした様子だが、クロケットはかなり緊張しているようだ。

今年の誕生日の祝いは、いつものように、自分の家で、家族だけで祝うわけはない。

つい先日、先代女王のフェリスが新年の挨拶をした場所。

数百人は入れる、謁見の間につながるホールで行われるのだから。

「あ、そういえば、イリス。フェリスお母さんが来てなかったけど」

「フェリス様は、司会をなさるそうです。そのときに直接お祝いをするとおっしゃってました」

「あ、そういうことなのね」

▼

ルードとクロケットは、イリスを先頭に、キャメリアを後ろに、会場までの通路を歩いていく。

ホールへの扉が、イリスによって開けられる。

しんと静まったホールを、クロケットと一緒に進んでいく。

両側に集まってくれた、大勢の来賓《らいひん》の先に、フェリス、フェリシア、フェイルズとリーダが待っている。

「みんな、おまたせっ。私たちの可愛い息子と娘よっ。さぁみんなで誕生を祝ってちょうだい」

水を打ったような静けさが、一斉に起きる拍手に置き換わる。

手拍子にも似た音に包まれながら、二人はやっと席にたどり着いた。

向かって真ん中右側にルード、左にクロケットが座る。

ルードの右にフェリスが座り、フェリスの隣にリーダ。

クロケットの左にフェリシア、その隣にフェイルズ。

まるで、新たな国王、王妃が就任したかのような、そんな光景。

フェリスはその場に立ち上がると、手で『静かに、静かに』という仕草をして、場を鎮《しず》める。

「ルードちゃん。クロケットちゃん。おめでとっ。私は先代女王として、この場を借りて、改めて宣言させていただくわね。んー、私たちの愛すべき息子。フェムルード・ウォルガードを、正式に王太子として『認めさせる』からね？　文句があるなら、私が受けて立つわ。私を誰だと思ってるの？　わかってるでしょう？」

フェリスが『認めさせる』と言っているからには、おそらく反対している者もいるのだろう。

それをわかっていながら、こうしてごり押しをしたのだ。

「いざとなったらまた、ルードちゃんに『おねがい』してもらえばいいんだし」

ルードの耳元に、こっそりと爆弾発言を残しておく。

「あははは……」

ルードは苦笑い。

クロケットは、フェリスの姿を尊敬の眼差しで見ているようだ。

「やっぱり、お母様が女王ならがよかったのでは？」

現女王のフェリシアがぼそっと呟く。

しっかりと聞こえていたのだろう。

「嫌よ。ゆっくり魔法の研究ができないじゃないの。女王のままだと、うっさかったのよ。古いかちんこちんあたまのじじーたちがね」

おそらくは魔法反対派で、純血派の重鎮がいたのだろう。

今は無き、公爵家、イリスの実家もそのひとつだったはずだ。

この場にいないからといって、フェリスは言いたい放題。

リーダは苦笑し、フェリシアは拗ねる、その隣でフェイルズは真っ青な顔をしていた。

「あ、忘れてたわ。クロケットちゃん。これ、あげる。ルードちゃん、クロケットちゃんにしてあげて。イエッタちゃんから聞いてるわ。左手の薬指なんだってね？」

そう言って、ルードの手のひらに小さなものを握らせる。

ルードはすぐに気づいて、恥ずかしそうに、真っ赤になりながらも、クロケットの左手薬指にはめた。

それは質素だが、可愛らしい指輪だった。

「こ、これ。にゃ、にゃんにゃんですの、ですかにゃ?」

クロケットも、イエッタから知識として、なんとなく聞いていたのだろう。

半分かみそうになりながら、それでも、左手の指を開いて、眺めるようにうっとりと指輪を見ている。

「あのね、これはあの人。私の夫だった人、フェンガルドがくれた指輪なの。この国も、昔はこんなに大きくなかった。あの人がやりくりしながら、作ってもらったって。私ね、ルードちゃんのお嫁さんになる、クロケットちゃんにね、前からあげようと思ってたの」

それは千年以上前に亡くなっていた、フェリスの夫の形見。

彼女の〝消滅〟の由来となってしまったあの悲劇の話は、ルードもクロケットも知っている。

「そ、そんにゃ、大事にゃ、ものを……」

「そうよ。大事にしていたわ。だからね、ルードちゃんをお願いね。私たちの可愛い息子なの。私にとっても、フェリシアやフェルリーダ、エリスちゃんにイエッタちゃんたちにも。あ、フェイルズもいたわね。同じくらいに。いいえ、それ以上に、私なんかの命よりも大事な息子なの。私は千年以上も悩み続けた。後悔し続けたわ。でもね、夫と娘に、会わせてくれた。話をさせてくれたわ。先に進めるように、ルードちゃんは背中を押してくれたの」

「はい、聞いていますにゃ」

「クロケットちゃん。もちろんあなたも大事に思ってるわよ。ルードちゃんから色々聞いているもの。『大好きなお姉ちゃんが、います』ってね？」

「ちょっと、フェリスお母さんっ」

慌てるルードを見て、リーダがくすくすと笑い始めた。

「この子はね、自分一人で何でも背負ってしまうから、どうしたらいいか？　って、フェルリーダが心配して、相談にくるのよ。でもね、最近は、家族を少しだけ頼ってくれるようになったって、喜んでいたわよ。『食っちゃ寝さん』も、成長したのよね」

「ふぇ、フェリスお母様、それ内緒って――」

リーダが、あっさりとバラされて焦りまくっていた。

そんなことはおかまいなしで、フェリスは淡々と続ける。

クロケットの後ろに立って、背中越しに彼女を抱きしめた。

「いいじゃないの。素敵なことよ。ルードちゃんはね、国王になる前も、国王になった後も、きっと無茶なことをすると思う。だからね、この意地っ張りなルードちゃんを、しっかり見てあげて。支えてあげてね。それが、いつも一緒にいられない、私からのお願い」

「はい、ですにゃ」

クロケットを抱きしめたまま、フェリスはルードをしっかりと見る。

なぜか彼女の目は、とても怖く感じる。

とても恐ろしい存在に、飲み込まれてしまうような、そんな感覚。

これが〝消滅のフェリス〟の、強さなのだろうか？

「ルードちゃん」

「はい」

「あなたはどんなことがあっても、絶対に死んではいけない。善政を、良いことを行う、希少な存在は……」

「はい」

「私の娘や、夫のように、……きっと命を狙われる」

「……はい」

ルードが初めて聞く、とても怖い言葉だった。

「ルードちゃんも、知っているでしょう？　どんなに平和だと思っていても、平和を望まない者がいたことを。そういう輩は、虎視眈々《こしたんたん》と弱さを探して狙ってくるわ。エランズリルドの悪を壊したのが、フェンリルであるあなただって、知ってるはずなのだから」

「はい」

「でもね、あなたには、フェルリーダ、イリスエーラ。私だってついてるわ。あなたの能力は、攻撃に特化してないのも事実。悩んでいるんでしょう？　でも、気にしなくていいわ。だってね、戦える人が戦えば、それでいいんだもの」

「でも」

「あら？　私を誰だと思ってるの？　あなたの可愛いフェリスちゃんなのよ？」

「はい、そうですね」

「良い子ね。いつまでも、あなたは優しさを忘れちゃ駄目。わかった？」

「はい」

フェリスは満足したのか、自分の席に戻っていく。

入れ替わりにフェリシアが、ばつの悪そうな表情でルードたちの前にしゃがんだ。

「お母様に全部言われてしまいましたから、私からはこれを」

ルードとクロケットの手を握る。

『蒼き男《あおきおのこ》と碧の女《みどりのおとめ》の魂をもって、始祖狼《しそろう》より、祝福を与えん』

フェリスは、魔法の呪文のようでもない、イエッタの祝詞に似た言葉を紡ぐ。

彼女の右手からは、青い光。

右手からは、緑の光。

二人の腕を伝って、肘、肩へと走り、全身を包んでいく。

それはとても温かな光だった。

まるでフェリシアに抱きしめられているかのような、そんな感覚が二人を包む。

「これは本来、古い国王がね、新しい国王と新しい王妃を祝福をする際に使う、古くから伝わるものなの。でも構わないはずよ？　あなたたちは私たちの、大切な息子と娘。それにいずれ私は、ルードちゃんに王位を譲るのですから、ね？」

その微笑みは、とても綺麗に思えただろう。

フェリスの合図で、来賓のひとりひとりが順番に、新しい王太子と未来の王太子妃に、挨拶をしていく。

長く、大変なセレモニーだったが、これは皆が祝ってくれているから、辛いとは思わなかった。

一通り、挨拶が終わった後。

「さて、ここからが今日の、本当のお楽しみ。ルードちゃんとクロケットちゃんが、作ってくれた料理をご馳走になりましょ」

「はいっ、沢山作ったので、食べてくださいね」

「ですにゃ」

会場の半分から先は、真っ白な布で覆われて見通すことができなかったが、用意されていた料理の数々が、ここでやっと披露された。

イエッタが提案した、立食式のパーティ。

この世界でおそらく最初に行われた、珍しい催しになったことだろう。

フェリスが一番先に、料理にたどり着くと、キャメリアが取り分けた皿を持って、美味しそうに頬張る。

「うん。おいしっ」

皆、遠慮無く、我先にと料理に群がっていく。

「あ、もしかして」

「足りにゃくにゃるかも、ですにゃ……」

第二話　調印式と空路の設立。

ルードとクロケットの誕生祝いから一夜が明けた。

今朝も早くから、二人は揃って料理をしている。

ルードはパンを薄く切って、窯《かま》の中へそっと置く。

湿気が飛んで、表面がぱりっと香ばしく焼けたところで取り出す。

クロケットは、キャメリアに調理道具の使い方を教えながら、香味葉野菜とたんぱくな根菜のスープを作っていた。

キャメリアは、メルドラードで侍女としての修行の一環として、料理も学んだのだが、いかんせん獣人や人間社会とは勝手が違う。

ルードが知る限り、かなりダイナミックな料理の多いメルドラード。

調理器具も窯も、ルードたちの身体のサイズではあり得ないほどに大きい。

肉料理が主食となっていたため、ルードたちの作る料理は、キャメリアにとって目が覚めるほどの衝撃だったのだという。

あれだけ違っていたのに、なぜか商業区画の串焼きだけは両国共通。

そんなメルドラードから来たキャメリアは、たちまちルードとクロケットが作るご飯の虜《とりこ》になる。

龍人化した姿で感じる、味わいや歯ごたえなどの食感の違い。

その違いが当たり前だと思ってしまうほど、メルドラードの王城にある厨房とでは、調理の器具から方法まで全て違う。

キャメリアは、右に出る者がいないほど知識欲が強い。

ルードたちの生活を支えるということは、食が重要な位置づけにあることを学んだ。

飛龍も長寿な種族ではあるが、キャメリアは年若い方だ。

おそらくルードたちの中で一番の長寿と思われるイエッタから聞き、彼女と生活を共にすることで知ったことがある。

死なないことが重要なのではない。

家族を見守るという楽しさであったり、美味しいものを食べたりしたいという欲求だったり。

長く生きるためには、刺激というエッセンスが必要なのだと。

キャメリアはルードの家で、執事のイリスと同格の家令であり、侍女たちを指導する立場でもある。

指示をするためには、その仕事を熟知していなければならない。

だから彼女がこう率先して、料理を覚えようとする姿が、指導する側の必要なこと。

▼

リーダは相変わらず朝が弱い。

ウォルガードに来てからというもの、こちらは大気中の魔力が多いからか、多少はマシになったように思える。

シーウェールズにいたころは、午前中はぼうっと過ごすことが多かった。

それに比べたら、生活の改善はできているのだろう。

「リーダちゃん」

彼女をこう呼ぶ人はそうは多くない。

イエッタとけだま、そしてこの人。

食後のお茶を飲みつつ、ルードからプリンのお代わりを待っていた、先代女王のフェリスだ。

「……ふぁい」

フェリスもリーダが『朝弱いから』と、報告を受けている。

「このあと、ルードちゃんを借りるわね。予定より早いのだけれど、さっさと終わらせてきちゃうから」

主語が説明されていないから、何のことを言っているのか、ルードもわからない。

それでもリーダは、フェリスが言うことだからと。

「ふぁい、いいれすよ……」

「よし、決まったわ。じゃ、ルードちゃん、行くわよ」

「はい？」

ルードと同じ身長、華奢な身体からは想像もできないほどに、フェリスはパワフルだ。

首をひねるルードを、ずるずると玄関へ引きずっていく。

クロケットとけだまが、そんなルードの背中に、

「いってらっしゃいですにゃ」

「ですにゃー、なの」

いってらっしゃいの挨拶をするのだった。

そんな二人に一礼をすると、『では、いってまいります』と告げるキャメリア。

玄関を抜けると、中庭で待っていたのは、もう一人の深紅の飛龍《フレアドラグリーナ》。

「おまたせ、シルヴィネちゃん」

そういえば、フェリスと一緒に来たはずのシルヴィネが、食事を終えるといつの間にかいなくなっていた。

「いつでもいけますよ。フェリスちゃん」

「そう」

フェリスは、跳び箱を跳び越えるようなフォームで軽やかに、シルヴィネの背に乗った。

「じゃ、ルードちゃん」

「はい？」

そう言うやいなや、シルヴィネは豪快に羽ばたいたかと思うと、あっという間に空へと上がっていく。

「先に行ってるわ」

「先にって、どこに？」

「ついてくれば、わかる――」

あっという間に、『ドンッ』という音をお土産に、深紅の点になってしまう。

「きゃ、キャメリア」

「はい。準備はできております」

今朝方、新しい言語変換の指輪を受け取った。

そのおかげもあり、彼女は以前よりも流暢《りゅうちょう》に、ルードたちの言葉を話すようになっていた。

ルードはキャメリアの背に乗ると、玄関先から手を振る、クロケットとけだまに手を振り返す。

「追いつけそう？」

「それはわかりかねます。あぁ見えても、私の母ですし……」

キャメリアは、メルドラードでは最速の飛龍。

彼女はゆっくりと上昇する。

建物に影響のない高さまでくると、翼に赤い揺らめきが発生していた。

「ルード様。つかまってくださいね？」

「あー、うん。本気で飛ぶんだね」

「はい。でないと、見失ってしまうので、……まぁ、行き先は決まっていますけどね」

加速する、キャメリアの飛ぶ方角にある国はひとつだけ。

彼女たちの故郷、メルドラードしかないのだから。

▼

メルドラードまで、おおよそ残り三割というあたりで、赤い塊を追い抜いたのに気づく。

「あ、キャメリア」

「はい。おそらくは、息切れでしょう。運動不足なんです、母は……」

徐々に速度を落として、ゆっくりと旋回し、元来た方角へ戻っていく。

シルヴィネを目視して、追い抜くと後方へ旋回する。

「歳、かしらねぇ?」

「何を言ってるのですか。単なる引きこもりによる、運動不足でしょう……」

「でも、速いわね。さすがキャメリアちゃんのお母さんだけはあるわ」

確かに、あっという間に見失いそうになるほどだ。

「これでも、キャメリアに飛び方教えたのは私です。短い時間であれば、まだまだ負けません」

「短いって、短すぎではありませんか……」

何気に皮肉を言うキャメリア。

「ところでフェリスお母さん」

「なぁに?」

「何をしに、メルドラードへ?」

「あら、忘れちゃったの? エミリアーナちゃんに会いに行くためじゃないの」

「ルード様。そろそろ到着いたします」

「あ、うん」

▼

見慣れたバルコニーへ降り立つ四人。

沢山の飛龍たちが空を飛び交うため、二人は目立たないものかと思っていたが、進行方向で何気に空を開けて譲る大小、色も様々なメルドラードの人々。

二人が誰だかわかっているらしく、皆、優しく声をかけてくれるのだ。

「フェリスちゃん。私、忘れ物を取ってきますので」

シルヴィネは、こちらにある書斎を片付けてくるとのこと。

完全に、ウォルガードへ移住するつもりなのだろう。

「うん。後でねー」

シルヴィネは、人の姿に戻ると、さっさと中に入っていく。

「あ、そういえば」

「どうしたの？」

「フェリスお母さんのそれ、イエッタお母さんにもらったんでしょう？」

フェリスが着ている今日の服装。

イエッタが着ていて、彼女が広めた着物と呼ばれる女性の装いで、それを膝丈に仕立て直したもの。

フェリスの髪の色に合わせた、淡い緑色の生地に、朱色の井桁《いげた》模様。

帯は純白で、腰の後ろで花のようなリボンに似た結い方がされていた。

寒空でありながら、可愛らしさをあざとく演出された、フェリスくらいしか着こなせないものであった。

「そうよ。イエッタちゃんとね、お友だちになったとき、作ってもらったの。可愛いでしょう？」

「うん。似合ってると思う」

ルードは嘘は言わない。

大好きなお母さんのひとりだから、クロケットを褒めるときより照れは少なく、素直に感想を言えるのだろう。

「でしょでしょ？」

「はい。とてもお似合いだと思います」

「キャメリアちゃんもありがとねっ」

ここは飛龍の里でもあることから、建物は、二階が玄関になっていることが多い。

ルードもここの間取りはなんとなく覚えている。

このまま一階へ降りると、エミリアーナがいる場所へ抜けられるはず。

キャメリアを先頭に、奥へと進んでいく。

すると、すれ違うドラグリーナ、ドラグナたちは皆、片膝をついて会釈をするではないか？

ルードは顔を知られているどころではなく、メルドラードの民にとって救世主。

わかってはいたこととはいえ、犬人さんたちの服従の印にも似た、ルードが受け入れるにはまだ子供なのだろう。

「これまた、壮観ねぇ」

「僕も、困っちゃうんだけどね……」

「ルード様は、この国を救ってくれたのです。それだけでなく、これからもずっと『美味しい』を、この国に運び続けてくれるのです。ルード様を嫌う人など、いるはずもありません」

フェリスはお腹を抱えて笑い始める。

それに反比例するように、ルードは困った顔をするしかない。

▼

キャメリアが、ルードも見覚えのある場所で立ち止まる。

入り口を守る、龍人化をしていない、角のかたちからおそらくは女性の白い飛龍。

ルードも初めて見る人だが、彼女も女王の側近なのだろう。

キャメリアは、言語変換の指輪を外した。

ルードも、それに気づいてフェリスの手を握る。

まだ、変化の指輪だけでなく、言語変換の指輪も間に合っていないから。

『エミリアーナ様は、ご在室でございましょうか？』

『これはおじょ、……いえ、キャメリアさん。えぇ、ご在室にございます。ルード様もご機嫌麗しゆうございます。先日は〝美味しい〟をもたらしていただき、ありがとうございました』

何かを言いかけたのは、ルードも感づいただろう。

首をちょいとかしげて、今のは聞かなかったことにしようと思った。

「（なるほど、キャメリアって、そう呼ばれていた時期があったんだね）いいえ。喜んでもらえたら、僕も嬉しいです」

その証拠に若干だが、キャメリアの視線が泳いでいたりする。

『はい、ありがとうございます。どうぞ、お入りください。女王陛下、ルード様がおいでになりました。お通しいたしますので――』

『ちょっと待って、そんな急、……あぐっ』

中で何やら慌てている様子。

ドアが開かれると、そこには半分涙目な美しい姿。

以前会ったときよりも、肌の色艶が良くなっている感じがする。

エミリアーナは、ルードの後ろにいる、見覚えのない女性に気づいたのか、慌てて右手に指輪をはめる。

それを見たキャメリアも、指輪をはめ直した。

「……エミリアーナ様」

「ふぁい」

「お飲みになってから、お話しください。それと」

「んくっ、な、何かしら？」

「少々、豊かになられましたね」

叔母と姪の間柄だからか、視線を下げつつ、キャメリアはかなり辛辣な言葉をかける。

「やめてっ、食べ物が、美味しいのがいけないのよっ」

「あ、あははは……」

やっと意味がわかったルードだった。

エミリアーナは、グラスに注がれている水を飲むと、落ちつきを取り戻したのだろう。

「あら？　ルード様。そちらのお嬢様は、どなたでしょう？」

「あ、この人は僕の――」

フェリスは両手を水平に保ち、その場でくるくると回る。

どこで覚えたのか、右手の指をブイサインにして、目元にあてる。

ついでにウインクまでする始末。

「初めましてっ、フェリスちゃんですっ」

「……えっ？　フェリス様というと、あの。……えぇぇえええっ！」

▼

「……ということでね、『ルードちゃんのお願い』だから、国交を結ぶことにしたのよ。……このお肉、美味しいわね。うちの国で育ててるのに負けてないわ。でもちょっと惜しいわ。ルードちゃんか、クロケットちゃんが料理したら、もっと美味しくなるのにね」

そう言ってルードを見るが、『無茶言わないでくださいよ』という感じに、彼は苦笑するばかり。

「ということでね、エミリアーナちゃん。急いで準備してっ」

「は、はい？　準備と申しますと？」

エミリアーナは、この里でも伝説上の存在である、〝消滅のフェリス〟を目の前にして、唖然《あぜん》というより、正直ビビっていた。

半分以上、話が頭に入ったかどうか微妙なところである。

「だーかーらっ、女王のあなただけ来るわけにもいかないでしょう？　ほら急がないと、クロケットちゃんのお昼ご飯、間に合わなくなってしまうわっ」

ルードもキャメリアも、フェリスの強引さに、少々呆れてしまう。

こうしてエミリアーナは急遽、ウォルガードを訪問することになった。

彼女が慌てて準備をしていると、もうひとつの扉からノックの音がする。

扉が開き、姿を現したのは、乳白色の角の先が二股にわかれていて、体表が鱗《うろこ》ではなく小さな羽で覆われている少々違った感じの、白色翼飛龍《フェザードラグナ》。

『あ、初めまして。僕――』

『ルード様で、ございますね？　エミリアーナさんから聞いております。私の娘、マリアーヌは我が儘《まま》を言ってはいませんか？』

『え？　ということは、けだまのお父さん、ですか？』

ルードの言葉を聞いて、フェリスも理解したのだろう。

「あら？　忘れてた。ルードちゃん、これ、つけてあげてくれる？」

「うんっ」

ルードが受け取ったのは、ジャラリと音のする袋。

開けてみると、指輪がかなりの数入っている。

「フェリスお母さん、これ」

「えぇ。言語変換の指輪よ。それとこれ」

ルードの手のひらに乗せられた、赤い色の宝玉がはまった指輪が五つほどある。

「変化の指輪、……んー、違うわね。私たちは姿を変えられないし、キャメリアちゃんしか駄目だったから。龍人化の指輪とでも言えばいいかしら？　まだこれしかできていないけど、必要だと思って、持ってきたのよ」

「フェリスお母さん、ありがとっ」

「いいの。ルードちゃんのためだもの」

そう言いながらも、照れ照れに照れまくるフェリス。

ひとつずつ手のひらに握りこむと、残りをキャメリアに渡す。

「キャメリア、お願い」

「かしこまりました」

彼女がエミリアーナを追って部屋を出ていくと、ルードは、反対側の部屋がある扉へ向かい、ダリルドランの手を引いて隣の部屋に案内する。

部屋からは、指輪の説明を始めたルードの声が聞こえてきた。

「これが、言語の指輪です。あとこちらが、……そうです。こうしてですね……。あぁ、やっぱりはだ――」

ややあって、ルードが戻ってくる。

後ろから物腰柔らかそうな、ルードそっくりの髪の色、二股に分かれた角を持つ男性が姿を現す。

「フェリス様、先ほどは申し訳ございません」

フェリスがルードの顔を見ると、笑顔で頷いている。

彼の表情から、言語の指輪は正常に機能しているようだ。

その証拠に、フェリスは納得したように頷いて満足そうにしている。

「私は、エミリアーナさんの夫で、ダリルドランと申します」

そう言って深々と腰を折り、挨拶をする。

ルードが今着ている、普段着と同じような服装。

慌ててルードの服を見て、偽装の魔術を使ったのだろう。

「あら、丁寧な挨拶、ありがと。エミリアーナちゃんの旦那様ということは、けだまちゃんのお父さんなのね。うんうん。私はフェリス。フェリスちゃんって、呼んでね？」

「フェリスお母さん。初対面の人にそんな無理を言わないでください……」

呆れ顔のルードは、フェリスに聞こえるように言った。

▼

王配であるダリルドランが間を持たせている間、やっとエミリアーナの準備が整ったようだ。

今回、エミリアーナに随伴《ずいはん》するのは、ルードに似た髪の色をした女性と、キャメリアに似た赤い髪の女性。

白い髪の女性は、名前をヘレリナ。

赤い髪の女性は、名前をキャメロット。

彼女らは侍女のような姿をしているが、実はエミリアーナたち王室の近衛。

ヘレリナは、先程この部屋の外にいた白い飛龍の女性なのだそうだ。

二人が出てきたとき、キャメリアが、露骨に嫌そうな表情をしているの気づいていた。

その理由は、二人ともキャメリアの従姉なのだそうだ。

二人はキャメリアと久しぶりに会ったはずなのだが、無駄な話は一切しない。

ただただ、微笑んでいるだけ。

その迫力に、ルードはちょっとだけ怖さを感じた。

エミリアーナは、ダリルドランの肩をぽんと叩く。

「あなた」

「何ですか？　エミリアーナさん」

彼は嬉しそうに振り返った。

エミリアーナは、彼に負けていない、満面の笑みを返す。

「お留守番、お願いね？」

「……えっ？　それじゃ私は、置いてけぼりですか？」

ただでさえ色白な彼の表情が、この世の終わりであるような悲しい表情になっていく。

「私がいないとき、誰が代理をするのでしょう？」

「そ、そんな。ずるいですよ、エミリ姉さん」

そう呼ばれたエミリアーナは、年相応とは思えない慌てっぷりを晒す。

「ちょっと。その言い方はやめなさいよダリル。公私は弁えないと駄目だって、あれ程――」

ずいっとエミリアーナに詰め寄るダリルドラン。

慌てる表情の彼女を見た彼は、まるでいたずらっ子の表情にも似た笑みを浮かべ始める。

「私だって、マリアーヌと会いたいんです。いつもそうじゃないですか？　ルード様が作ってくれた料理だって、ひとりで『全部』食べてしまうし……」

「やめてっ。それじゃまるで、私が食いしん坊みたいじゃないの」

エミリアーナの口調は変わっていく。

彼女が準備をしている間、ダリルドランが場を繋いでいた際、二人の馴れ初《そ》めの話をしてくれた。

それによると、彼らは従姉弟の間柄。

幼少のころから常に一緒に育ち、彼も彼女のことを、大好きな姉と慕っていたと、嬉しそうに昔話をしてくれていた。

ダリルドランはその、大人しい性格もあって、彼はエミリアーナのお尻に敷かれている状態なのだろう。

だが、何気にこうして、ちくりちくりといじめることもあったと聞く。

その姿は本当に、仲のよい姉と弟。

「ルードちゃん」

「はい」

「あれ、持ってきてるでしょう?」

「あー、うん。でも、いいの?」

「私のおやつだったけ、お土産代わりにするわ」

「うん。キャメリア、あれ、出してくれる?」

「はい。かしこまりました」

キャメリアは、虚空から大きめの箱を出す。

それをテーブルの上に置くと、そこにはゴロゴロとした氷と、丸い小さな器が入っている。

ルードは器を取り出すと、キャメリアから匙《さじ》を受け取る。

ダリルドランの前に、そっと置くと、

「あの、これ。けだまも大好きなんです。どうぞ食べてください」

器の上半分を外すと、そこにはルード手製のプリンが入っていた。

ダリルドランは不思議そうな表情をしている。

それもそのはず、ルードたち獣人とは違い、ドラグナである彼は、キャメリアたちと同じで、嗅覚も人間程度。

多少、甘い香りがする程度。

それがどういうものか、匂いでは全くわからない。

エミリアーナは驚きの表情をする。

以前、バケツいっぱい食べた彼女は知っていた。

「ルード様。それ、もしかして」

「はい。前にお出ししたのは、シーウェールズ産の玉子で作ったものですが、これはウォルガードのもので作りました。味も香りも別格なんです。……あ、エミリアーナさんは駄目ですよ？　あっちでけだまと一緒に食べてください」

「……はい」

ダリルドランに留守番を言いつけたエミリアーナが、手を伸ばそうとした瞬間、ルードはいたずらっ子のような表情で彼女を諫める。

駄々っ子のようにふくれっ面で我慢をするエミリアーナをよそに、ダリルドランは恐る恐る、小さな匙で小さな容器からそれを掬ってみた。

先程聞いた話でわかっていたが、国宝でもある変化の指輪がひとつしかないこともあり、人の姿で食事をするのはこれが初めて。

食事をしていたエミリアーナは、羨ましかったが、我慢していたそうだ。

ふるふると震える、うす黄色の柔らかな食べ物。

口の中に匙をそっと入れたとき、彼の表情は良い意味で固まった。

大好きなエミリアーナの話をしていて、優しそうに微笑む彼の表情。

あえて例えるなら、娘のけだまそっくりな、蕩《とろ》けた笑みを浮かべていた。

父娘なんだな、とルードは思う。

「これ、凄いですね。この姿では、食べ物の味わいが違うと、エミリ姉さんから聞いてはいました。ですが、ここまでのものとは、思いもしませんでした。ルード様からいただいた、調味料で調理をしてもらった肉も、それはそれで美味しかったのですが。これは別格です。……エミリ姉さん、ずるいですよ」

「いえ、ね。何も意地悪していたわけじゃないのよ。指輪がね、ひとつしかなかったものだから……」

しどろもどろになるエミリアーナと、彼女を問い詰めるように迫るダリルドラン。

ルードたちは二人のやりとりを、苦笑しながら見守っていた。

フェリスだけが、その場でお腹を抱えて大笑いしていたのはご愛敬。

プリンのおかげか、ダリルドランは、留守番をすることに納得してくれたようだ。

改めて、やっと出立することができる。

「ルードちゃん」

「はい？」

「急ぐわよ。お昼の時間に、間に合わなくなっちゃう」

「はいはい……」

エミリアーナはダリルドランをそっと抱きしめていた。

「ダリル。留守をお願いね？」

「大丈夫ですよ、エミリ姉さん。プリンを食べて、大人しく待っていますから」

「私だって食べたいのに、ずるいわ。ダリルだって……」

▼

ルードを乗せたキャメリアが先頭。

エミリアーナを乗せたヘレリナが続いて、フェリスを乗せたキャメロットが殿。

ゆっくりと、リーダの屋敷の中庭に降りてくる紅と白の飛龍。

ルードはひょいと、キャメリアの背中から降りる。

先にフェリスの手を取って、キャメロットの背から降ろす。

続いてドレス姿のエミリアーナに、手を差し伸べる。

フェリスを見ていた彼女は、ルードの手を取り嬉しそうに降りて来る。

「遅くなりましたが。ようこそ、ウォルガードへ」

手を貸してくれたルードの笑顔は、エミリアーナにも可愛らしく思えただろう。

▼

先にリーダの待つ、彼女私室へ通され、リーダを立会人とし、略式ながら国交を結ぶための調印の手続きが行われた。

階段を降り、食堂へ通されたエミリアーナの眼前には、テーブルの上に様々な料理が並ぶ、素晴らしい光景が広がっていた。

「フェリス様。改めて、昼餐会《ちゅうさんかい》へのご招待、ありがとうございます」

「えっ？　ごく普通の、いつも通りのお昼ご飯なんだけど？」

「はい？」

「はいはい。ルードちゃん、もう良いわよね？」

「はい。大丈夫ですよ」

「お腹空いてたのよー。じゃ、いただきましょう」

『いただきます』

力なく口を開け、唖然とした表情のエミリアーナ。

クロケットの作った料理に、舌鼓を打つフェリス。

「あにゃ。エミリアーナさん。大丈夫、ですかにゃ？」

「あ、あははは……」

▼

エミリアーナの予想を遙かに超えた、ルードの家のお昼ご飯。

フェリスとイエッタに挟まれ、最初はイエッタの正体を知り、改めて呆然としていた。

だが今は、三人揃って和気藹々《あいあい》としていて、まるで女学校の同窓会のような、同級生のお茶会のような、そんな雰囲気を醸し出していた。

その理由は、エミリアーナの年齢だった。

彼女は、齢《よわい》千年を超えるフェリスとイエッタとほぼ同年代。

そのせいもあり、あっという間に打ち解けてしまったようだ。

「ルードちゃん」

「はい?」

「プーリーン。プーリーン」

「はいはい。ちょっと待って下さいね。あ、そうだ。キャメリア、あれも一緒に持ってきて」

「はい、ルード様」

今日はちょっとだけ趣向を凝らした、デザートとなった。

「フェリスお母さん、イエッタお母さん。ちょっとだけ待ってくださいね?」

「あら? どうして?」

「……どうやら、ルードちゃんが、新しい何かを作ろうとしてくれているようですね」

「ほんと？　なら、待つわ。どれだけでも、待っちゃうんだからっ」

「あははは」

ルードが座るテーブルの前に、キャメリアが虚空から、二つの大きなボールのような容器を取り出して置いていく。

ひとつには、大量に作られたプリン。

もうひとつは、何やら白い液体と、違う器に入った砂糖。

「勉強させて、いただきます」

「ほんと、キャメリアって、大げさだなぁ……」

「ですにゃね」

料理をサポートするクロケットとキャメリアに挟まれて、ルードはちょっとだけ苦笑する。

ルードは白い液状のものが入ったボールに、少しずつ砂糖を入れていく。

「これくらいかな。あまり甘くしすぎても、駄目だろうし」

ルードは目を瞑《つむ》る。

『風よ』

まだまだフェリスのような領域に達していないから、起動に繋がる詠唱が必要。

それでも、フェリスに追いつこうと、日々努力しているからこそ、無詠唱に近いことができるようになっていた。

魔法が発動すると、あとは『どう動かしたいか』のイメージを膨らませる。

魔力の操作を細かくすることで、ルードはまるで曲芸にも似たことをやってのける。

風の魔法で作られた、細い風の爪のようなものが移動し続け、砂糖の入った白いどろっとした液体を攪拌《かくはん》していく。

それはまるで、ハンドミキサーでも動かしているかのような、そんな感じ。

細かく攪拌しつつ、空気を混ぜ込んでふわっとさせる。

「んー、うん。こんな感じかな？」

「ルードちゃん、いいですかにゃ？」

「うん。いいよ」

ツノが立つくらいに仕上げられた、その白いふわっとしたもの。

イエッタが最初に反応する。

「る、ルードちゃん。それ、もしかして？」

「うん。今朝届いたばかりの生クリーム。タバサさんがね、量産体制に入れるようになったからって、持ってきてくれたんだよね」

クロケットがおたまでプリンを分けていく。

その上から、ふわっと生クリームを盛っていく。

「こ、これじゃまるで、〝プリンアラモード〟じゃないの。あぁん、違うわ。果物が足りないわ」

「ぷりんあらもーど？　んー、あ、本当だ。カットした果物も一緒に乗せるんだね。ふーん。あ、果物持ってくる？」

「いいわ。これでも十分美味しいはずよ」

「ルードちゃん。食べても、いいの？」

「あー、うん。ごめんね。もういいよ」

「いただきますっ」

「あ、我も」

「はい。いただきます」

フェリスに続いて、イエッタとエミリアーナも、匙をパクリと。

『んーっ！』

元々、ウォルガードにも生クリームはあった。

だがそれは、自然に分離した上澄みを捨てるという贅沢な方法。

「んーっ！　んー、んー」

「イエッタお母さん、何言ってるかわかんないですよ」

「ふぅうっ。……ルードちゃん、もしかして、バターもできてたりしないかしら？」

「うん。少しだけど。最初ね、加減がわからなくて、分離させ過ぎちゃったから」

「それは凄いわ。小豆のあんとバター。あんバターが食べられるのよ。パンに挟んで、……凄いわ、これはとても凄いことよ」

イエッタはもはや、自分の世界にトリップしてしまっている。

そんなルードの横で、キャメリアはしっかりとメモをとっている。

いったいいつの間に、文字を覚えたのだろうか？

強《したた》かというか、そつがない家令さんであり、侍女長であった。

「ルードちゃん。あまいにおいがするの」

昼ご飯を食べてすぐ、ぱたりとイリスの膝の上で寝てしまっていたけだま。

ルードが作った、プリンと生クリームの匂いを感じ取ったのか。

むくっと起きて、ぼけぼけな眼差しを半分開けている。

すると、

「あれ？　ままがいる……」

今まで気づいてもらえなかったエミリアーナを、フェリスとイエッタは少し不憫《ふびん》に思ってしまった。

▼

けだまがお昼寝をするため、部屋に連れていってもらった後、交易に関する話し合いが、お茶の間レベルで始められた。

「リーダちゃん、あとは任せたわ。ルードちゃん、生クリームたっぷりでお代わりねっ」

フェリスはよくわからないからと、金銭的なやりとりはリーダに丸投げ。

理由をよくわかっているリーダは、けだまを部屋へ送って戻って来たイリスに、エリスを呼んでもらう。

リーダとエリスの二人で、交渉が始められた。

暫《しばら》くの間は、ルードが週に数回、エリス商会が集めた物資を送り届けることになる。

「ルードの産みの親で、エリスレーゼと申します。当商会としてはですね、物資買い付けにかかった実費のうち、一部をメルドラードで流通している、白金の地金でお願いできればと思っています」

「私の里では、こちらでいう金が乏しく、その反面白金がとれますので、難しくはありませんが……」

「いえ、物資にかかった一割程度で構いません。こちらでは白金の方が希少性が高く、あまり市場に流れてしまうと、混乱を招いてしまいまいます」

「はい。それで構いませんが、残りの九割は？」

「それは、ルードちゃんに任せます。ね？　リーダ姉さん」

「そうね。ルードが頑張ったのだから、ルードに任せるわ」

そう言うと同時に、ルードへ視線が集まる。

「へ？」

「あの、ルード様。私たちは、どのようにしてご恩に報いればよろしいのでしょうか？」

急に話を振られたルードは、困惑してしまう。

「あ、ほうほう」

そんなフェリスの、力の抜けそうな声を聞き、ぷぷぷと、ルードは吹き出してしまう。

そのおかげか、リラックスできたのだろう。

「フェリスお母さん。飲み込んでから話してってば……」

「ん、っ、んくっ。ふぅ、おいしっ……。じゃなかった、私からもひとつあるのよ。あのねルードちゃん」

「はい」

「何を言ってもいいわよ。それが国交の条件のひとつになってるから」

「へ？」

「ルードちゃんがいなかったら、イエッタちゃんにも会えなかった。ルードちゃんがいなかったら、エミリアーナちゃんとも会えなかった。もちろん、シルヴィネちゃんもね」

「あ、はい」

「だからね、ルードちゃんが考えていることを、してほしいなって思うことを言えばいいと思うの」

「はい。ありがと、フェリスお母さん」

エリスを見ると、同じように、リーダも一緒に頷いていた。

「ありがと、ママ、母さん」

エミリアーナに向き直る。

「僕はですね」

「はい」

「お金はいりません」

「そ、そんな……」

メルドラードを救ってもらった上に、無報酬で物資を受け取るわけにはいかない。

流石のエミリアーナも困ってしまった。

「あ、別にタダでとは言いません」

「(ほっ) よかったです」

「人材を貸してください」

「人材と申しますと？」

「僕はですね。空の道を作りたいんです。沢山の国と国。町と町。村と村を繋いで、みんなに幸せを届けたいんです」

ルードは自分の夢を語る。

「僕は思ったんです。キャメリアやアミライル、ラリーズニアたちのようなドラグリーナさんたち、ドラグナさんたちの力を借りたら、僕の夢に一歩近づくんじゃないかなって」

確かに、フェリスもそう思った。

シルヴィネの背に乗せられ、シーウェールズなどへ散歩に連れていってもらっていた。

本来であれば、ウォルガードとシーウェールズも、最低二日はかかる距離。

飛龍の手を借りたなら、それをゼロに近づけてしまうから、ルードの言う話も夢物語ではなくなる。

「ということは、ルードちゃん」

「はい」

「毎日、シーウェールズのお魚が食べられるのね？」

「そうですね」

「いいわ、それ。エミリアーナちゃん、ルードちゃんの言う通りにしてもらっても、いいかしら？」

「そうですね。我も、ルードちゃんの意見に賛成です。……空はご遠慮したいところですけどね」

最後の方は、よく聞こえないくらいに小さな声になってしまったイエッタ。

「わかりました。ルード様の仰る通り、ご協力させていただきます」

こうして、メルドラードとウォルガードの国交が、正式に開始されることとなった。

▼

その日、ルードはフェリスに、土地の割譲を申し出る。

「何をするの？」

フェリスはノーとは言わない。

ルードが何も考えずに、このようなお願いをするとは思っていないからだ。

「あのね、フェリスお母さん。僕、商会を立ち上げようと思うんだ」

「へぇっ。どんな商会を？」

勿論、答えは知っている。

「もう、名前は決まってるんだ。ウォルガードとメルドラード、両方の名前から『ウォルメルド空路カンパニー』って付けるつもり。空を飛んで、物資を、人を運ぶための、商会なんだ」

「うんうん。私が許可します。そうね、……イリスちゃん。いるでしょう？」

「はい。フェリス様」

音もなくルードの後ろからイリスが現れる。

いつもこうだから、ルードは驚くのはやめていた。

「イリスちゃんのお家、あれをね、更地にしちゃってもいい？」

「えっ？　そんな――」

「はい。構いません。あのような悪しき記憶は残しておくべきではありません」

「イリスも……」

「じゃ、ちょっと待ってて。シルヴィネちゃん」

フェリスの部屋の奥にある、書斎の扉が開き、声が聞こえてくる。

同時に、キャメリアがとても嫌そうな表情になるのだ。

「どうしたのです？　フェリスちゃん」

「ちょっと手伝って欲しいの、例の魔法の実証実験ね」

「はい。喜んでお手伝いさせていただきます」

ぼうっとしていた、まるで寝起きのような表情だったシルヴィネが、歓喜の表情に変化する。

それだけ彼女にとって、意味のあることだったのだろう。

ややあって、この部屋のバルコニーに羽ばたく音が聞こえてくる。

すると、満足そうな表情のフェリスとシルヴィネ。

「ルードちゃん。お待たせ。終わったわよ」

「えっ？　何がですか？」

「イリスちゃんのお家、もうないわよ。三人で一緒に、見に行ってくるといいわ」

『祖の衣よ闇へと姿を変えよ』

イリスがルードの背後で、フェンリラへと変わる。

「ルード様、キャメリアさん。どうぞ」

「いえ、あの」

困るキャメリアの背中を押して、ルードは、

「はいはい。さっさと乗っちゃおう」

「じゃ、ちょっと疲れたから私寝るわね。シルヴィネちゃん、どうする？」

「はい。私も少々疲れました」

「じゃ、行きましょう。ルードちゃん、またねー」

「はい。ありがとうございます？」

眠そうにとろんとした眼になってしまったシルヴィネの背中を押して、寝室へ消えていくフェリス。

「では、まいります」

「ちょっと、イリスさん。ここ、六階――」

その声に気にしないで飛び降りるイリスだった。

イリスに連れられて、前に訪れた彼女の生家は、フェリスの言葉通りに、更地になってしまっていた。

「「…………」」

「（さっぱりしました）とても良いことです」

▼

「リューザと申します。王室付の、庭師をしておりました」

ルードが『うわぁ』と、見上げるくらい。

タバサの兄で、狼人族の長ガルムよりも大きい背の男性。

腕はルードの太股よりも太く、がっちりした筋肉質で大柄だ。

この顔見せのあと、屋敷の庭にある木の枝を、器用に小さなハサミで剪定《せんてい》しているのを見ていたから、彼の話は本当なのだろう。

「エライダです。調理を担当していました」

「シュミラナです。同じく調理担当でした」

彼女たちは、ルードとクロケットから、料理を習い、いずれメルドラードに戻って料理を教えていきたいという話だった。

ルードが見上げるくらいの、イリスよりも背が高い、だが二人は女性らしい体型をしている。

その日から、キャメリアに調理器具の使い方を学び、クロケットの下で彼女の調理方法を学ぶことになった。

クロケットは『先生だにゃんて……』と最初は照れてはいたが、ひとつひとつ丁寧に教えてくれていた。

彼女にとって、料理は半端では終わらせられない、大切なことなのだから。

三人とも灰色、アッシュブロンドの髪を持ち、浅黒い肌をしていた。

彼らはメルドラードでも最大の種で、ヒュージドラグナ、ヒュージドラグリーナという。

飛龍の姿になると、キャメリアの倍以上の大きさになるらしい。

飛ぶ速度はそれほど速くはないが、隠し持てる量に関して言えば、キャメリアたちの数倍に及ぶ。

それでいて、メルドラードとウォルガードを往復したとしても、朝食前の運動程度しか、体力を消費しないとのこと。

翌日の物資輸送の際、実際にルードがリューザの背に乗せてもらったのだが、彼の大きさと、揺れないことに驚いた。

これだけ安定した飛行をしてもらえるなら、皆で移動しても安全な空の旅が約束される。

こうして、徐々にだが、ルードはメルドラードへの交易を重ねていくのだった。

第三話　ルードの知らぬ、父の背中。

ウォルガードの冬は、とにかく冷える。

朝早く起きてしまったルードは、顔を洗うとキッチンへ出てくる。

すると、キッチンには先客がいる。

ルードよりも遥かに背の高い、後ろ姿だけで判別が効くようになった女性が二人。

巻き毛の女性がエライダ、直毛がシュミラナ。

朝ご飯の下ごしらえをしているのだろう。

彼女たちは、屋敷の調理を任せられるようになり、できあがりをクロケットがチェックするだけになっていた。

ルードが考案した料理は、クロケットが真っ先に覚える。

クロケットの作る料理を、キャメリアが正しい手順にし、彼女たちへ教え込む。

ルードもクロケットも、この屋敷では手持ち無沙汰になってしまっている。

邪魔するのもいけないからと、ルードは声をかけずに回れ右。

▼

リューザたちがこの屋敷に来てから、一週間ほど経った。

このように、エランズリルド、シーウェールズ、フォルクスなどのように、リューザたち飛龍が飛来して、騒ぎにならない国や町、村などが徐々に増えてきている。

ルードが思い描く、理想の空の旅、その実現が目の前にまで来ていた。

時間を持て余したルードは、中庭に出てくる。

夜の間に降ったと思われる、膝くらいまである雪が、積もっていた。

ウォルガードの冬は、朝が早く、夜も早い。

ルードが空を見上げると、空は抜けるような青空が出始めている。

遠くから、大空を駆けてくる、見覚えのある姿。

大きな青い翼の主が、ルードの姿を見つけた。

空中で青白い光を発すると同時に、その姿は青い髪の龍人女性に変化する。

着地と同時に、雪煙を巻き上げながら、アミライルはルードへ近寄る。

スカートの裾を雪で濡らしながら、駆け寄る彼女は、両膝をついてルードに縋《すが》った。

「ルード様、助けてくださいっ。お父さんとお母さんがっ、大変なことに――」

アミライルの声。

その悲壮な表情。

大変なことが起きている。

「大丈夫。大丈夫だからね？」

ルードは彼女の背を、ポンポンと叩く。

そこからのルードの対応は早かった。

「イリス、いるね？」

「はい、こちらに」

「アミライルさんをお願い。けだまはお姉ちゃんと母さんに任せて。彼女が落ち着いたら理由を詳しく聞いて。我慢してアミライルさんと一緒にシーウェールズへ。着いたら詳しい情報収拾を。いいいね？」

イリスは高いところが苦手なのは知っている。

だが、事態を重く見たルードは『我慢しなさい』と、イリスに指示を出した。

「か、かしこまりました」

ルードは再度、アミライルの背を軽く叩き、

「僕に任せて」

そう言うと、アミライルをイリスに預ける。

「キャメリア」

「はい、ルード様」

ルードの背後に現れる、真紅のエプロンドレス。

アミライルの頭に手をやると、

「良い判断でした」

そう言ってキャメリアは、真紅の光と共に、飛龍の姿になる。

すぐにルードは、彼女の背に飛び乗る。

ルードの重みを感じると同時に、中庭の雪を巻き上げながら、一気に上昇していく。

緊急事態でなければ、幻想的な光景だっただろう。

屋敷の大きさが、小指ほどになったとき、ルードはキャメリアの首元に伏せる。

「キャメリア」

「手加減なし、ですね？　状況は理解しています」

「うん。時間が惜しいんだ」

真紅の翼から、炎のような揺らめきが発生する。

その瞬間、『ドンッ』という衝撃音を残して、自身初の速度を達成しつつ、南の空へと消えていく。

▼

逆噴射をするように炎の魔法を駆使し、速度を落として防風林の手前に着地。

ルードが飛び降りると、龍人の姿に変わるキャメリア。

彼女の額には、珠《たま》のような汗が滲み、若干疲弊した様子が見られるようだ。

「大丈夫？　無理させちゃったみたいだけど？」

「いえ、これも仕事です、……ので」

ルードはキャメリアの手を握り、

『癒《い》やせ』

と、治癒《ちゆ》の魔法を流す。

「そ、そんな。よろしいですのに……」

「ううん。僕がお願いしたんだ。これくらいは」

「ありがとうございます」

ルードはそのまま軽くキャメリアの手を引く。

ひとつ頷いたのを確認すると、ルードはシーウェールズの支店となった、エリス商会へと走っていく。

ところが、エリス商会へ近づこうとしたとき、建物の入口辺りに、かなりの人が押し寄せているように見えた。

ルードを知る、回りの商店の人々も心配そうに見ているではないか？

匂いである程度は、位置関係が把握はできる。

『人殺し』『薄情者』『お前さえよければいいのか？』『汚いぞ』などの怒号が飛び交う店先に、商人らしき姿をした男たちが三十人以上、ひしめき合う状態となっている。

あまりにもおかしい状況に、ルードはキャメリアと言葉を交し、商会の裏手にある勝手口へ回ることにした。

ここには常時、鍵がかかっており、合鍵は、ルードとエリス、アルフェルたちしか持っていない。

裏手に回ると、人通りは少なく、ルードは気配を消すと、腰の小さなバッグから取り出した鍵を、鍵穴に差し込む。

かちりとした金属音と共に、鍵が開く。

回りを警戒しつつ、ドアを開けてキャメリアと二人で入ると、すぐにドアを閉め、鍵もかけてしまう。

勝手知ったるこの商会、奥は事務所になっており、そこから先に、裏手には倉庫。

勝手口と逆の方向にある通路の先には、店頭へと繋がっている。

未だ店頭では罵声《ばせい》が飛び交っていた。

同時に、何やらものが飛んできている。

素焼き瓶や、片手サイズの小さな樽。

店先に置いてあるものから、誰が持ち込んだのか不明なものまで。

後ろから見ただけでもわかるほど、店の陳列棚は酷い状態になっていた。

商会の店先では、ものが割れる音、何かにたたきつけられる音。

そのような音が続いてはいたが、そんなとき、耳を疑えない、女性の小さなうめきというか悲鳴というか、予想していなかった声が聞こえてくる。

「ひっ！」

それは恐れのある声。

怯えている声。

あってはならない、家族が責められている声だ。

そこには、大の字に腕を広げ、後ろにいるルードの祖母のエランローズを守るべく、矢面に立っているルードの祖父アルフェル。

彼の額には、投擲《とうてき》物からローズを守るため、自ら盾となって作った傷。

そこからは、鮮血がしたたっていた。

瞬間、ルードの魔力は爆発的に膨れ上がった。

店内奥から、広がっていく、まっ白な魔力の包む範囲。

まるで、白い霧がかかったようなそんな見え方がしただろう。

アルフェルにとって、それは背中を守ってくれる心強さに感じたはずだ。

だが、ここで、ルードの力に頼ってはいけないと、思ったのも事実だ。

「ルードだな?」

「はい」

「すまんな。ここはいいから、ローズを見てやってくれ。ここにいる輩は、ただの人間だ。ルードが相手をするような奴らじゃない。俺は相手が人間であれば、何人いようと、負けやしないさ。だがな、店が壊れちまったら、ローズに怒られる。そんときゃさ、一緒に怒られて、直してくれるよな?」

後ろを振り返らず、背中を見ているルードに対して、言っている。

ルードがローズを介抱してくれるから、安心してやせ我慢ができる。

そう思ったのだろう。

ルードの支配の能力は、アルフェルも聞いたことがある。

それは、ルードは気づいていないが、イリスから聞いた話では、戦略級の魔法に匹敵すると、使い方を間違えさえしなければ、無敵の能力《ちから》になるだろうと。

「はい。僕も一緒に怒られてあげますよ」

「ありがとう。だがな、ルード」

「はい」

未だアルフェルは振り向かない。

「獣人ではない、人間の俺でもな。男なんだ。意地ぐらい通させてくれよ、な？」

「はい。ここで言うなら、『骨は拾いますから』、でしたっけ？」

「あぁ。間違っちゃいない。もちろん、骨になるつもりは、サラサラないがな」

ルードはアルフェルの背に手をあてる。

「じゃ、せめてこれくらいは、させてください。……『癒やせ』」

ルードは治癒の魔法を発動させる。

額や腕に負っていた、名誉の負傷が治まっていく。

アルフェルは後ろを向かずに、コキコキと首を左右に曲げて軽くならすと、右手をあげて、ルードに応える。

「ありがとう、助かるよ。……さぁて、お前ら。覚悟はいいか？　ここからは、男としての命《たま》の取り合いだ。俺のカミさんにこれだけのことをしたんだ。覚悟はできているんだろうな？　嫁さん子供の、恋人家族のいないやつからかかってこい」

そういって、近くの男の足が浮くくらいに、胸ぐらを掴み上げる。

ここにいる男たちは、アルフェルがいうように彼に任せる。

ルードはすぐに、ローズに近寄り、怪我の具合を確認する。

おそらく、投げ込まれた瓶などが、流れ弾のように当たったのだろう。

患部に手を当て、『癒やせ』と、詠唱をする。

ルードの手から、暖かい魔力の波動が包み込むと、ローズの身体の痛みは和らいで、徐々になくなっていった。

「あなた。もう、大丈夫、だから。無理は、しないでね？」

「おうよっ！」

アルフェルは我慢していた。

自分の妻が、巻き込まれていたことを。

自分を狙わずして、ローズが投石などの被害を受けていたことを。

ルードが背中を守ってくれる。

そうわかった瞬間、アルフェルの中にある、何かが静かに切れた。

普段温厚な彼が、記憶を飛ばしそうな勢いで切れてしまうなど、考えられもしないだろう。

何か短い言葉を、ぼそっと呟いたように思えた。

ルードはアルフェルから、僅かだが魔力の揺らぎを感じた。

拳を強く握ると、両の腕の前腕が、二の腕が二回り以上も太さを増した。

同時に、服が破れんばかりに、広背筋が、太股、膨ら脛の筋が肥大していく。

騒ぎを聞きつけてきた、門を預かるウェルダート。

近くで待機していたと思われる、マイルスやルカルド、シモンズも駆けつけてくれた。

おそらくは、アルフェルに手を出すなと言われていたのだろう。

彼らは、回りの商店、観光客や買い物客たちに被害が及ばないよう、回りを封鎖してくれているようだ。

アルフェルは強かった。

人間とは思えないほど、周りにいた獣人がドン引きするほどの力強さ。

長年、交易商人として、妻のローズを守りながら旅を続けていたのだから、これくらいは当たり前だったのかもしれない。

ひとり、またひとりと、外へ両脇へ吹っ飛ぶ不逞《ふてい》の輩たち。

▼

騒ぎが収まったとき、商人と思われた男たちはすべて捕縛され、旧リーダ家の屋敷へ連れてこられていた。

マイルスたちは、商会の片付けに残ってもらっている。

屋敷に来たのは、アルフェルと、ルード、キャメリアの三人。

ローズは、後から到着したアミライルが、彼女の私室へ連れていってもらった。

「アルフェルお父さん」

「どうした？」

「強かった、ね」

ルードは尊敬の眼差しで彼を見ていた。

「ルードにはそう見えたかもしれないがな、俺は別に強くなんかないぞ。短い時間なら、あのくらい俺でもできるんだ。だがな、マイルスたちのように、誰かを守りながら戦えるわけじゃない。それに俺は一度、全てを諦めたんだ……」

「それは？」

「そうだな、今なら言えるかもな。……俺はな、エランズリルドに店を持ったとき。王家から贔屓《ひいき》にしてもらったとき。いい気になっていたのかもしれない。それは皆、あの男がエリスレーゼを手に入れるためだったんだろう」

アルフェルが言っている、『あの男』というのは、かつてルードの父だったはずの『豚』のことだろう。

「そう、……ですね」

「気づかなかった俺は馬鹿だったさ。最愛の娘を失って、俺はあのとき、全てを諦めた。一介の商人に何ができる？　そう思ったよ」

辛そうな表情をするルードの髪を、くしゃりと撫でて、アルフェルは目尻に皺《しわ》を寄せて、無理に笑う。

「……でもな、俺たちの息子はそうじゃなかった。たったひとりで足掻いて、エリスレーゼを助けだしたじゃないか？　リーダさんと一緒に訪れた、あのときの小さな少年が、まさか俺たちの息子で、あんなとんでもないことをやってのけるとは、思ってもみなかったじゃないか？」

「そんな、僕なんて……」

「謙遜《けんそん》するんじゃない。ルード、お前は俺たちからしたら英雄だ。そんな息子が背中を、ローズを守ってくれていたんだ。あの程度のことができなくて、商会を守れるかってんだ」

今、ルードに父としての姿を見せられる男性は、ここにいるアルフェルと、ウォルガードにいるフェイルズくらいだろう。

「エリスはお前くらいの年のころから、商売のことばかり考えていた。お前に対して、少々放任主義なところは否めないが、今も変わらず真っ直ぐなのは知ってるだろう？　リーダさんもな、元王女殿下とは思えないほど気さくで優しい。その上、回りの人々を、無意識に守っているくらいに、常に気をつかってくれているんだ。お前の二人の母親はな、立派だよ。誇ってもいい。だがな、俺も全て聞いてる。お前は父親に恵まれなかった。だからこそ、格好の悪いところを見せられないんだ。ほら、ウォルガードにいる、女王陛下の王配殿下も、……きっと、そう思ってると思うぞ？」

確かに、フェイルズも、色々なしがらみに絡め取られていて、苦労をしていたと聞く。

そのせいで、リーダに大変な気苦労をさせてしまったとも聞いていた。

だが、ルードがイリスの実家を崩壊させ、フェリスが取り潰しを宣言したあの日から、彼の表情は、何か憑き物が落ちたような、柔らかいものになったと聞いていた。

確かに、肩身の狭い思いを今もしているようだが、ルードと顔を合わせるときは、とても優しくしてくれている。

遠慮がちに、ルードの頭を撫でるあの手は、間違いなく父親のものだっただろう。

言われてみると、ルードにもすとんと落ちるところがあったはずだ。

数名の者が、衛兵であるウェルダートたちに引き渡され、連行されていった。

旧リーダ家の庭先は、水を打ったような静けさ。

庭の外に静かに見守る近所の人たちの、心配そうな声しか聞こえない状況だ。

先程までエリス商会を囲んでいたと思われる商人たち二十数名が、膝を抱えて大人しく〝座らされて〟いる。


それもそのはず、今はルードが支配の能力を行使していたからである。


『俺たちを殺すつもりか？』

『お前だけ儲けて楽しいか』

『全財産出して仕入れた荷をいらないと言われた、俺の身にもなれ』

男たちができることと言えば、そんな怨嗟《えんさ》の言葉を呟く程度。

おそらくは店先で言われていたことと、同じなのだろう。

中には、そそのかされてここへ来て、騒ぎを起こしてしまったことを後悔している者もいるはずだ。

ルードは、何もできていないことに、釈然《しゃくぜん》としない気持ちがないわけではなかった。

だからこうしてルードは、家族を困らせた者たちに対して、『大人しく座っていろ（座ってください）』と、ちょっとした戒めをしている。

男たちの呟きから、彼らが商人だということは明らかだった。

ルードは集中しつつ、アルフェルから商人の鉄則を教えてもらっていた。

基本的に商人は、自分の読みが外れたとしても自己責任だ。

アルフェルは、エランズリルドに居を構えるまで、交易商人をしていた。

旅をする交易商人たちは、商売敵でありながらも、情報交換をし、競い合い、協力し合って、よりよい商品を適正価格で間違いなく届けるものだった。

ここに座る一部のものが、それに反した行いをしたことで、商品を求める人たちが困ることになった。

そんな困っていた人たちを、アルフェルが助けたことによって、彼らは勝手に損害を被っただけ。

故に、こんなことを言われる筋合いなど、ないはずだった。

ルードが思うに、アルフェルは商人の鑑であり、立派な祖父だと思っている。

それなのに、ここにいる商人たちはアルフェルのことを『悪徳商人』だと罵っているではないか。

このままアルフェルが悪人扱いされ、長年続けていた商人としての顔まで潰され、エリスの名前の付く、エリス商会の評判まで落とそうとしているようにも聞こえてしまう。

男たちの毒吐きのような言葉は続いていた。

その話は、レーズシモンという国で採れる砂糖の話になっていた。

アルフェルが言うには、砂糖は地域柄その国で一番多く栽培されているらしい。

その砂糖の値が数倍に上がってしまい、買い付けることが難しくなっていると。

その原因がアルフェルであり、エリス商会にあるんだとまで言い出す始末。

いくら気の優しいルードであっても、それは許せることではない。

気が高ぶり、身体に震えが出て、今にも立ち上がって一言言ってやろうと思ったそのとき、アルフェルは苦笑しながら、首を横に振った。

そっとルードの肩に腕を回して、胸元にぎゅっと抱き寄せて。

「すまんな。俺が情けないばかりに」

「アルフェルお父さんは悪く……」

ルードにとって初めて、男親の優しさに触れた瞬間だっただろう。

それ以上何も言えなくなったルードは、『うん』と一言だけ応える。

「よし、いい子だ。男は素直じゃなきゃいけない。例の能力《ちから》を使っているんだろう？　もういいから、後は俺に任せてくれ。なに、俺だって歴戦の商人だ。ルードがお膳立てしてくれたんだ。ここでやらなきゃ男が廃るってもんだ」

ルードは、左目への魔力の供給を絶ち、能力を霧散させる。

アルフェルは立ち上がると、ルードの前に二、三歩歩いてでた。

その背中こそ、家族を背負う、男の背中の大きさだったのだろう。

自由の利くようになった商人たちは立ち上がろうとするのだが、アルフェルが睨みを利かせたからだろうか？

大人しく座り直すしかない状態だったようだ。

「ならば俺も言わせてもらおう……」

厳しい眼差しで男たちを見回す。

「俺たち商人は、『自己責任の上に成り立っている』ことを、忘れてはいないか？」

アルフェルの言葉で、好き勝手に呟いていた男たちは、押し黙ってしまった。

「俺は何も、やましいことをしているとは思っていない。もちろん、お前たち商人を喜ばせるために仕事をしているわけでもない。商品を求める商会の人たち、購入していただいているお客さんたちに、貢献するためだけに動いているわけだが」

大半の男たちは、彼の言葉に反論はできないでいる。

だが、一部の男たちからこのような声が上がってきた。

「俺が届けるはずだった商品を、頭ごなしに持っていったではないか？　お前のせいで、俺は商品を買ってもらえなかった。それはどうしてくれるんだ？」

「そうだ。それでも商道徳に反しないとでもいうのか？」

アルフェルは、そんな商人の言葉をばっさりと斬り捨てる。

「そうか。それは大変だったな。だがな、俺も変な話を聞いているんだ」

そう言うと、アルフェルは特定の男の顔を睨《にら》みつける。

「とある商会で、荷が届かないと相談された。『どうしても納入しないと信用にかかわってしまう』とな。話を聞けば、七日も遅れている上に、まだ届かないというではないか。俺は慌てて商品を取り寄せて、手助けをしたことがあった」

睨みつけていた男が、『そうだそれだ』と声を上げる。

「そうか。やはり、お前だったのか」

アルフェルは、男がどこの誰で、何を商材として商売しているかを知っている。

男から目を外さず、静かに続けた。

「お前のような輩が、やっている手口はこうだ。わざと約束の日程よりも遅れて到着した上に、量を少なく持っていく。市場に少ないと嘘を言い、値段を少々吊り上げるようなことをしている奴がいる。そんな話を、あちこちで耳にしたんだが？　それは商道徳に反しないとでも言うのか？　俺は常に、適正価格でしか取引をしないぞ？」

その場にいる商人の男たちは、それ以上反論することは敵わない。

集まった男たちは、少なからず脛に傷を持つ商人と、そんな輩にそそのかされた商人たちなのだろう。

「俺は商人として間違っているか？　そうでなければ、早々に立ち去れ。こんなところで無駄な時間を過ごすのが、商人だというのか？」

男たちは、ひとり、またひとりと立ち上がって帰っていく。

シーウェールズでの、今回の騒ぎは鎮火したと言ってもいいだろう。

だがルードにとって、捨て置けない言葉を聞いてしまった。

それは『砂糖の価格が上がっている』ということだった。

砂糖というものは、その精製された状態に応じて、価格が変動するらしい。

砂糖は、白ければ白いだけ、細かければ細かいだけ高くなっていく。

シーウェールズやエランズリルドで、ルードが使用している砂糖は、それほどグレードの高いものではない。

なぜなら、ルードの作っていた温泉まんじゅうも、プリンもそうだが、なるべく安く提供するために、一度砂糖を湯に溶かし、異物を取り除いてから使っている。

そうすることで、精製の粗い安い原料でも、美味しいものが作れるからだった。

砂糖の価格が上がっていたとして、その上がり具合が多少はであれば、ルード側で価格差を吸収すればいいかもしれない。

だが、甘味を作っているのはルードだけではない。

ミケーリエル亭以外の温泉宿でも、菓子職人が作っているのだから。

もし、材料として使うには難しいほど砂糖の価格が上がったとしたら、損をしてまで今の価格で、菓子などを提供しろとは言えなくなる。

このシーウェールズでは、まだ砂糖の小売価格に変動はない。

先程まで居た男たちの言っていた件は、仕入れ元でのことなのだろう。

実際、ルードがここでお菓子を作り始めるまでは、それほど消費されるものではなかった。

庶民の間では果実を漬けたりする程度で、王侯貴族の間であっても、嗜好品として消費される、甘い焼き菓子に練り込まれるくらいだった。

ルードがもたらした小豆の餡《あん》は、材料も比較的安く、瞬く間に広がっていった。

そのため、シーウェールズやエランズリルドでは、砂糖の消費量が徐々に上がっていたのは、間違いないだろう。

アルフェルは『すまんな、変なことに巻き込んでしまって』と、ルードの頭をくしゃりと撫でて謝る。

「アルフェルお父さんが悪いわけじゃない。イリスのことだから、砂糖の件も一緒に調査してくれてるはずなんだ。戻ったら話し合おうよ」

「すまんな。色々心配かけて」

「いいって。僕の家族なんだから。それに僕もちょっと思うところがないわけじゃないんだ……」

▼

ルードは、温泉まんじゅうのレシピを公開する際、『子供たちの小遣いでも手が届く価格で抑えること』という条件をつけた。

それによって、小さな子供たちの間でも、おやつに食べられるようになったと聞くようになった。

せっかく広まった温泉まんじゅうなどの甘味が、材料の値上がりの影響が出ては困る。

砂糖の値上がりの実態を、調査し終えないと安心できない。

ルードはそう思った。

そのため、ウォルガードにいる家族へ、数日こちらに滞在かもしれないが心配しないでほしいと、キャメリアに伝えてもらうために、戻ってもらっていた。

シーウェールズでは歓迎されているからか、まだ飛龍が飛来するだけで、歓喜にも似た拍手が起きることがある。

ルードのいる、現アルフェル家からも、キャメリアたちがいつも着陸する砂浜を見ることができる。

アミライルがここにいるのを知っているから、ルードはキャメリアが戻って来たものと判断した。

家を出て、迎えに行こうとすると、海からの風に乗って、なじみ深い匂いが混ざっていた。

ふわりと着陸し、翼を折りたたむキャメリアの背には、予想していなかった人の姿。

「ルード様。ただいま戻りました」

「お疲れさま。あれ？　どうして？」

「はい。皆様に伝えましたところ、フェルリーダ様が一緒に来ると仰ったものですから」

キャメリアの肩口から、顔を覗かせたのはリーダだった。

「楽しかったわぁ。いい機会だったから、思いっきり飛んでもらいたかったのよね」

なぜかリーダの目線は、ルードを見ずに明後日の方向を向いている。

ルードが小さなころから、リーダの目を見て、彼女の気持ちを読み取ることができたからだろうか？

「フェルリーダ様。ルード様がご無理をなさっていないか、心配されているからだと、おっしゃっていたでは――」

「あぁん、もうっ。なんで言ってしまうのよ……」

キャメリアはわざと空気を読まないでいたのか、あっさりとバラしてしまう。

「母さん」

「何よっ？」

「ありがと」

「ううん、いいのよ。あんな表情をしたルードを放っておけるわけないでしょ？　戻って来れないと聞いて、心配になったの。それにね、最近忙しそうにしていたから、たまには一緒にいたいな、……なんて思っていませんからね？」

ツンツンしていて、とても甘い、いつもの優しいリーダに、ルードは笑みがこぼれそうになる。

つづけて、キャメリアから報告を受ける。

「エリス様からですが、メルドラードへの物資の輸送は任せて欲しいとのことです。クロケット様からは、無理をしないようにと言付かっております。マリアーヌ様は、」

「けだまも？」

「『むりはだめなの』、とのことでした。クロケット様の真似をされているのか、それとも鋭いのか。判断に悩むところです……」

「あははは。けだまらしいや」

▼

夕方、ルードは泊めてもらう代わりに料理を作ろうとしたところ、

「ルード様、邪魔です。私たちの仕事を取り上げないでください」

「あー、うん。……ごめんなさい」

キャメリアの毅然とした態度と、苦笑するアミライルの対照的な姿。

とぼとぼとリーダの元へ戻ってくる。

すでにリラックスモードなのか、フェンリラの姿になっている彼女の首元に顔を埋めていじけるルード。

「キャメリアとアミライルしかいないんだからさ、手伝ってもいいじゃないのさ」

そう、顔を埋めたまま、ぼやくルードだった。

その夜は、リーダと一緒に同じ部屋で眠ることにした。

きっと気持ちよく眠れるからという、リーダからの提案で、フェンリルの姿で眠ることにした。

新緑色の一回り大きなリーダと、純白の一回り小さなルード。

真冬の夜、外は雪が積もり始めているから、寒いのは仕方がない。

だが、リーダの毛は、昔と変わらず暖かい。

匂いも良いから、気持ちよく、眠りの世界へと誘われていく。

▼

明くる朝、朝食をとっていると、疲弊したイリスが戻ってきた。

彼女のことだから、一晩中走り回って情報を集めてくれていたのだろう。

真冬だというのに、額に汗を溜め、体中から湯気が立ち上っているようにも見える。

ついさっきまで、フェンリラの姿でいたのが見て取れるようだ。

「すみません。アルフェル殿。お風呂をお借りいたします」

「あ、構わんけれど。なぁ、ローズ」

「あなた。〝でりかしー〟というものが足りないですよ。イリスさんは女性なのですから」

ローズは慌てて立ち上がり、商会でも扱っている、エリス監修で作られた、ふかふかで吸水性の高いタオルを手渡す。

「いってらっしゃい。イリスさん」

「はいっ、助かります」

シーウェールズは温泉が湧いている。

この家も温泉を引いているので、一日中、いつでも綺麗なお湯に浸かることができるのだった。

イリスは風呂から上がってくると、キャメリアから受け取った、冷たいお茶を飲んで一息をつく。

ルードとリーダの傍に立て膝で座ると、リーダをじっと見つめる。

「いいわよ、イリスエーラ。許します」

「ありがとうございます、フェルリーダ様。では、いただきますっ」

「えっ？　なにそれ？」

イリスはぎゅっとルードを抱きしめた。

ルードのまっ白な髪の毛に顔を埋め、深呼吸をするイリス。

「……はぁ。これですよこれ。けだまちゃんも最高ですが、やはりルード様が一番です。この至高の抱き心地と、この良い香り。本当に、癒やされます……」

再度、ルードの頭に顔を埋め、すんすんと深呼吸を繰り返す。

リーダの許しを得たからこそ、イリスは疲れた分だけ目一杯『ルード分』を充填《じゅうてん》していた。

一睡もしていないはずのイリスは、ルードに抱きついて満喫したのか、いつもよりもツヤツヤとした表情になっている。

キャメリアはルードたちの後ろで、少々イリスを羨ましそうに見ているのに、気づかれないよう努力しているのだろう。

ちらりちらりと、イリスを見ては、『ずるい』という感じの、ジト目になっている。

「ルード様」

「う、うん」

「堪能させていただきました……」

「イリスエーラ。さっさと報告をなさい」

「はい、失礼いたしました。わたくしが調べた限りでございますが――」

アルフェルのスタンスは、間違ってはいなかった。

流通している標準的な品質のものを、高くも安くもない適正な価格で卸《おろ》していた。

シェアを横取りしたり、独占するようなことはせず、ただ、困っている人だけを助けるように、足りないと思われる地域をカバーしているに過ぎなかった。

正しい期日を守り、正しい価格設定で交易を行っている商人が、仕事にあぶれるようなことは発生していない。

アルフェルが昨日一喝《いっかつ》したような輩だけが、騒いでいると裏付けがとれたようだ。

「いやしかし、凄いね。たった一晩で、ここまでの情報収集をやってのけるとは」

「いえ。ルード様の執事ですので」

イリスは、ルードと出会った当初はポーカーフェイスを装ってはいたが、最近では褒められると照れを少々表に出してしまう、家族に対しては柔らかな性格になっているようだった。

ルードたちと一緒に暮らすようになって、彼女も変わったのだろう。

「こほん。では、続けさせていただきます――」

行く先々で、多少なりとも損をした小ずるい商人たちは、アルフェルが行っている交易の正常化のおかげで、商材を変えざるを得ない状況に追い込まれていったと思われる。

そこで、あぶれた商人たちが目を付けたのが、砂糖だった。

エランズリルドの遥か西方、そこにあるレーズシモンという場所では、砂糖を安定して仕入れることが可能だった。

ルードが発展させた菓子などの甘味によって、シーウェールズやエランズリルドでは、砂糖の消費が上がってきている。

砂糖は、安いものもあれば、高いものもあり、通じて言えることは『価格が安定しすぎていて、儲けを出すことが難しい』ということだった。

いくらルードが、甘味の市場を広げたからといって、他の場所ではまだまだ、砂糖は嗜好品として珍重される程度だ。

未だ馬車での交易が中心であることから、砂糖を扱う商人が増えることで、元から砂糖専門であった商人たちのシェアを、狂わせてしまうことに繋がってしまったようだ。

「レーズシモンにある、レナードという商会を、アルフェル殿はご存じですね?」

「あぁ。もちろん知っている。この間、アミライルと視察に行ったばかりだからな」

イリスはアルフェルの顔を見て、少々困ったような表情になる。

「そのときかもしれませんね。アルフェル殿は、商人として名が通っていると思われます。そのアルフェル殿が、飛龍を連れていた姿を、一部の商人に見られてしまったのでしょう」

アルフェルは腕組みをし、俯《うつむ》いてしまう。

「そうか。俺は以前、ルードと話をしたことがあってな。飛龍《アミライル》たちを知らない人に刺激を与えないよう、レーズシモンのかなり手前から歩くようにしていたんだ。だが、アミライルを連れているからといって、俺は悪いことをしているわけではない。彼女も、引け目を感じる必要などあるわけでもないんだからな」

「そうですね。確かにアルフェル殿は、間違ってはいません。ですが、一部の商人から『羨望』や『妬み』、『恐れ』を抱かれてしまったと、考えられないでしょうか?」

「なるほど。配慮が足りない部分があったようだ。俺もまだまだ、甘かったんだろうな……」

まだ、イリスの報告は続く。

あくまでも、イリスの目からの解釈だが、砂糖の行商に乗り換えたと思われる商人が、あることないことをレナード商会へ訴えたものもいるのだろう。

それにより、レナード商会の商会長、ジョエル・レナードは、空路の存在を知ったと思われる。

イリスが調べた感じでは、ジョエルは、商人たちの恨みつらみには、耳を貸すような人物ではない。

ただ、砂糖以外の交易が難しくなったことで、力と財力のある交易商が、砂糖を買い占め始めたとの情報も入っているらしい。

それによる、砂糖の価格の急な変動を恐れたのだろう。

過剰なまでの買い占めを抑えるために、レナード商会は、砂糖の価格をわざと値上げしたと思われるのだ。

「レナード商会では、空路の情報を得るために動き始めているようです。簡単ですが、わたくしの調査結果は、以上でございます」

イリスの報告が終わると、ルードは正座をしたまま、両手をぎゅっと握って、膝の上に押しつけた状態で、俯き、言葉を失ってしまう。

アルフェルは、ルードの肩に手をそっと触れる。

「俺が浮かれてしまったがために、ルードには辛い思いをさせてしまったようだな。本当にすまない。アミライルがいることで、可能性だけを考えてしまった、俺が浅はかだった。ただな、ルード」

「はい」

「俺はな、エリスが生まれる前から、人のためになることだけを考えて生きてきた。それが俺の、商人としての生き様だった。何もお前が気に病むことでは、ないんだよ」

「……僕も。キャメリアたちの力を借りたら、沢山の幸せを届けられると、浮かれていました。まさか、こんな事態が起きるだなんて、思ってもいなかったんです。商人って、ママやローズお母さん。アルフェルお父さんのような人ばかりでは、ないんですね……」

「そうだな。『商人でもやるか』のように、軽い気持ちで始めた『でも商人』と呼ばれるにわかな輩も少なくはない。だがルード、お前はひとつ勉強できたじゃないか。あいつらよりももっと、大切なことを学べたんだ。あいつらだって、生活がかかってる。文句を言う暇があれば、ひとつでも商品を買ってもらわなきゃ、金にならないことはわかっているはずだからな」

「……僕の責任でもあるんです。いえ、僕が原因そのものを作っちゃったんです。ごめんなさい。帰って考えてみます……」

「駄目だ、ルード。考えすぎるな。お前は悪くない──」

ルードはアルフェルに力なく笑みを浮かべると、ふらりと力なく立ち上がる。

そんな彼を、キャメリアは音もなく近寄って支える。

それはイリスにも追いつかないほどの速さだっただろう。

心配そうにルードの背中を見るが、言葉をかけられないアルフェル。

そんな彼の肩をぽんと叩いて、『大丈夫だから』と、笑顔を見せるリーダ。

「リーダさん。ルードちゃんを……」

「ありがとう、ローズさん。大丈夫ですよ。わたしはあの子の母ですから」

心配そうにしているローズに、笑みで応える。

「そうね。お願い。うちのアルフェルが、不甲斐なくてごめんなさい」

「すまない。リーダさん」

アルフェルの頭を押さえて、ローズが一緒にリーダに頭を下げる。

「大丈夫です。ルードはこれくらいのことは乗り越えてくれますよ。明日の朝、こちらへまた、戻ってきます。イリス、戻るわよ」

「はい。フェルリーダ様」

リーダはキャメリアからルードを預かり、キャメリアは飛龍の姿になる。

イリスは変化の呪文を唱え、フェンリラになると一瞬で姿を消した。

ルードを抱いたまま、キャメリアの背に乗るリーダ。

アルフェルとローズ、アミライルは、今はじっと見送ることしかできない。

リーダは笑顔で手を振って、空へと舞い上がっていった。

▼

ルードは自室のベッドに、うつ伏せになって考えていた。

商人の明るい部分しか知らず、その間を取り持つことだけを考えていた。

エリスとアルフェル、シーウェルズとエランズリルドの町の人たち。

ウォルガードの商業地区の人たち、メルドラードの人たち。

ルードが美味しいを届けると、皆喜んでくれていた。

だからこそ、時間を短縮することで、人々の生活に潤いが出るだろうと、ルードが考えた『ウォルメルド空路カンパニー』。

ただそれは、一部の商人への圧力と取られてしまっていることに気づいてしまった。

飛龍を知らない人が、馬車に取って代わる敵わぬ存在を見て、萎縮《いしゅく》しないなどと誰が言えるだろうか？

今まで一人で考え、一人で決断して、一人で行動してきたルード。

ここに来て、完全な壁にぶつかっていることに、まだ気づけていない。

何かいい方法が見つかる、まだルードはそう考えて苦しんでいた。

けだまの手を引いたクロケットが様子を見に来ていたが、何も声をかけられずに背中を向ける。

けだまも毎日賢くなっていると、イリスから報告を受けるほどの成長だと聞いていた。

そんなけだまですら、ルードの気持ちに気づいて、近寄ろうとしなかった。

ルードの部屋の入り口からそっと覗いては、クロケットの胸に逃げ込む。

『ルードちゃん、だいじょうぶかな？』と心配してくれているのだ。

▼

リビングで、エリスがお茶を飲みながらリーダと話をしていた。

リーダは時折、ルードの様子を見にいこうとするのだが、途中で諦めて帰ってきたり。

立ち上がろうとしたのだが、やっぱりやめてしまったり。

落ち着きなく、そわそわしていたのだった。

「リーダ姉さん」

「な、なにかしら？　エリス」

「私だってルードちゃんのことは心配です。正直私は、こんなことが起きるなんて思いませんでした。お客さんとのやりとりが楽しすぎて。本当に、ルードちゃんのママ失格だと思ってます」

「そんなこと……。ルードが作ったものを広めようと努力してるじゃないの。わたしにはできないことだし」

「ですが、私ではルードを助けてあげられない。私はルードに助けられてばかりで。こうして一緒にいられるのも、リーダ姉さんがルードを、育ててくれたからじゃないですか」

「そんなことない。わたし、あの子を産んでくれたエリスには感謝してる。ルードと出会えたのはエリスが――」

「でしたら、リーダ姉さん」

「はいっ！」

リーダの手をぎゅっと握り、真っ直ぐに目を見つめてくるエリスには、ある種の迫力があったのだろう。

珍しい声を上げてリーダはエリスの手を握り返した。

「ルードちゃんはリーダ姉さんの代わりに、国王になるのでしょう？　それならルードちゃんに、ご褒美をあげなきゃ、駄目じゃないの？」

「それはそうなのだけれど……。でもわたし、何をしたらいいのか――」

「ルードちゃんの背中を押してほしいの。リーダ姉さんじゃないと、きっとできないから」

「そんなわけ……」

クロケットがけだまを左手で抱いたまま、リーダの前に膝を折って座る。

右手をリーダとエリスの手に乗せて。

「そう、ですにゃ」

「クロケットちゃん。わたしより、あなたの方が……」

クロケットは顔を横に振ると、目を細めて、リーダへちょっと辛そうに微笑んだ。

「私じゃ無理ですにゃ。さっきも、けだまちゃんと一緒に逃げてきて、しまいましたにゃ。私もルードちゃんに助けられてばかりで、何も返せてないですにゃ。私じゃ今のルードちゃんを助けてあげられませんにゃ……。ここはやっぱり、『お母さんの出番』じゃ、ありませんかにゃ？」

けだまも身を乗り出して、クロケットの真似をするように、自分の手を乗せる。

「るーどちゃんね、げんきないの」

そう言ってリーダを、見上げてくる。

「リーダ姉さんしかできないわ。いえ、リーダ姉さんでなければ、誰がやると言うのです？」

リーダはエリス、クロケット、けだまの顔を順に見る。

皆、リーダに期待しているのだ。

最近リーダは、何をすればいいのか悩んでいた。

ルードが育つにつれて、自ら悩んで、考えて行動するようになった。

たったひとりで、『ウォルメルド空路カンパニー』の立ち上げてしまった。

同時に、ルードが自分の手から離れてしまったような、錯覚《さっかく》を起こしてしまった。

リーダが生きてきた、四百年以上の時間から考えたら、ルードはまだまだ歩き始めた赤子ようなものだ。

悩んでいるなら、背中を押してあげなければいけない。

ルードは小さなころから、悲しいときはリーダの首元に顔を埋めて泣き、楽しいときはリーダの背中に乗ってはしゃいでいた。

ルードはこれまで、リーダの背中を見て育ってきた。

こうして、ルードの背中を押すことを許してもらえていることに。

自分はまだ、ルードに何も返せていないことに、気づいてしまった。

「わたし、行ってくる。悩んでる暇なんてなかったわ。エリス、クロケットちゃん、けだまちゃん。ありがと」

リーダは順番に抱きしめると、ゆっくりと立ち上がる。

家族に期待されているのだから、綺麗で格好の良い女性じゃないといけない。

こんな自分でも期待されているのだからと、ぎゅっと握った拳に力を込めて。

ルードの背中を押しに、リーダは階段を上っていく。

第四話　砂糖よりも甘く優しい母さんの暖かさ。

ルードは今まで、『困っている人のために』と、一人で頑張ってきた。

今までは、誰に相談することもなく、ある程度力押しで解決できてしまった。

猫人の集落から始まって、狼人の村、シーウェールズ、フォルクス、エランズリルド、メルドラード。

これまでならば、原因を解消したり、大元を叩いて取り除いたりすればよかった。

今回はどうだろうか？

自らの利益だけのために、迷惑行為を正当化し、困らせている人がいること。

あの場にいた男たちには、アルフェルが強く警告したが、また同じようなことをしないとは言い切れない上に、あの他にもいるのは間違いない。

虚偽であり、詐欺行為と言っても過言ではないのだが、あくまでも迷惑行為。

悪辣《あくらつ》な行為と判断するわけにはいかないため、エランズリルドのときのように、そんな商人たちを排除すればいいというわけではない。

同時に、ルードにとって捨て置けない、砂糖の市場にまで影響が出はじめてしまった。

このように、今ルードが悩んでいる問題は、その要因が複雑に絡み合っている。

まだ十五歳になったばかりのルードには、重すぎる悩みだった。

ルードはこの世界に転生した、この世ならざる魂の持ち主〝悪魔憑き〟。

彼には他の者には持ち得ない、『知る』ための能力〝記憶の奥にある知識〟がある。

そんな知識の泉とも言える能力を持っていながら、ルードにはそれを使いこなすだけの経験や応用力がない。

同じ〝悪魔憑き〟であるイエッタは、転生前の記憶を持ち合わせてはいたが、ルードにはそんな記憶は残ってはいなかった。

彼は幼少のころ、人の言葉を理解することができたのと、人と会話しようという意識、それを模索する意欲だけはあった。

彼の持つ〝記憶の奥にある知識〟のどこかに、何かの問いに対する解答が眠っていたとしても、探す方法がわからなければ、気づくことができるだけの経験がなければどうにもならない代物だ。

それならば、イエッタに聞けばいいじゃないかと、言われてしまえばそれまでだが、ルードは意地っ張りな男の子。

いくら最強の種族、フェンリルだからといって、今までの事件は、十五歳の少年が解決できるものだっただろうか？

ルードは、フェリスの指名でウォルガードの王太子となったが、リーダと違って学園に通い、帝王学を学んだわけではない。

その代わりに、リーダから愛情たっぷりに育てられた。

周りに何もなかったからこそ、何かを自分で解決しよう。

そういう考えが芽生えてはいるが、年齢よりも少々大人びただけで、少年の思考しか持ち合わせてはいない。

リーダの一生懸命な料理を見て、食べて育ったからこそ、料理についてはうまく『知る』ことができただけ。

ルードの今の状況を例えて言うなら、『ご飯の食べ過ぎで、具合の悪さで身動きがとれない』ことや、『魔力が枯渇《こかつ》して、倒れてしまった』状態と同じ。

一人で悩みを抱えてしまったがために起きてしまった、スランプやキャパオーバー。

ルード自身の限界を、超えてしまっていることに気づいていない。

「(だめ、どう考えてもいい方法が浮かばないよ……)」

部屋の中を真っ暗にしたまま、ルードは膝を抱えて、思い悩んでいた。

すると、聞こえるか聞こえないか、『コンコン』という物凄く遠慮がちな音が鳴る。

しんと静まったこの部屋だったから聞こえただろう、ルードを気遣う優しい響き。

「……はい」

「ルード。わたし。入ってもいいかしら?」

「母さん?」

「入るわよ」

「ちょっと待って」

ルードがかけわすれたのか、ドアには鍵がかかっていなかった。

リーダがドアを開けると、そこは明かりが点いておらず、真っ暗な中、ルードはベッドの上に佇んでいたのがわかる。

「ほらっ。こんなに暗いところで一人でいたら、落ち込むばかりでしょう？」

「待って、まだ明かりをつけな――」

小さな頃から負けず嫌いだった。

人に弱みを見せないように、やせ我慢をする子だった。

リーダが魔法を教えたときも、狩りの仕方を教えたときも。

ひとつ教わると一生懸命反復して、何度も何度も練習して。

浜辺の砂が、海の水を吸い込むかのように、驚くべき早さで学んでいった。

自信が付いたころになって、やっと笑顔で見せに来る。

それはリーダに、褒められたいという意思表示。

何でもできるように見えたのは、人一倍努力する子だから。

素質よりも何よりも、ルードは努力の子だった。

できないと言うのが、嫌いだったのだろう。

リーダに褒められるのが、好きだったのだろう。

だからルードが『悔し涙』を流しているのは、リーダには予想できてしまう。

ルードの頬に涙の跡が残っており、今も溢れんばかりの涙が目に溜まっていて、瞬きするたびに、それはほろりと落ちてくる。

「馬鹿ね」

リーダはベッドに上がって、ルードを後ろから抱き抱えるように座った。

ルードは、自分のお腹に回ったリーダの腕に手を添えた。

「だってさ。僕ね。何も考えないでやっちゃったから。それもう僕、十五歳なんだよ？　だから自分で考えなきゃ駄目だって……」

ルードは俯いたまま、強がりを言う。

そんな真っ直ぐなルードを力任せに抱き直して、向かい合わせに赤子を抱くように、膝の上に座らせ、改めて正面からぎゅっとしてあげる。

「ルード」

「……ぅん」

「わたし、何歳か知ってるでしょう？」

「……うん、よんひゃ――」

「そ、それ以上言わなくてもいいわ。……あのね。わたしと比べたらね、十五歳のあなたは、まだ歩き始めた赤ちゃんみたいなものなの」

確かに、リーダの年齢からルードの年齢を引いたとしても、四百以上余ってしまう。

ルードにだって、リーダの言わんとしていることは、なんとなく理解できるだろう。

「そう、……なのかな？」

「そうよ。お母様と、フェリスお母様から見たら、わたしなんてまだまだ子供。それにねルード。あなたと違ってわたしは、学園にも通ったし、王になるために必要な知識を教わったの。わたしが二百歳くらいのときだったかしら――」

ウォルガードで勉学に励んでいたときの、時間の長さをリーダは教えてくれる。

ルードが料理を始めた歳あたりから、リーダは学園の初等部へ通うようになった。

学園で学んだ後、城へ帰ってからも、フェリスから、フェリシアからも、女王になるために必要なことを教えられた。

「わたしは、女王になるつもりはなかった。ルードがわたしの代わりに王位を継いでくれると言ってくれて、嬉しかったわ。だからね、わたしはルードの為ならなんでもしてあげる。ほら、そんな顔しないの。ルード、目を瞑ってごらんなさい」

「うん……」

リーダは向かって右側。

ルードの左目の瞼《まぶた》にキスをする。

リーダがお腹を痛めて産んだ子がここにいる。

「ここに、あの子の魂がいるわ」

「うん」

続けてルードの右目の瞼にキスをする。

エリスがお腹を痛めて産んだ子がここにいる。

「ここには、エルシードちゃんの魂がいるのよね？」

「そうだね」

「ルード、目を開けてごらんなさい」

「うん」

リーダの目はいつも通り、優しくルードを見つめていた。

「ルード、そんなに悩んでばかりいたらね」

「うん」

「お兄ちゃんと、弟に。笑われちゃうわよ」

そう言ってルードの額にキスをした。

「あのね、わたしだって昔、悩んだことはあったの」

「そうなの？」

「わたしはね、人付き合いが苦手で。それでも王女だから、一番じゃなければいけないと、肩ひじ張って無理をしてた。フェリスお母さまが大変だったことは知ってるわ。お母様が一生懸命国を治めようとしていたのも知ってたわ。確かルードには教えたわよね？　わたしたち王家の者は、結婚したら外の世界を見に行くって」

「うん。そう教えてくれたよね」

「わたしは、お母様とフェリスお母さまに聞いたわ。けっして楽しいことばかりではないと教わったの。でもね、それだけ外の世界には魅力的なものが沢山あると思った。ウォルガードには、お母様とフェリスお母さまの二人以外、外の世界と繋がりを持とうとする人はいなかったわ。ウォルガードの王家や貴族は、とても排他的で、フェンリルとフェンリラ以外認めようとしなかったわ。わたしもそう、学園で教わってきたのだけれど、二人から聞いた話は違ってたのね」

「うん」

「わたしね、あの人と結婚したいとは思わなかった。フェリスお母さまも『断っていいのよ』と言ってくれたの」

おそらくは、ルードの兄の父のことなのだろう。

「でもね、外の世界を見てみたかった。外の世界の人と触れ合ってみたかったの。あの人はね、わたしの夫になることで、王配になることしか考えてなかったと思うわ。愚《おろ》かよね、わたしは女王になるつもりなんて、なかったのにね」

「うん」

「わたしはね、あの人は好きではなかったけれど、我慢したわ。それが王女である、責任の一つだと思ってた。そのおかげで。外の世界に出ることができて、ヘンルーダともお友達になれたの」

クロケットの母、ヘンルーダは、そんなリーダの数少ない親友と呼べる女性だったのだ。

「彼女は優しくて、頭のいい女性だったわ。彼女は、わたしのお友達と言えるかけがえのない女性なの。夫だったあの人がわたしの元から去って、ルードと出会うまで。わたしの心を支えてくれたのも、ヘンルーダだったわ。彼女も旦那さんを亡くしたばかりで、クロケットちゃんと一緒に。わたしを励ましてくれたの。あの集落の人々はね、わたしのことを怖がらないで、温かく迎えてくれたわ。シーウェルズにいる、ミケーリエルさんもそうね。そういえば、わたしのお友達は、猫人の人が多いのね。きっと、フェンリラと猫人の相性がいいのかもしれないわ。もちろん、ルードとクロケットちゃんもそうだと思うの」

「うん」

「あの子が亡くなったのは悲しかったけれど。あの子がルードに巡り合わせてくれた」

ルードのことをもう一度抱きしめて、両手のひらで、ルードのお尻をパンパンと軽く叩いた。

「ルード。わたしは女王にならない代わりに、あなたをずっと支えることにしたの。あなたが失敗したことくらい、わたしがお尻をしっかりと拭いてあげるわ。それに、お母様だって、フェリスお母さまだって、イエッタさんだって、エリスだって。あなたのお尻を拭きたくて仕方がないって思ってるはず」

「うん」

「あなたは、どうやって今まで自分の進む道を切り開いてきたのかしら?」

「…………」

「何も考えないで、とりあえずぶつかってみたのでは、なかったかしら?」

「そうだっけ」

「そうよ。ジョエルさん、だったかしら?　その人と会うつもりだったのでしょう?」

「うん」

「迷ってるくらいなら、ぶつかってみなさい。会って本音を。ルードが空の道がどれだけ大切なものか、本音で話してごらんなさい」

「うん」

「きっとね。その人もわかってくれるわ。失敗したっていいの。もしそうなってもね、わたしもお尻を拭いてあげる。あなたの中にいる、あの子たちもね、あなたの力になってくれるわ」

そう言ってルードにウィンクをする。

「うん」

「それにね、そこでこっそり見てる、エリスも手伝ってくれるわ」

「『えっ？』」

驚くルードの声と、入口の横から聞こえてくるエリスの声が被る。

「エリス、いるんでしょう？　わたしたちは何？　獣人でしょう？　匂いでわかってるわよ」

「わかってるなら、言ってくれたらいいのに……」

「ママ……」

バツが悪そうに、照れ笑いをしながら部屋に入ってくるエリス。

リーダに任せると言っておきながら、やはり心配で仕方なかったのだろう。

「もちろんわたしもね、一緒に悩んであげる。ルード、わたしたちがいたら、怖いものなんて、ないでしょう？」

「うんっ。一生懸命話して、お願いして。それでも話を聞いてもらえなかったら、聞いてくれるように『お願い』してもいいんだよね」

「……それはちょっと、どうかしら？　ねぇ、エリス」

話を振られたエリスは、腰に手をやり、上を向いて『考えるふり』をした。

「そうね。……ルードちゃん」

「はい」

「やりすぎちゃ駄目よ？」

「あははは」

「エリスったら……」

リーダとエリスが背中を押してくれるのだから、怖いものなんてないだろう。

フェムルードと、エルシードがここにいたら、きっと一緒にルードを励ましていたのだろう。

ルードはもう、迷うことはやめた。

そうしないと、ここにはいない、両目の奥にいてくれる、二人に笑われてしまうのだから。

▼

翌日日の出前から、ルードとリーダ、エリスの三人は、キャメリアに乗せられてシーウェールズへ飛び立っていた。

シーウェールズに到着するころには、海から日が昇り始めている。

破壊された商会の補修で忙しそうにしている中、ルードたちを迎えてくれた、アルフェルとローズ、アミライル。

マイルスたちの家族を含めた、エリス商会シーウェールズ支店を、支えてくれる人たち。

「お店、大丈夫なんですか？」

破損は酷く、ルードが見ても心配になるくらいだった。

「おいおい。そんなに心配するなって。店のことは心配しなくていい。皆が手伝ってくれている。店で売るだけが商人じゃないんだ。物資を届けることに集中すればいいだけだって」

「そんな……」

「俺たちはあちこちで待ってる人のために働けばいい。違うか？」

そう言いながら、笑顔でルードの頭をがしがし撫でるアルフェルは強いと思った。

「アルフェルお父さん」

「ん？　どうした？」

「僕、レーズシモンに行って、ジョエルさんという人に会ってみようと思うんです」

「そうか。本当にお前は真っすぐなんだな。ここに俺に会いに来たということは、何かを聞きに来たんだろう？」

「はい。レーズシモンのことを教えて欲しいんです」

ルードはアルフェルから、彼が知りうる限りのレーズシモンの情報を教えてもらう。

レーズシモンは土地柄、塩が不足している。

エランズリルドと同じように、魚は川のものだけ。

魚介類の交易はされていないだろうと。

話を聞いていて、今必要な物資を理解したエリスの行動は早かった。

「ルードちゃん。私は『お土産』を集めてくるから、お父さんに細かい場所とか、話を聞いてて」

「うん」

「リーダ姉さん。ルードちゃんをお願い」

「わかったわ」

二手に分かれて、レーズシモン行きの準備を始める。

▼

アルフェルの家に戻ってルードは、楽しそうにローズと談笑しているリーダに声をかける。

「母さん。『お土産』の準備終わったよ。じゃ、行こうか」

「わかったわ、ルード。ローズさん。心配しなくてもいいわ。ルードが失敗しそうになっても、わたしがついていています。きっといい結果になると思いますよ」

ローズからしたら、ルードは娘のエリスの息子。

心配していないわけがないのだから。

それでもリーダの笑顔でその不安は吹き飛んでしまう。

ルードを支えると本気になったリーダの表情には、一切の迷いなどなかったのだから。「あとからイエッタさんが、イリスさんと一緒に来るって言ってたから、私はお母さんと一緒に、ここで待ってるわ。私には私にしかできないことをやるつもり」

「エリス、お願いね」

「えぇ。リーダ姉さん、ルードちゃんをお願い。ルードちゃん、やっちゃえっ！」

「あははは……」

ローズとエリスに見送られて、キャメリアはルードとリーダを乗せて、空高く上昇していく。

出る前にアミライルもキャメリアの手を握り、何かをお願いしていたのをルードは知っていた。

同僚でもあり、侍女長として頑張っているキャメリアは言う。

「ルード様は、私たちの旦那様ですよ？　何を不安になっているのですか。リーダ様も一緒なのです。きっと大丈夫ですから」

そうアミライルにかけていた声はルードの耳にも入っていた。

ルードは改めて身を引き締める。

そんなルードをリーダは後ろから優しく抱きしめる。

「好きなことを好きなだけやりなさい。あなたのお尻はわたしが拭いてあげるんですからね」

「うん。母さん。キャメリア、行こう」

「はい。ルード様」

▼

シーウェールズを飛び立ち、まずはエランズリルドを目指す。

景色が変わっていくと同時に、雪が深くなっていくのがわかる。

エランズリルドを通り過ぎ、少し経ったあたりで、リーダがキャメリアに声をかける。

「キャメリアさん。降ろしてくれるかしら?」

「あの、まだ目的地までは、かなりあると思いますが?」

「いいの。あなたの姿を見られてしまうと、余計な刺激をすることになってしまうのよ」

「……なるほどです。かしこまりました」

キャメリアは街道に降りた。

ルードが最初に降りて、リーダの手を取り降りる手伝いをする。

「ありがとう、ルード。優しい子ね」

リーダはルードをぎゅっと抱きしめる。

ルードを解き放つと、リーダはウィンクをして。

『祖の衣よ闇へと姿を変えよ』

新緑色の美しく長い毛を携えた、フェンリラの姿へを変わったのだ。

「ルード、乗りなさい」

ルードはさっきの『刺激をしたくない』という、リーダの言葉の意味を理解していた。

「久しぶりだね、母さん」

「そうね。はい、キャメリアちゃんも」

リーダがキャメリアを振り向き、フェンリラの姿。

その奥にある優しい眼差しで彼女を促すのだが。

「あの。私のようなものが、よろしいのでしょうか？」

「キャメリアちゃん。あなたはルードの侍女であり、家令でもあるのですよね？」

「はい。生涯お仕えする心構えでございます」

「それならば、ルードの執事であるイリスと同じ。あなたもルードの家族。わたしの家族でもあるのですよ」

「で、ですが」

「キャメリアちゃん」

「はい」

「あなたは真面目で、曲がったことが嫌いで。いつもルードが何をするのか考えて行動してくれてる。とても助かっているわ。それにね、あなたはクロケットちゃんと同い年。家族のあなたは、わたしの娘みたいなものなのです。娘が遠慮してどうするのですか？」

ルードがキャメリアに手を伸ばす。

「ほら。キャメリア『お姉さん』」

キャメリアは目をぎゅっと瞑って、再び目を開ける。

彼女の瞳は嬉しそうに輝いて見えた。

「はい、ルード様。リーダ様。お言葉に甘えさせていただきます」

「本当に、キャメリアちゃんは固いのよね……」

「あははは」

ルードとキャメリアを乗せたリーダは雪の被り始めた街道をひた走る。

この街道はレーズシモンに続いている。

これからはある意味ルードの戦い。

リーダはルードの背中を支えるだけ。

キャメリアはいつも通り、ルードに付き従う。

余計なことをすることはないが、常にルードの指示を待てる場所にいるつもりだ。

こんなに心強い二人に一緒に来てもらった。

ルードが頑張らない理由はないのだった。

▼

ひた走るリーダの肩越しに、あぜ道だけが雪を被った、広大な畑が見えてくる。

間違いなく人の手が、それも魔法の何かが使われていることがわかる。

なぜなら、畑の部分だけが、雪を全く被っていない。

緑の葉を持つ、白い根菜が土から僅かばかり顔を覗かせている。

どこを見ても、その根菜しか植わっていないことから、おそらくはこれが、砂糖の原料だと考えられる。

レーズシモンらしき町が見えてくるまで、ひたすら街道の両側に畑が見えていた。

砂糖の国だけはあるのだろう。

その植えられている根菜は糖質が高く、獣の被害も多いのかもしれない。

珍しい光景だった。

畑のあちこちに農業を営む人々の家だろうか。

そういったものが点在しているのだ。

ある一定の区画に対して家のような建物が決まって存在している。

管理しやすいようになっているのだと思われる。

「凄いね、母さん」

ルードの声にリーダはゆっくりと足を止める。

「そうね。わたしも初めて見るけど、これにはきっと魔法が関係しているかもしれないわ」

「やっぱりそう思う?」

「それはそうよ。物凄く『不自然』だもの」

不自然。

確かにそうだった。

自然ではありえないコントラストを描く畑と雪。

まるでここからがレーズシモンだと言わんばかりの場所だから。

「これ。空からでもきっとわかりますね」

「キャメリアもそう思う?」

「はい。私もここまで綺麗なものは見たことがありませんから」

大空を幾度となく飛んだキャメリアが言うくらいだ。
違和感と言ってもおかしくないほどの管理された農園。
これが砂糖の国、レーズシモンなのだろう。

暫く畑に囲まれた街道を進むと、農園とは違った町が見えてくる。
そこに門番も衛兵もいなく、町は解放されているようだ。
まばらだが交易を行う商人の馬車も見えてきた。
遠目でその馬車の姿を確認すると、リーダはちょっとした林の中に入っていく。
そこでルードとキャメリアは、リーダの背中から降りる。
リーダは人の姿に戻ると、キャメリアから取り出してもらった服に着替えた。
ルードとお揃いの、クレアーナに作ってもらった商人のような服装。
それでもリーダが商人に見えるかといえば、それは違うだろう。
そこでリーダは帽子を深く被る。
緑色の綺麗な髪がなんとなく収まると、それっぽく見えるからだ。
キャメリアもルードたちの服装に合わせた色の、侍女服を着ている。
ルードたちは街道に戻り、レーズシモンの町へ歩いて向かうことにした。

▼

ルードも見たとこがない、つんとした特徴の有る香りが漂う、『水煙草』という嗜好品を吹かしながら、目の前に胡座《あぐら》をかいて座る、豪快な性格の女性。

どことなく、見たことのある耳、毛色を持つ、犬人の女性。

彼女がジョエル・レナードその人だった。

ジョエルの髪はブロンドで、それも耳が大きく垂れていた。

ルードの家族にも、そっくりの毛質、耳の形を持った女性がいる。

そう、ルードを赤子のときから面倒見てくれていた、エリスの侍女クレアーナだ。

リーダもキャメリアも気づいているようだった。

「あの、突然押しかけてすみませんでした。僕は、フェムルードと申します」

「そうかい。もしかしたら、あの『フェンリル様』、だったり、するのかな?」

水煙草を吹かしつつ、彼女の額には、脂汗《あぶらあせ》のようなものが、滲みはじめている。

虚勢を張っているような、何かを我慢しているようなそんな感じ。

そんな彼女からはアルフェルに似た、胆力《たんりょく》の強さを感じる。

「はい。僕も、ここにいる母もそうです。隠しても仕方のないことですから」

「やっぱりねぇ。それでその、お偉いフェンリル様が、あたいに何用なんだい?」

フェンリルと聞いても、彼女は態度を崩さない。

「あの、つかぬことをお尋ねしますが」

「ん? なんだい?」

気を抜いてしまえば、ルードが困る〝あの状態〟になってしまうからだろう。

「失礼ですが、あの……。クレアーナという、ジョエルさんと同じ髪と耳を持つ女性をご存知ありませんか？」

「クレアーナ、だって？」

フェンリルの威圧をものともせず、その場から立ち上がり、詰め寄ってルードの肩を両手でつかんでくる。

「は、はい。ご存知でしたら詳しくお話をしたいのですが」

それは今の今まで、いぶかしんでいた表情とは違う。

ジョエルの目は、今までよりも優しく見えていた。

「そうかい。あの子は、元気にしているのかい？」

驚いていながらも、ルードは真っ直ぐにジョエルの目を見て話を続けていた。

そんなルードの言葉を、真実と思った上でのことなのだろう。

「はい、あ、あの……」

「……あぁ。すまないね。気が動転してしまったようだよ。お茶を飲みながら、ゆっくり話を聞こうじゃないか」

商会の奥に通され、ルードは改めて昔の話を続ける。

「クレアーナは、僕が赤ちゃんのときから、面倒をみてくれていたんです――」

エランズリルドであったこと。

エリスのこと。

ここにいるリーダに育てられ、なんとか生き延びて再びクレアーナと会ったときこと。

クレアーナから聞いた僅かな状況。

彼女は村がもうなく、生き残りもいないと落ち込んではいた。

今はルードのもうひとりの母、エリスと一緒に元気にしていること。

ジョエルは目に涙を溜めながらも、ルードの目を見てしっかりと話を聞いていてくれた。

よくみるとジョエルは、クレアーナに似ている。

「――そうだったんだね。ありがとう。フェムルード君」

「ルードでいいです」

「ルード君。あたいはね、クレアーナの母の妹。クレアーナはあたいの姪にあたるのさ」

「そうだったんですね」

「あぁ。あの子が生まれたと、風の便りで聞いたときは嬉しかったよ。でもね、あたいはそれどころじゃなかった。こうして店を持つのが夢だったからね」

「はい。そのお気持ちはなんとなくわかります。僕のもうひとりの母の父が交易商人でした。名をアルフェルと言います」

「アルフェルかい、これまた懐かしい名前だね。いい男だったよ。商人としても立派な人だ。確か、狐人族の奥さんがいたと思ったけど」

確かローズは、フォルクスを出てから一切耳と尻尾は出していないと聞いていた。

それでも言い当てるという、ジョエルの情報網は物凄いと思っただろう。

「はい。エランローズといいます」

「そうだねぇ。確かそんな名前だったと」

「はい。その二人の娘、エリスレーゼが、ママが僕を産んでくれました。僕とママは理由があって、一時期離ればなれになりました。その間もずっと、クレアーナはママの傍にいてくれたんです。もし、クレアーナがいなければ、生きてママに会えなかったと、僕は思っています」

「そうかい。あの子が、立派になったもんだ。一目会いたいね……」

「はい。僕は別件でジョエルさんにお願いがあってきました。この話が決裂したとしても、責任をもってクレアーナの元へお連れいたします」

「……その話というのは、何だい？」

「はい。砂糖の価格についてです」

「それは無理ってもんだ。あたいにだって、立場ってものがあるんだからさ」

交渉の第一声は、否定から入られてしまった。

ここから話は難航していった。

▼

「これは驚いた。伝説の存在に、今日は二度も出会ってしまったんだからね」

商会の裏手、搬入専用の敷地内で、飛龍の姿になったキャメリアの姿を見て、再び驚くレナード。

ルードは、先日シーウェールズで起きた事件のあらましを説明する。

そのときに、砂糖の価格が急な変動を起こしたことで、責任を感じてしまったと。

ことの始まりは、アルフェルとアミライルが、一部の商人に恨みを買ってしまったからだということ。

その原因は、ルードとキャメリアにもあると説明した。

ジョエルは『自分の目で見ないと納得できない』と言う。

そこでキャメリアは、飛龍《この》の姿に、ルードはフェンリルの姿になってみせたというわけだ。

「改めまして。私の名は、キャメリアと申します。我がご主人様、ルード様の元で侍女長をさせていただいております。クレアーナさんは、私の侍女として、女性としての師匠と仰ぎ、尊敬しております。その彼女が、ご自分の命より大事にされているのが、エリス様であり、ルード様なのです」

キャメリアも、一生懸命そう説明する。

リーダも、自分がウォルガードの第三王女だったこと。

ルードがウォルガードの王太子であり、エランズリルド国王の甥《おい》でもあることなどを、自ら説明してくれた。

「ウォルガードの名をかけて、わたしは、ルードが誠実であることを証明いたしますわ」

「そこまで言われてしまったら、話だけは聞かないと、駄目、なんだろうねぇ……」

ジョエルは正直面を食らっていた。

いや、水煙草がなければ、きっと、服従の印を見せてしまっただろう。

そこまで強がって、我慢していないと、正気を保てないのが犬人の本能。

目の前にいる、可愛らしい少年が、本物のフェンリルであり、そこまでの立場だとは思っていなかっただろう。

「僕は、他の商人さんたちの食い扶持《ぶち》にまで、手をつけるつもりありません。もちろん、アルフェルお父さんも一緒です。実際に騒いでいる人を見ましたが、アルフェルお父さんの言う通り、まっとうな商人とは言えない人ばかりでした。ただ、交易商をしている人には、僕の話を届かせることはできません。それゆえに、僕が事の一端を作ってしまったのは間違いないとも言えるんです」

「……なるほどねぇ。ルード君の言い分はわかったよ。でもね。あんたのしたことは準備が足りない。きちんと商人たちへ触れまわってから始めても、よかったんじゃないかな?」

「確かに足りませんでした。僕は目の前の目的だけに夢中になってしまいました。そのことはとても反省しています」

「これまでのこと。確かに信じがたいとは思っていたけれど、事実を目の前にしたら、信じてやらないわけでもないさ。でもね、報酬をぶら下げられては——」

「あ、そのことですが、これから少々、お時間よろしいでしょうか?」

「あぁ、構わないけれど」

▼

レナード商会の裏手で、キャメリアは再度飛龍の姿に変わる。

ルードは先にリーダを乗せ、その後に、ジョエルに手を差し伸べる。

笑顔で緊張を解きほぐそうと思ったのだろう。

ルードの笑顔を見て、ジョエルは少し恥ずかしそうにしていた。

「お手をどうぞ。それほど揺れませんのでお乗りください」

「……えっ？　乗っても、いいのかい？」

驚いていたとしても、ジョエルはアルフェルと同じ、歴戦の商人。

きっとキャメリアの背に、乗ってみたいと思っていたのだろう。

「はい、乗らないと、クレアーナのいるところへ行けませんからね」

ジョエルは、ルードとリーダから受けるプレッシャーに慣れたのだろうか？

少々ひきつった笑顔で『ありがとう』と言い、キャメリアの背中に乗せられる。

「安全な空の旅になります。少々の時間ですが、雄大な景色をお楽しみください。キャメリア、ゆっくりお願いね」

「はい、かしこまりました。ルード様」

ふわりと物理法則に逆らうような浮遊感のあと、ゆっくりと大空へ駆け上っていく。

あっという間にレーズシモンの国が、小さな背景となり空の彼方へ置き去りにされていく。

各国を旅してきたジョエルにも、その景色は新鮮だっただろう。

絶景に声を失いながらも、今見ておけるものは見逃してはいけない。

そう思ったのかもしれない。

暫《しば》しの空の旅。

レーズシモンの豪商であり、レナード商会、商会長のジョエルにとって、生まれて初めての空の旅。

それは馬車では味わえない、途方もない距離を一瞬で駆け抜ける。

エランズリルドを見下ろしながらあっという間に通り過ぎ、深い森の上空を通り過ぎるとウォルガードが見えてくる。

ルードの屋敷の上空を軽く旋回する。

ゆっくりと庭先に降りていく。

リーダが用意させた馬車に乗り込み、侍女の一人が手綱を握り、キャメリアとリーダも一緒に乗り込むと馬車を走らせる。

そのままエリス商会が見えるところで、馬車を停めた。

エリスの留守を預かる、クレアーナの姿が見える。

「さぁて、エリス様がいないのだから、いつもより頑張って、いきましょうか」

開店前のエリス商会の店先で、そのように指示を出しつつ、彼女も掃除を始めていた。

両手のひらをぎゅっと握り、ジョエルは遠目でクレアーナを見ていた。

彼女の表情はここに来るまで緊張と不安が見て取れたのだが、安堵した表情に変わっていた。

「ジョエルさん。クレアーナに会わな――」

「いいんだよ。さぁ、戻って話の続きをしようじゃないか」

「いえ、おかしいですって。こんな近くまで来たのに、会わないだなんて」

「いいって言ってる。それにあんな、辛いことを思い出させても仕方ないじゃないか。酷い状態だったさ。でもね、あたいは皆を弔《とむら》ったんだ。あんなところのことは忘れて、今幸せだったらいいじゃないか……」

確かにジョエルの言っていることはわからなくもない。

だが、クレアーナが悔いているのも知っている。

だからこそ、こんなときだからこそ、ルードは兄の力を使うべきだと思った。

左目の奥に魔力を込める。

薄っすらとジョエルを包む、白く優しい魔力の霧。

「ジョエルさん。『お願いします』。クレアーナと会ってください」

「……そう、させてもらおうかね」

ルードは交渉のためには、この能力を使わなかった。

だが、ルードはただクレアーナに会ってほしかった。

ジョエルの表情は少し困惑したような感じになっている。

意思の強い彼女だからこそ、違和感に気づいたのかもしれない。

もちろん、これをルードが交渉に使わなかったことも。

「クレアーナ」

ルードは馬車のドアを開けて、クレアーナを呼ぶ。

「ルード様。確か、シーウェールズへ行かれたと聞いておりましたが。どうされたのですか？」

不思議そうに思いながらも、ルードに手招きされたから、何も疑わずに馬車の中へ。

すぐに気づいただろう。

匂いを感じ、姿を見て、ルードと一緒にいる女性が、自分と同じ犬人だということを。

耳が同じだということを。

「ルード様。そちらの方は？」

「あー、うん。あのね、クレアーナの叔母さんなんだって。クレアーナのお母さんの、妹さんなんだって。クレアーナに会いたいって言ってたから、僕が連れてきたんだよね」

ルードは力を霧散させた。

ジョエルを包む霧が消えていく。

彼女はルードを『仕方ない子だ』という表情で見た後、クレアーナの顔を見る。

「リリアーナ姉さんそっくりになったね。あたいのことは憶えちゃいないだろうけど、さ」

「ママの名前……」

「そうだよ。あたいはリリアーナ姉さんの妹。ジョエルってもんさ。あのときの赤ん坊が、こんなにも、大きくなったんだねぇ……」

その場で俯き、地面に涙の滴を溢すクレアーナを、そっと優しく包み込むジョエル。

ルードはリーダ手を、ぎゅっと握った。

▼

その夜、クレアーナを連れてシーウェールズへ戻ったルードたち。

アルフェル家の食卓で、クレアーナとジョエルは仲良く夕食をとっていた。

エランズリルドに連れてこられたときのこと。

エリスに助けられて、彼女を支えようと思ってからのことを。

クレアーナは、ジョエルに思い出すように話をする。

ジョエルは、クレアーナが連れ去られた後の、彼女らの村の悲惨な結末を、隠すことなく伝える。

叔母と姪、お互い昔のぼやっとした記憶でしか覚えていない。

クレアーナの部屋の明かりは、遅くまで点いていたようだった。

その晩、二人は一緒に眠ったそうだ。

▼

翌朝、ジョエルはルードに素直に頭を下げる。

「ルード君。あたい、意地を張ってたようだね。あのとき、不思議な力があたいに働いたのはわかってるさ。でもね、あんたはあたいとの交渉に、それを使わなかったのを知ってるよ。クレアーナからも、あんたのことは沢山教えてもらったさ。本当に、真っすぐで、いい子なんだね」

「いえ。僕なんてまだまだです」

「謙遜することは、悪いことじゃないけれど、商人としてはまだまだだね。さぁ、話の続きをしようじゃないか。あたいはあんたを信用したわけじゃないんだからね」

「では、ここではなく、ジョエルさんの商会でお願いできますか？　僕が持っていったお土産がもうもたないかもしれないので」

ルードは苦笑しながらそう言った。

ジョエルは『？』という表情でいながら、ルードの提案を受け入れた。

▼

クレアーナは用事があるからとついてこなかったが、エリスとリーダ、キャメリアとルード、ジョエルの五人でレーズシモンへ戻ってきた。

レナード商会の裏手へ戻り、ルードはキャメリアに『お土産』を出してもらった。

キャメリアは隠していたものを取り出すと、ひとつ、またひとつとジョエルの前に積んでいく。

ジョエルは最早、驚きを通り越して呆れてしまっていた。

ルードは、飛龍の〝隠す〟能力で、大量の輸送が可能になることを説明した。

「では、ジョエルさん。話の続きを聞いてもらえますか？」

「……あ、あぁ。聞こうじゃないか」

ルードは、現在考えている『ウォルメルド空路カンパニー』の構想を、熱心に説明した。

横で話を聞いていたエリスは、少々難色を示すような表情。

この時点では、あえてエリスもリーダも、ルードに交渉させるつもりだった。

「……駄目だね」

「そう、……ですか」

結果は予想通り。

ルードの提示したプランは、どこか甘かったのだろう。

がっくりと肩を落とすルード。

ジョエルは、そんなルードの肩をポンポンと叩く。

「確かに、クレアーナに会わせてくれたことに関しては、感謝してもしきれない。エリスさんも、クレアーナを家族として迎えてくれてありがとう。だけどね、それとこれとは話が別さ」

「はい……」

「ルード君。あんたの考えは甘かった。そりゃ、嘘をついたり、料金をふっかけたりする糞《くそ》みたいな奴らは自業自得だよ。救ってやる必要なんざ、これっぽっちもありゃしない。ただね、真っ当な商人たちにもいずれ、空路の煽りはくるだろう。そのあたりはどう考えているんだい？　それが解決できないって言うなら。この話はなかったことにするしかないね」

「はい……」

リーダは見ていられなかった。

それがある意味、ジョエルがルードを思って言ってくれているのは理解できていた。

リーダが口を開こうと、ルードの手助けをしようとしたとき、

「リーダ姉さん。ここは私の出番だわ」

「エリス……」

「横から口を挟んで申し訳ありません。ルードに、商人としてのことを教えていなかった私にも、責任はあります」

「エリスさん、いいよ。話があるんだろう？」

ジョエルはにやっと笑う。

同じ商人として一目置いている、商人として名の通るアルフェルの娘だと聞いたから。

「はい。そうですね。私がルードちゃんのママとしてお尻を拭くなら……。どの商人にも空路を利用できる仕組みなどは、いかがでしょうか？」

「ほう？」

「ルードちゃんは、シーウェールズの王家とも交流があります。試験的に、シーウェールズ郊外に倉庫を作り、そこで物を受け取れるなんて、どうでしょう？　ルードちゃんはエランズリルド国王の甥でもあります。その二か国でまずはその仕組みづくりをさせてみせます」

「なるほどね。それを見て納得いくなら、レーズシモンでも同じ倉庫をあたいが作れば利用できると？」

「はい。輸送費などのすり合わせは必要かと思いますが、一日に数便。三か国を結ぶ交易が可能になるかと思いますが？」

「それが実現できるなら、考えなくもないね」

「商人が自ら伝手《つて》を作れば、現地に行かなくとも物を輸送することができるようになるでしょう。

そうすることで、無駄に時間をかけることなく、恐ろしい獣や、盗賊から襲われる心配もなくなると思います。安全と安心、時間と距離を購入できる提案。これが私のママとしての責任の取り方です。いかがでしょうか？」

ジョエルは腕組みをして、暫し考える。

目を開くと、口元を吊り上げて、少々悪そうな笑みを浮かべる。

「ちょいとばかり、足りないね。そうだねぇ。交易に使える、新しい商品。そんなのも、欲しいねぇ」

エリスはジョエルが言っている意味を、すぐに理解した。

今の方法は、ほぼエリスたちの手伝いで実現できてしまうだろう。

シーウェールズで、ルードが考えたお菓子を食べたジョエルは、ルード自身が模索する試練も与えようと思ったのだと。

「そうだね。とりあえず、六十日間だけは、砂糖の値段を戻すとしよう。ただね、三十日の間に新しい商品を、残り三十日で空の交易路だったかな？　その片鱗だけでも見せてくれたら、そのあとのことも考えようじゃないか？」

エリスとジョエルは、ルードの答えを待たずに、なぜかがっしりと握手を交わしていた。

エリスの悪巧みの表情に気づいたリーダは、『仕方ないわね』という、苦笑を浮かべる。

「どう、ルード。わたしとエリスが手伝うから、約束できそう？」

「うん。僕、頑張ってみる」

こうして、空路の発展と、新商品の開発に着手することとなった。

第五話　兎人族の村へ。

ウォルガードを出たときは、まだ真冬だった。

シーウェールズの上空を抜ける際は、深い雪雲の隙間から港町が見えた。

それなのに今、ルードの視界に入るものは、ひたすら野菜、野菜、ときおり果物、また野菜。

色とりどり、大きさも様々、青い匂いから、熟れた甘い匂いに囲まれている。

ルードがよく使う、葉野菜や根野菜と違い、茎から垂れるようにたわわに実る珍しいもの。

似たようなものは、果物以外では大豆などの豆類や、緑玉芋《かぼちゃ》がそれにあたる。

よく熟れた果実のような、朱や緑のツヤツヤした実がなっている。

ルードは生唾を飲み込んだ。

それくらい、良い香りがしたからだったのだろう。

真っ赤に熟れた、甘い香りのする野菜とも果物とも思える、艶のある作物が目にとまり、ルードは無意識にそっと手を伸ばそうとしてしまう。

「ルード様。駄目ですよ？」

キャメリアの声に驚き、慌てて手を引っ込める。

「何度も言わなくたって、わかってるってば」

ルードとキャメリアの二人は、とある村へ向かうために、まるで秋晴れのように涼しく感じる野菜に囲まれた道を進んでいた。

それは初めて訪れる場所の場合、そこに住む人たちを、驚かせたりしないようにという、ルードならではの気遣いであった。

そんなルードの気遣いを台無しにするかのような、笑えない部分が残ってしまっている。

それは二人の格好の違い。

ルードはリーダとお揃いに作った、旅をする際に着る服装。

彼の後ろをつかず離れず、赤い侍女服を着た、キャメリアが歩いている。

ルードですらついさっき気づいたのだが、そのときにはもう遅かった。

今までは、キャメリアの姿もそれでよかったのだろうが、今回ばかりはルードのミスだ。

これではどこから見ても、旅人には見えず、怪しい二人に見えてしまうだろう。

雪を探しても、遠い山々でちらりと積もっているのが見える程度。

真冬のさなかとは思えないほどに、過ごしやすい気候だ。

まわりの木々は、赤く色づいてきており、冬支度され始めたようにも思える。

高い山々をいくつも越えてきて、山を越える度に雪の存在が少なくなっていく。

昔の商人たちが残したとされる、地図を頼りに上空から場所を特定。

それらしい場所にたどり着くと、高度を下げていった。

そのとき彼女の背から見えたこの場所の近くには、緑に囲まれた村が見えていた。

上空から見た感じでは、人が住むと思われる村が中央にあって、そのまわりは敷地の数十倍はある緑に囲まれていた。

それは、誰かが手を入れていなければ、あり得ないほど整備された農園だとは思わなかった。

村の遠くを通る川から、長い水路で水が引かれており、それを見る限り、間違いなく人の手が加えられていると思われる。

そんな魅力的な農園に降り立った、ルードとキャメリア。

ただただ農園《その》の迫力と、美味しそうな果菜の香りに圧倒されていた。

▼

シーウェールズに住み始めたころ、ちょっとしたアクシデントから王家との付き合いができ、ルードを弟のように可愛がってくれた、王太子アルスレットの好意により、家庭教師をしてもらっていた。

ルードはウォルガードの学園に通うことがなかったため、勉学という意味では彼から教わったことが、唯一の知識と言えなくもない。

アルスレットがいなければ、亡き弟エルシードの訃報を知ることができず、母親のエリスを助け出すこともできなかっただろう。

後に錬金術師のタバサと知り合うことになり、更に知識を求めるきっかけになったのも、彼のおかげだった。

ある日の昼下がり、ルードはアルスレットから、あることを教わった。

ルードたちが住むこの世界は、丸い球体になっていて、果てしなく続く大海原を周回できたとすれば、いずれ同じ場所に戻ってくる。

シーウェールズ王家の書庫にあった、海図やあちこちから集められた地図を繋げて、ルードに説明をしてくれたものだ。

そんな途方もない、机上の空論のような話が、キャメリアの背に乗ったとき、初めて真実ではないかと思えるようになった。

ルードたちの住む大陸は、北側に位置している。

シーウェールズにも二年に一度ほど、入ってくるとされる珍しい荷があり、更に南側にも人の住む地があると知られていた。

そこへたどり着くためには、何ヶ月も馬車で進む必要があり、その先には、陸路では進めない所に到達するだろう。

その場所から、船に乗せられて渡った後、馬車で更に山間《ふもと》へ向かった先。

そのような方法で行われる交易であれば、軽く一年はかかってしまうと言われていた場所だった。

キャメリアの背に乗せられてきたルードは、馬車の旅ではなく空の旅。

ウォルガードを出て、シーウェールズを抜けると、右手にメルドラードのあるはずの場所を眺めながら、目の前の山々を通り過ぎると、開けた場所がところどころ見えてくる。

そんな山間の場所に、この村があったのだ。

前に何となく教えてもらった、遥か南の地の話が、此度の目的地だとはルードも思っていなかっただろう。

▼

農園の一部には、人が住んでいるとは思えないような、不思議な場所。

屋根のような形になってはいるが、光を通すようになっているのか、光沢のある半透明な薄い布で覆われているように見える区画。

近くに寄ってみるとそれは、蜜蝋のようなものが塗られた、張り合わされた布のようだ。

この地は、元々乾きやすい温暖な地域なのだろうか？

それゆえに、この村の西側にある、大きな河川から細い水路が敷かれていた。

ただそこには違和感がある。

水を引いている河川とこの村を比べると、この村は間違いなく高い場所にあるはずだ。

低い場所から高い場所へと、水が流れてきている。

そのためか、最低限の湿度を保つことができていて、冬なのに乾いた感じがしない。

ルードは気づいてはいないが、おそらくは、〝この世界にはないはずの、テクノロジーが使われている〟と、同じ〝悪魔憑き〟のイエッタなら思っただろう。

「あ、忘れるところだった」

「はい？」

「こういうこと」

ルードはキャメリアにウィンクすると、

『狐狗狸《コクリ》ノ証ト力ヲココニ』

イエッタから教わっている変化の呪文を唱える。

ぽんっ、という軽い音と共に、ルードの側頭部から耳のあったあたりを覆うような、大きな狐の耳、大きなふさふさとした尻尾が出現する。

「あ、ちょっと邪魔。一本だよ、……一本」

そうぶつぶつ唱える。

ルードが普段使っている魔法の詠唱はかなり独特で、かなりいい加減。

こんな微妙な調整は利かないはずなのだが、七本出現していた尻尾は、煙を纏うと一本だけ残して、他のものは消えてしまう。

キャメリアも、魔法の嗜《たしな》みはあるのだが、ここまで便利なものは使えない。

彼女たちは、念じて魔力を放出することで、魔法に似た魔術と呼ばれる現象を顕現させる。

だからこそ、ルードを尊敬すると同時に規格外、『自分と比べてはいけないもの』と、内心呆れていたりする。

それでも、ルードの今の姿は、耳と尻尾がでる前よりも可愛らしく感じる。

この可愛らしいという感覚は、ルードに忠誠を誓ったあの日から、新たに芽生えた感覚だ。

家族であり、同僚でもあるイリスと毎晩のように、語り合った家人としてのあり方。

その延長上にあった、主人であるルードの可愛らしさ。

こんなところが可愛い。

こんな部分が愛らしいと。

イリスに解かれると、徐々に納得していく己に気づいてからというもの。

イリスは言われていない『僕のお姉ちゃんみたいなものですから』という、ルードの言葉。

弟を支え、見守るという姉のような気持ちだと、思えるほどにルードは可愛らしい。

これは間違いのないことだった。

「……はっ。申し訳ございません。確かにそのお姿の方が、村の人々へご配慮されるという意味では有効だと思われます、……ね」

「(なんだろう？　最後の『ね』までの間は)う、うん。そうだよね。それよりも、キャメリアのその服、……何か怪しまれたら、ごめんなさい、するしかないよね」

忘れ物を確かめたときには、すでにキャメリアは飛龍の姿だったこともあり、ルードもキャメリア本人もすっかり忘れていたのだ。

ルードやイリスのように、気配を消すのが上手いというわけでもない。

アミライルがしたように、ルードの服装とそっくりに偽装する容易いはずだが、着替えを忘れたからという理由だけではなく、キャメリアの侍女としてのプライドがそれを許さない。

主人であるルードの性格が真っすぐなのと同様、キャメリアもまた、偏屈だったりするのだ。

「その件につきましては、大変申し訳ないと思っています……」

そんなとき、ルードの嗅覚に、反応があった。

今回の目的でもある、特徴のある香り。

ルードが探しているものは、間違いなくこの村にあるのだろう。

同時に感じる匂いは、間違いなく獣人のもの。

だが、今まで嗅いだことのない、珍しい匂いでもあった。

農園から、出たり入ったりする姿が見られるようになってきた。

おそらくは、作物を収穫しているのだろう。

シーウェールズでも見ることがなかった種族で、とても珍しく感じる人たち。

遠くからみても、その珍しい姿は印象的だった。

もふもふした毛で覆われた人と、そうでない人と。

警戒心が薄いのか、ルードたちを見ると、手を振ってくれている。

ルードも嬉しくなり、笑顔で手を振り返す。

農園と農園を挟む道を進んでいくと、村だと思われる場所へ出ることができた。

「すみません。村長さんにお目通ししていただきたいのですが」

「おや？　珍しいお客さんだね。狐人族のように見えるけど？」

彼の鼻先が動く。

「……うんうん。この匂い。〝コスプレ〟みたいな、付け耳尻尾でもなさそうだし。君は『間違いなく』、獣人さんなんだね？　獣人さんなら大歓迎だよ。後ろのメイドさん、じゃなく女性の方も、服装はどうであれ、人ではないようだし」

確かにキャメリアのこめかみからは、乳白色の角が生えている。

人間とは見た目から全然違うのは一目瞭然。

ルードも聞き慣れない言葉があったはずだが、それよりも彼の大きさに驚いてしまって気づいていなかったようだ。

「(うわぁ……)あ、はいっ」

背が高く、太い茎のある畑から出てきた彼は、作物よりも更に大きかった。

まっ白の巻き毛でもふもふしていて、頭の上にある耳が毛で隠れてしまうくらいに、とにかくもふもふ。

ルードも抱きつきたい衝動に駆られるが、かろうじて我慢できているほどだ。

エリスやクロケットがいたら、間違いなく顔を埋めているはずだ。

珍しく、特徴のある肩で吊りさげるズボンを穿《は》いている、身の丈二メートルはあると思われる男性。

イエッタであればきっと、〝オーバーオール〟だとわかっただろう。

鼻と口元は見えるのだが、毛に隠れてしまって眼が探せないほど。

この村は、兎人族という種族が暮らす村だと、あらかじめ調べていたのだが、初めて見るその姿は、大きさと珍しさで、驚いてしまうくらいだ。

「うん。いい返事だね。案内してあげるから、ついでおいで」

「はい。ありがとうございます(獣人さんなら大歓迎?　何か理由があるのかな?)」

それにしても、ルードを怪しいと思わないのだろうか？

ここまで歩いてきたはずの違和感は、絶対に拭えない。

それなのに、暖かく迎えてくれるのはなぜだろう？

あのとき、ルードを優しく迎えてくれた、狼人族の村長、ガルムを思い出していた。

彼と違うのは、力強さを感じないほど、もふもふな様相だった。

男性と女性の違いは、一目瞭然《りょうぜん》だった。

白い毛で、体中を毛で覆われているのが男性。

その反面、黒い毛や茶色毛の、大きな垂れている耳が特徴的で、ルードたちと同じような姿をしているのは女性のようだ。

小さな子供たちも、見た目で男の子か女の子かわかるくらい。

猫人の集落を思い出すような、大小様々な石で積まれて、隙間を土で埋められた壁の家々。

その中でも、ひときわ大きな家に、ルードたちは案内される。

玄関を抜けると、一段上がったところが木で組まれた床になっている。

その男性は、靴を脱ぐとその場にしゃがみ込み、器用にくるりと回して、横の壁に並べて靴を置いた。

「どうぞ、あ、靴はそこで脱いでくれるかな？」

「あ、はい。お邪魔します」

元々靴を脱ぐ習慣のあったルードとキャメリアも、彼に倣って靴を置く。

「どうぞどうぞ」

板の間を歩いていくと、少し広めの部屋に通された。

そこは、ルードたちも馴染みのある、低いテーブルが置かれている。

ルードたちに先に座るように促したが、ルードは彼が来るまで立っていた。

「あー、別に座ってくれてよかったんだよ？　ささ、座って座って。そこの彼女も、ね？」

ルードが座る前に、キャメリに目で『キャメリアも座ってね』という感じに促した。

ルードの左斜め後ろに、キャメリアはそっと座る。

「あの。僕」

「うん。村長さんでしょう？」

「あ、はい」

男性は、お茶を出してくれると、ルードの向かいに胡座をかくように、どっかりと座った。

「あのね、俺がその村長さんの代理」

「はい？」

「ようこそ、兎人族の村、バーナルへ。俺は村長代理のランドルフだよ」

「あ、はい。遅れてすみません。僕は、フェムルード。ルードと呼んで下さい。一緒にいるのは、僕のお姉さんでキャメリアです」

「ルード様。そんな、お姉さんだなんて……。はっ、失礼いたしました」

「あははは。それで、こんな最果ての村に、何の用かな？」

毛の奥から、真っ赤な瞳が見つめていた。

同時に、背後からとても冷たい視線が感じられた。

それは、ルードでも少々怖さを感じるほどのもの。

慌ててキャメリアが、ルードを庇おうとしたくらいに。

「ランド？　お客さん？」

「リア。大丈夫だよ。彼は安全だから。ほら、武器も持っていない」

「そう。なら安心」

ルードが振り向くと、そこには女性が立っていた。

「ルード君、キャメリアさんも、驚かせてすまなかった」

「いえ、大丈夫です」

よく見ると、彼女の腰の両側には、鉈《なた》のようなナイフが一振りずつ。

垂れた長くて大きな耳で、左側が白で、右側が黒い毛。

右側の耳だけ大きく千切れていて、右目の上と、左の頬に古い切り傷。

ルードよりも高い身長で、全体に引き締まっている感じ。

「リア。どうしたの？　その怪我」

「いつものこと。獣を追い払ったら、ちょっとぶつかっただけ」

右腕に、新しい傷があるのか、少しばかり血が滲んでいた。

「ルード君、でいいかな？」

「はい」

女性はランドルフの横に座って、彼に寄りかかる。

「彼女は僕の奥さんで、この村の族長さん」

「ナターリア」

よく見ると、彼女の腕も足も生傷だらけに見えるのだ。

ナターリアが大丈夫と言い、ランドルフが流したことで、ルードはあえて触れないことに決めた。

「あ、僕。ルードと申します。一緒にいるのは、僕のお姉さんで――」

「あはは。また同じこと言ってるし」

「あ、はい……」

彼らはやはり、兎人族という種族で、ルードたち獣人と同じ獣人種。

「ルードさん」

「はい」

「どうやってきたの？」

「リア。それを言っちゃ……。あー、なるべく聞かないようにしようとしてたのに」

馬車もなく、ここまで歩いて来たはずがないのはバレバレ。

ランドルフはあえて、聞かないようにしてくれていたのだろう。

キャメリアの服装の件もあり、予想していたこと。

ルードは、ここまで来た方法を素直に教える。

「へぇ。本当にいたんだね」

「はい。彼女は飛龍ですが、僕のお姉さんなんです」

「うん。綺麗」

「……ありがとうございます」

奥の部屋から、こっそり見ている影があった。

モフモフの白い毛と、黒い耳の女の子。

おそらく五歳か六歳くらいだろうか？

「あ、この子たちは、リアの妹の子たち。俺の甥っ子と姪っ子だよ」

「こんにちは」

「……いらっしゃい」

「はい。こんにちは」

ナターリアはすくっと立ち上がって、二人を両脇に抱えて部屋を出ていく。

「お客さんだから、あとでね」

「あー、ずるいー」

「はーい」

まるでナターリアに遊んでもらっているような、笑顔でルードに手を振る子供たちに、ルードも笑顔で応える。

「パタパタさせてすまないね。……それで、君は『こんなに遠くまで』、何を探しに来たのかな？」

「あ、すみません。僕、これを探しに来たんです」

キャメリアから小さな瓶を受け取ると、瓶の蓋を開けてテーブルの上に出した。

乳白色の油脂が入っており、そこからは独特の香りも漂ってくる。

ルードから受け取った瓶を鼻先に持っていくと、ランドルフの鼻はくいくいと動き始める。

「あぁ、これ。入れ物は違うけど、俺たちが作った、綿種果の油脂だね？」

「綿種果《めんしゅか》、と言うんですね？」

「うん。俺がね、育ててるんだ」

毛で覆われた彼の赤い眼が、先ほどのように厳しい感じではなく、優しく輝いているように感じる。

「それって、どんな感じのお野菜なんですか？」

料理の大好きなルードは、野菜の話も実は大好き。

「そっか。君も大好きなんだね？　綿種果というのは――」

ランドルフも、嬉しそうに綿種果の説明を始める。

兎人族は、女性の方が勇ましく、男性は比較的穏やかな性格な人が多い。

肉や魚を食べないというわけではないが、野菜を好んで食べる。

ここの農園はランドルフが管理しており、一年中何らかの収穫が可能だ。

話の途中、ナターリアは顔だけひょっこりと出すと、

「ドルフ。続き、してくるね」

「あ、リア。ごめんね、お願い」

「いつものこと」

ドルフに手を振って、

「ごゆっくり」

そう、ルードにも言ってくれるのだ。

「リアも気に入ってくれたみたいだし。ルード君」

「はい」

「君も遠くから来たんでしょう？　数日ゆっくりと滞在していくといいよ。村長代理として、俺が許可するから。そうだ、村をゆっくりと見て回ってもいいんだよ？　もちろん、農園もね」

「あ、はい。ありがとうございます。……あの。あと二人なんですが、連れてきてもいいですか？」

「……連れてくる？　あぁ、彼女は飛龍さんだっけ？　なるほどね。うん、構わないよ」

この村の人たちを警戒させないように、二人だけで来た。

そういうルードの気遣いに、気づいてくれたのだろうか？

「ありがとうございます」

「ところでその人たちは、ルード君の？」

「はい。家族です」

ルードは、躊躇《ためら》うことなく、二つ返事で答える。

「そうかい。なら安心だね」

「ちょっとだけすみません」

ルードは中座し、キャメリアと一緒に外に一度出る。

「キャメリア。母さんたちを呼んできて」

ルードはあらかじめ、エリスをとリーダに待機してもらっていた。

今は昼を過ぎて、少し経ったあたり。

キャメリアの速さなら、早めに戻ってこれるとルードは思っていた。

だからまるで、すぐ近くに二人を呼んできてもらうように、ルードはキャメリアにお願いする。

「はい。かしこまりました」

ルードは、村の外へ出るキャメリアの背を見送る。

目で彼女を追えなくなると、踵を返して村長宅へ戻ってきた。

「お待たせしました」

「そうかい。じゃ、話の続きだね？」

「はい。お願いします」

ランドルフは、ここまで野菜について、語り合える日が来ると思っていなかった。

族長代理として、族長の夫として、彼女に食べさせたいからと頑張ってきた野菜作りについて、ここまで話を聞いてくれる人がいなかったのだろう。

「ランドルフさん、これなんですが――」

だが、それ以上に、ルードはランドルフの予想を超えた質問までしてくれる。

「そうだね。俺はこれ以上わからなかったものだから、お酒とね、油脂だけでもとれたら成功だと

──」


これが楽しくなくてどうするのだろう。

ランドルフが夢中になって教えてくれるのだ。

大好きなジャンルの話を、これまで語り合うことがルードもなかった。

どれだけ彼と年齢が離れているかなどは、この場では関係ない。

それだけルードも、楽しかったのかもしれない。

▼

村長宅に夕日が差し込み、日が暮れ始めたあたりのこと。

「ランドルフ様、失礼いたします。ルード様、お待たせいたしました」

キャメリアの到着の声が聞こえてきた。

「あ、着いたみたいです。ちょっとだけ失礼しますね」

ルードは屋敷の外へと迎えに行った。

「あぁ、楽しかった。ここまで話をしたのは何年ぶりかな……」

屋敷の壁に背を預け、足を放り出して小休止。

そんなランドルフの口元には、満足げな笑みがこぼれていた。

遅れて入ってきたのは、リーダとエリスだった。

「僕の母さんとママ、あと、キャメリアと同じ飛龍のラリーズニアです」

「ルードの母の、フェルリーダです」

「ルードちゃんのママの、エリスレーゼと言います」

続いて、キャメリアのやや後ろにいたラリーズニアも、無言でぺこりと挨拶をする。

「これは驚いた。ルード君は、お母さんが二人もいるんだね？」

エリスとルードの耳は同じ、だが、エリスとリーダはどう見ても双子の姉妹。

ルードが嘘を言っているようには思えなかったはずだ。

初めて訪れる村ということもあり、ルードとリーダ、二人の補佐役としてエリス。

エリスの身の回りの世話をする名目で、ラリーズニアがついてくることになった。

本当はエリスとキャメリアの三人でくる予定だったのだが、ルードの心配をするのが辛いからと、リーダは正直に暴露してこのような人員になった。

イエッタはルードの目を通して見ていると言い、お土産を楽しみにしてると、留守番を買ってでた。

ルードが、兎人族の許可を得たことで、こうしてやっと二人が訪れることができたというわけだった。

「はい。色々ありまして。僕には、母さんとママがいるんです」

そう胸を張って言えるルードだった。

二人が来る前に、ナターリアが何を相手にしているのかを聞いた。

ランドルフから聞いた話では、村の周囲には危険な獣が出没する。

最近は冬を越すために活発になっており、毎日のようにナターリアが、警戒と討伐にあたっているそうだ。

ルードとリーダは、兎人族の数倍の嗅覚を持っている。

二人ならば、村の手助けに一役買うことができるからと、一緒に村の外を調べに行くことになった。

その間エリスは、ランドルフに村の人と世間話をしても良いという許可をもらい、話をしつつ、何気に今何が足りないかを聞いて回っていた。

それはエリスの、商人としてのライフワークのようなものだったのだろう。

▼

「これよ。この香り。間違いないわ。なんでこれが、こんなに沢山あるのよ……」

獣を追い回して駆除し、かなりの数を追い回して戻ってきた。

その夜、ランドルフはナターリアからその状況を聞き、喜んで手料理を振る舞ってくれた。

歓迎の印と、ランドルフが数本持ってきたお酒は、リーダお気に入りの綿種果酒。

それも、数年寝かせた年代《ビンテージ》もの。

ちょっとずつ、我慢しながら飲んでいたお酒そのものが、ジョッキサイズの素焼きのグラスに並々と入れてもらったものだから、リーダは大喜びだった。

「リーダ姉さん。もう少しお淑やかに、……と言っても駄目でしょうね」

ルードの隣で、リーダと並んでお酒をご馳走になるエリス。

そんな二人をなんとかお世話をしようと、後ろで右往左往しながら苦戦するラリーズニア。

そんな光景を、ほのぼのと眺めるのが普段のルードだったはずなのだが、今夜はそれどころではなくなっていた。

ルードたちは、普段食べることのできないご馳走を目の前にする。

兎人族は野菜を好んで食べるが、肉を、魚を食べないわけではない。

だが、この料理はなんだろうか？

肉や魚はあくまでも脇役で、主役は野菜料理の数々。

ランドルフの説明では、この村では果菜類と呼ばれるものが多いとのことだ。

ルードの知らない野菜が、メインとなった料理ばかり。

干し魚で出汁がとられてはいるが、赤い酸味のある野菜や、ルードも知る根菜も一緒に煮込まれた料理。

ルードが特に気に入ったのは、外側が薄い紫色で、白い果肉の野菜を油で焼いて、塩を振っただけの料理。

使ってあった油の、香りがまた凄かった。

ルードもオリーブ油は知っているが、植物の種を炒って絞ったもので、一風変わった香りの高い油。

焼いただけの白い果肉は、油がじわっと染みていて、肉にも負けない食感。

「何これ。じわっと染みてる。塩味も美味しいけど、んー、ちょっと何かが足りないかも。あ、キャメリア、あれ出して」

ルードに請われて、キャメリアが出したものは小さな瓶。

その上には二つの穴があり、片方は空気抜きの穴と思われるものが開いている。

ルードが白い野菜に、さらりとした黒っぽい液体を、ほんの少しだけたらりと垂らす。

それは『あと一年ほど熟成させないと駄目だけれど』と、タバサから言われていたもののプロトタイプ的調味料。

まだ熟成による深みは足りないが、匂いもイエッタに言わせれば近いものに仕上がっていて、『一年後が楽しみ』だと言わしめたもの。

「る、ルード君」

「はい？」

「そ、それって、もしかして。おしょう油だったりしない？」

「はいっ。僕が頼んで、作ってもらったんです。まだ完成ではないらしいんですけどね」

ランドルフがその巨体を乗り出して、ルードの目の前に迫ってきた。

期待に満ちた、真っ赤な彼の目は『欲しい』と、言わんばかりに見開かれていた。

彼の勢いに押されたルードは、瓶を彼の前に出して、

「ランドルフさんも、かけます？」

「い、いいのかい？」

「はいどうぞ。たぶんこうすると、もっと美味しいと思うんです」

ランドルフに容器を手渡すと、ルードは器用にナイフとフォークを使って、一口大に切った焼き野菜を頬張る。

「んーっ。じゅわっとした油が、ほくほくしたお野菜から染みてくるみたい。おしょう油もやっぱり合いますねーっ」

この世界ではどういう名前の野菜なのかはわからないが、イエッタがこの場にいたならこう言うだろう。

これは間違いなく、〝茄子の油炒め〟なのだと。

しょう油が合わないわけがないのであった。

「うんうん。なっつかしいなぁ……。やっぱり油炒めには、しょう油も合うんだ。長いこと、忘れてたね。ルード君、もしかしてさ。お味噌なんて、持ってたり、しないよね？」

「はい。ありますけど？」

「マジデスカッ！」

「はい……？」

ルードの表情は『そこまで驚くことかな？』というものだった。

ランドルフは、キャメリアが虚空より取り出した、樽から出された味噌を分けてもらうと、そのまま調理場へ脱兎のごとく走り去ってゆく。

彼の横に居たナターリアは『ん？　どうしたのかな？』という、夫のそんな珍しい姿に若干驚いていたようだが、気がついたら野菜料理に興味が戻り、舌鼓《したづつみ》を打っている。

ランドルフが調理場から戻って、大切そうにお皿を持ってくる。

「リア。これ、食べてみて」

この大きな身体のどこに、このような繊細な料理ができるのか。

ルードは彼がどれだけ奥さんを愛しており、かつ彼女に喜んでもらうために努力しているかも、先程聞いていたから、不思議議には思えなかった。

彼が持ってきた皿に載る料理もまた、野菜の料理だと見て取れるだろう。

ルードも食べていた、白い果肉の油炒めに四つに割り、その上に味噌が塗られて直火で炙ったような感じになっている。

「ん？　あ、なんだろ？　焦げてるのと、ちょっと違って、良い香り」

「そうだよ。これは『香ばしい』って言うんだ。いいから食べてみて。僕が昔、食べたいって言った料理があったでしょ？　これがそうなんだ」

ルードも予想ができるこの香り。

味噌が焦げて、その香りがつんと漂ってくる。

前にイエッタが作ってくれた、味噌味の焼きおにぎりそっくりの香りだった。

「ほら、〝田楽〟って言うんだ。食べて食べて」

これまた、ルードも初めて聞く料理の名前。

「ん。……ふわぁ、ほくほく、あましょっぱ。でも、おいし……」

甘いというと、おそらくは砂糖が練り込まれているのだろう。

ナターリアが一生懸命、美味しいと言おうとしているのが伝わってくる。

傷だらけの彼女の顔が、綻《ほころ》んでいるのが見えるのだから。

そんな彼女を、ちょっとだらしなく緩んだ口元で、

「そっかそっか。うん、よかった。美味しいって言ってくれて、ありがと」

ルードも、二人を見ていると、何だか心がほっこりと温かくなる感じがしただろう。

そんなとき、ルードの肩をつんつんとつつく感じがして、後ろを振り返ろうとすると、

「ルードちゃん」

と言いながら、エリスが抱きついてくる。

「あ、ママ。どうしたの？」

エリスはそのままの姿勢で、ルードの耳元に、こっそりと呟く。

「うん。どう思う？　ルードちゃん」

エリスの『どう思う？』に込められた意味。

ルードの表情は、もう決まっていると言っているようなものだったが、あえて聞いてみたのだろうか？

「うん。やっぱり綿種果っていう名前だった。間違いないよ。それにね、あんなに美味しいお野菜を作る人なんだ。僕、気に入っちゃった」

「そう」

「それでね、僕。この村と交易したいと思ってる」

「だと思ったわ」

ルードは背筋を伸ばし、正座に座り直す。

エリスもルードに倣って、横に背筋を正す。

「あのですね。僕の母さんが、エリス商会という――」

ルードの『商会』という言葉に反応したのか、ランドルフが振り返ると一言だけ。

「あ、ごめん。俺ね、ルード君たちは個人的には大好きになれそうなんだ。けどね、商人としては、駄目なんだ」

「えっ？」

「確かに、俺たちの村バーナルは、栄えてはいないよ？　俺だって、もっと村の人には豊かになってもらいたいと思うこともある。でもね、色々あって、商人だけは駄目なんだ。お金を間に挟むと、不幸しか生まれないことを俺は知っている。ルード君を、君の家族を、俺たちの友だちとして受け入れることはできる。だが、商取引としては、君の希望に応えるわけにはいかないんだ。本当に、申し訳ないと思っている」

ランドルフは、ルードに一切の反論を与えず、その場で隙のない土下座をする。

それを見て、出鼻をくじかれたルードは、両肩を落としてしまう。

力なく両手を後ろにつこうとして、ひっくり返ってしまいそうになるところを、音もなく近寄って支えるリーダの手。

蕩けそうな、嬉しそうな表情で、先程までお酒を堪能していたとは思えない。

多少お酒の匂いはすれども、リーダの表情はしっかりとしている。

リーダは考えた。

ルードは、人から嫌われるような態度を取る子ではない。

そのことはルードを、赤子のときから育ててきた、彼女が一番良く理解している。

珍しくリーダは熱くなり、自らの素性を明かした上で、ルードがいかに良い子かを説き続けた。

何よりリーダは、この村で作られるお酒の大ファンだ。

それ故に、綿種果を育てたこの村。

ランドルフを、兎人族を決して下に見たりはしない。

そんなリーダの心からの訴えは、確かに彼にも届いただろう。

「ご丁寧な対応、感謝します。フェルリーダさん。貴女の気持ちは、十分に伝わりました」

「そうですか、では――」

「ですが、大変申し訳ありません。俺たち兎人族の心に残ってしまった傷は、未だ癒えてはいないのです」

ランドルフの横にいるナターリアも、物凄く済まなそうな表情をしていた。

「貴女とルード君は、〝あの神話に出てくるフェンリル〟だったんですね。どうりで、あの獣を容易く追い払うことができたわけです。それにですね、ルード君とはとても話が合うんです。年齢の垣根を越える友だちにだって、なれそうだと思いました。ですが、『左様ですか』と、首を縦に振るわけにはいかんのです」

ルードの気持ちも、リーダの気持ちも、ランドルフには十分に伝わってはいた。

だからこそこうして今、なぜ駄目なのかを伝えなければならない、そう思っただろう。

「俺とナターリアが小さかったころは、ここまで余裕のある村では、なかったんですわ――」

ランドルフは思い出すように、ルードたちへ話をしてくれる。

それはまだ、二人が彼らの甥っ子姪っ子のような年齢だったその昔。

バーナルは彼の言う通り、実り豊かな村ではなかった。

その当時、村では綿種果を栽培しているわけではなかった。

綿種果は元々、この付近の山で自生していて、乱獲しなければ毎年実を付けていた。

今よりも大変だったが、年間を通して収穫できるため、安定した数を集めることが可能だった。

野生の綿種果もそれなりに糖度が高く、その果汁で作られたお酒と、種子からとれる油はがバーナルの名産品。

馬を使って何ヶ月もかかる道のりを、兎人族でも足に自信のある者が、一番近い種族の住む地域まで行き、穀物と交換して戻ってきていた。

香り豊かなお酒と品質の良い油脂の噂を聞きつけてくれたのか、辺境の村バーナルにも年に数回ほど、商人が訪れてくれるようになる。

多種族との交流がない兎人族には、通貨を利用するという文化がないため、商人との取引も物々交換で行われていた。

その酒と油は遠くに住む人々には珍しいものらしく、商人たちは喜んで持ってきた小麦などと交換してくれたものだった。

毎年のように見覚えのある商人たちが訪れるようになると、一晩村に宿泊して身体を休め、彼らは次の朝に出立する。

村では商人たちを温かく迎えるようになり、夜にはお酒や山の幸を振る舞ったものだ。

なぜそのようになったのか？

それは、兎人族が自力で穀物と交換したときよりも、明らかに多い量を置いていってくれることに気づいたから。

彼ら商人たちは、酒の席で声を揃えて言う。

『こうして、必要とされているところへ物資を届けるのが、商人としての矜持を貫くこと。金はあっても困らないが、そんなものよりも、笑顔の方がうれしい』と。

人間の寿命は、兎人族などの獣人とは、比べものにならないほどに短い。

ランドルフたち兎人族が成長するとともに、人間たちは年老いていく。

そんな商人が、若い商人を連れて『自分たちの代わりにこの者たちが引き継ぐ』と、挨拶をしてくれる。

そんな若い商人たちも、しっかりとした矜持を持ち合わせていた。

そのような人の良い商人たちを見て育ったランドルフたちもまた、商人が好きだった。

ナターリアが成人し族長を継いだ年、幼なじみのランドルフと夫婦となった。

ランドルフは、小さなころからナターリアが大好きだった。

彼女は村の人を、外敵から守るのが自分の使命だと思っていた。

傷だらけになっても、笑顔で返って来る彼女に、美味しい野菜を食べてもらいたい。

そんな彼は一心不乱に、農作業に打ち込むようになる。

いつの日か綿種果の栽培に成功し、お酒や油脂も安定して作れるようになる。

綿種果以外の作物も数多く採れるようになり、すこしずつだが兎人族の村も豊かになってきていた。

毎年春先に訪れては、数ヶ月分の穀物を届けてくれる商人たちは三組ほどいた。

ランドルフたちは、綿種果のお酒と油脂だけでなく、保存の利く作物も商人たちに持たせるようになり、兎人族と商人たちも良い関係を保つことができていた。

ところが、今から十年と少し前あたりだっただろうか？

雪解けが終わり、春を迎えたのだが、商人たちは訪れない。

それどころか夏前になっても、一組も商人たちが現れないではないか？

多少遅れることはあっても、せいぜい一組遅れてくる程度。

この数十年、こんなことは一切なかったのだ。

穀物が底をついていたとしても、バーナルの村では豊富に育っている野菜があるから、食生活に変化がでることがなかった。

だが、穀物のない食卓は少々寂しく、毎年商人たちに会って、話を聞くのも楽しみの一つだった。

夏に入ったあたりだったか、やっと一組の、見覚えのない商人たちが姿を現した。

その商人たちの話では、『今まで来ていた商人は引退してしまった。我々が後を継ぐことになった』とのこと。

それだけなら、引き継ぎの手間があって遅れたのだろうと思うだろうが、事態は少々変化が起きていた。

商人たちは表情を暗くし、『麦が不作になってしまい、数も少なく高価になってしまっている。前に来ていた商人の顔を潰すわけにはいかないと思い、こうしてかき集めて訪れた』と言う。

前ほどの量は置いてはいけないが、少しばかり我慢して欲しい、そう言われてしまえば信じるしかないのが兎人族たちだ。

態度を変えることなく、遠くから訪れてくれた商人たちをもてなし、翌日は同じように酒や油脂などの物資を持たせて、彼らの背中を見送る。

確かに多少少なくはあったが、使い方次第でどうにかできるだろう、ランドルフはそう思った。

翌年も、春が過ぎて夏が過ぎ、今度は秋になるころ、彼らは現れた。

昨年と同様に、申し訳なさそうな表情をし、言い訳じみた言葉を並べる。

この年は更に麦の量は減っていながら、『仕入れ値が上がったから』と聞いて、気の毒に思ってしまう。

更に翌年は、夏前に現れたかと思うと、『不作が続いていたが、何とかこの村のために用意させてもらった』と、彼らは言っていた。

彼らが去ったあと、小麦を倉庫に入れて中を確認したところ、何かを砕いたような細かい不純物が混ざるほどの粗悪品になっていた。

「――量が減るならまだよかった。混ぜ物だけは、我慢できなかったんだ」

あの世話になった商人たちが託した人ならばと、信じようと思ってはいたが、あまりにも状況がおかしすぎる。

ナターリアと話し合った結果、一度調査をしてみようということになった。

人間と兎人族とでは、体力も何もが違っている。

一番近い宿場町からでも、人間ならばここまでは馬車が必要だが、兎人族はそうではない。

調査役を買ってでたのは、村長でもあったナターリア。

女衆たちに村の安全を託すと、ランドルフに無事を約束して、彼女は夜のうちから出ていった。

半年ほど経って、体中に傷を作りながらも、ナターリアは村に戻ってくる。

ランドルフは、彼女から真実の報告を受けていた。

なんと、あの商人たちは、ここ数年姿を現していた男たちに陥れられてしまっていた。

交易を続けられないような怪我をさせられてしまい、故郷の村に戻っていたとのこと。

ナターリアは、仲良くしていた商人本人から、その話を聞いたから間違いはない。

「〝仏の顔も三度まで〟というじゃないか？　俺はさすがに我慢できなくなっていたんだ」

ランドルフとナターリアは話し合い、自分たちの従姉妹にあたる年上の若夫婦を、その商人の家に向かわせることにした。

そこでその人たちに、今までのお礼をし、彼らを支えながら、商人として弟子入りをすることとなった。

翌年の秋口、事情を知らずに、商人たちが姿を現した。

彼らの訪れは、犬人や猫人ほどではないが、兎人であるランドルフにも匂いでわかった。

二人は、村の手前にある農園の入口で、仁王立ちになり出迎える。

口下手なナターリアに代わって、ランドルフが理由をきっちりと話し、入村を拒絶する。

交易商人だけあって、彼らは馬車から武器を持ちだし、問答無用にランドルフへ斬りかかろうとする。

今度はナターリアの出番。

ランドルフに代わって、両手に持った鉈のような小刀で、彼らを蹴散らしてしまう。

死なない程度に撃退すると、彼らは捨て台詞を吐いて、逃げ帰っていった。

「――と、こんなことがあったんだ。今は僕の義姉。ナターリアのお姉さんと旦那さんが、商人をしている。彼ら以外には任せられないんだ。もう、商人はこりごりなんだよ……」

長くため息をつくランドルフと、彼を気遣うナターリア。

ルードは声が出なかった。

まさか、自分が見てきたあの悪徳商人の被害者が、目の前にいるとは思っていなかったから。

肩をがっくりと落としたルードを支えるリーダ。

ただ彼は、ルードのことを認めてくれている。

年の離れたルードを、友人になれるとまで言ってくれている。

それがどれだけ、リーダにとって嬉しいことだっただろう。

それがどれだけ、ルードにとって喜ばしいことだっただろう。

「わかりました。この度はルードが、我が儘を言ってしまい、申し訳ありません」

「いえ。俺も強情なのはよくわかっています。もちろん、ルード君の気持ちに応えたくないわけではありません。俺にも欲しいものがありますし、ルード君にも必要なものがあるのでしょう。ですから、最低限というか、『交易にならない程度』の、物々交換には応じたいと思っています。ルード君との〝縁〟を手放すつもりはありませんから」

ランドルフは、『ルードを取引相手とは見たくはない』と言っているようなもの。

そういうことだと、リーダは理解できた。

「ありがとうございます。ほら、泣かないの」

リーダはルードの目元を指先で拭う。

「はい、母さん」

やせ我慢をしたルードは、無理に作った笑顔で応える。

「ありがたく、お気持ちに甘えさせていただきなさい。エリスもそれでいいわね？」

「はい」

「わかったわ、リーダ姉さん」

エリスも、ルードと同じように肩を落としていた。

残念だったのはよくわかっている。

「ランドルフさん」

「なんだい？　ルード君」

ルードは目元に溜まった悔し涙を拭うと、真っ直ぐにランドルフを見る。

「僕は諦めません。僕がこの兎人族の村の皆さんに、何をしてあげられるのかを、今一度考えようと思います。絶対にまた遊びにきます。そのときまた、僕の話を聞いてもらえますか？」

「わかったよ。約束しよう」

ランドルフは、右手の小指を軽く伸ばして、ルードへ差し出した。

「これは？」

「指切りといって、握手と同じさ。この村で違えることのない約束をするときに、交わすものなんだよ」

ルードが右手の小指を恐る恐る差し出す。

ランドルフは、よく見えない目元に代わり、よく見える口元を軽く吊り上げて、ルードの指に、自らの小指を絡める。
二、三回、揺するようにすると、
「これは男と男の約束だ。俺は待ってるよ。俺たちを納得させられることができたら、そのときは君の望みを聞き入れる。それが、君の母さんの誠実さに対して、君と君のママの悔しさに対しての、俺のせめてもの誠意だから」

「はい、ありがとうございます」

「——そうだね。君たちを商人と見ることはできないと思う。でもね、俺たち兎人族のためになる〝何か〟を提示してくれるなら、村長のリアは、首を縦に振ってしまうかも、しれないね」

それを聞いたナターリアは、口元だけに笑みを浮かべ、ランドルフの毛に埋まるように顔を伏せる。

ランドルフは、『そういうことだよ』というように、親指を立てて、ルードに笑いかけてくれた。

交易を断られてはしまったが、村の人々は優しく温かい。

ルードたちが拒絶されたのではなく、商取引自体が問題だったのだろう。

味噌を置いていって欲しいと、ランドルフから言われ、物々交換で目的のものをわけてもらうことが叶った。

だが、エリスもルードも、晴れた気分にはなれない。

それはリーダもわかってくれている。

とにかくルードは、エリスとリーダと一緒に、自分たちに何ができるかを考えることにした。

第六話　チョコレートの試作。

ルードは今、タバサの工房で、壁に背を預けながら、腕組みをして目を瞑っている。

そんなルードを、イエッタとタバサが興味深そうに見守っていた。

どのような状態かというと、ルードは〝記憶の奥にある知識〟へ問いかけている最中。

これまでであれば、ほんの少しの間、目を閉じるくらいだったのだが、今回ルードが調べていることは、ある意味難題だったため、長考状態へ陥ってしまった。

ルードがあらかじめ、『僕がもし動かなくなったとしても、それはきっと寝てるみたいなものだから、心配しないでね？』と言っていたから、二人は安心して見守っていられたのだろう。

ルードが目を閉じてから、暫く経った後、彼の瞼がぱちりと開いた。

「んー……、これはかなり厄介かも」

「どういうこと？　ルードちゃん」

工房の床は、とても綺麗に掃除されているのを知ってはいるが、イエッタはつい癖で、立ち上がったルードのお尻を払う仕草をしてしまう。

それだけルードを、息子として気遣っているのだろう。

「ありがと、イエッタお母さん」

「いえいえ、どういたしまして。それで何が厄介なのかしら？」

隣にいたタバサも『うんうん』と同意している。

「あのね、ランドルフさんから聞いた話だけど。この綿種果はね、自生してたものを掛け合わせて、ランドルフさんが長い時間をかけて育てたんだって。やっと自分の思うものに育った果実でね、物凄く手間をかけて、母さんが大好きなお酒を作ってたみたいなんだ――」

イエッタは、ルードが言った『育てた』という部分に眉をひそめた。

ルードは気にせずに、ひとつひとつ、順を追って説明していく。

ひとつだけ手に持っていた、綿種果をテーブルに乗せて話を続ける。

「イエッタお母さん。〝アケビ〟って何だかわかる？」

「えぇ。果物のひとつね。『こちらに来てからは、見たことがないのだけれど』、ね。」

要は、この世界にはあるかないか、わからない果物だということだ。

「あー、うん。それでね、これをこうして……」

回りをナイフで傷をつけると、力を入れて『めりめりっ』と割ってしまう。

割り方は、ランドルフから教わったのだろう。

中からは、白い繭《まゆ》のような綿状のものに包まれた、種らしきものが複数見える。

「これ。豆一粒ずつを包んでる、この白い部分が果肉なんです。食べるというより、こう。上顎に舌で押しつけるようにして、染み出た果汁を吸う感じだって、〝書いて〟あったんですけど」

ルードはひとつ、つまんで口の中へ放り込む。

上顎に舌と果肉を挟んで、押しつぶすように果汁を搾ってみる。

「んーっ、ちょっとねっとり、ちょっとすっぱくて、甘いねっ」

イエッタとタバサに差し出し、『食べてみて』と、ルードは微笑む。

ルードが食べて見せたから、二人も同じようにして口に入れて味わってみた。

「あらほんと、甘酸っぱいのね」

「はい。甘い、ですね」

「ん。ちょっと行儀悪いけど、これ見て」

ルードは甘みを吸い出した豆の部分を手のひらに置いて見せる。

「これがね、こちらでは綿種果。あちらでは〝カカオパルプ〟って言うんだ。パルプっていうのは繊維のことだから。綿に包まれた種の果物、なるほどな、と思ったんです」

これは食事ではなく検証作業。

二人も各々後ろを向いて、カカオパルプを吐き出し、手のひらに置いて振り向く。

「この部分をね、発酵させてお酒を造ってるんだって。お酒ができたら、残った部分を乾燥させて、軽く炒ってから冷まして、絞ってあの、タバサお姉さんが持ってた油を作ってたんだって」

これでリーダお気に入りのお酒と、タバサの軟膏の元になった油脂の出所がはっきりしたということになる。

「ここで問題というか、僕が調べたこととね、少しだけ違っていたんです。タバサお姉さん。果実酒の発酵時間って、どれくらいかわかる？」

錬金術師であり、発酵と醸造のスペシャリストのタバサ。

彼女は皿にカカオパルプを乗せて、イエッタにもルードにも促したあと、テーブルに載せてからこう応えた。

「そうね。条件によって、素材によっても異なるのだけれど。おおよそ五日から二週間程度のはずよ」

「そう。そこなんです。僕が調べた限りでは、カカオパルプを発酵させる時間は、数日とありました。僕たちが欲しているのはカカオであって、お酒ではないんです」

「えぇ。そうよね」

「はい」

「調べた限りでは、発酵させる理由が、お酒を目的としているわけではなく、カカオの〝香味物質の前駆体〟？　……おそらく、香りの元を発生させるのが目的なんだそうです。要は、カカオの香りを良くするために、発酵という過程が必要だということなんですね」

「あー、ちょっとまって。我にはちんぷんかんぷんだわ」

ルードのよく使う『ちんぷんかんぷん』は、イエッタが出所であった。

ルード自身も実は、自分が言っていることの一部しか理解してはいない。

これは、タバサへの説明に必要だから言っているようなもの。

「なるほど。確かに、醸造ではなく、発酵が目的。んー、興味深いですね」

「よかった。僕も実は、ちんぷんかんぷんだったんです」

「丸投げしてくれて構わないですよ。それがあたしの仕事ですから」

ぐりぐり丸渕眼鏡《まるぶち》を、くいっと指先で持ち上げて、口元に笑みを浮かべるタバサ。

「えっと、〝バナナ〟の葉でくるんで、発酵させるとありましたが、イエッタお母さん。知ってます？」

「あ、それは見たことないわね。もしかしたら、バーナルの村にあるかもしれないけれど」

「いえ、発酵であれば、あたしがなんとかできます。発酵させる時間によって、香りが変わる可能性があるということで、間違いないですよね？」

「あー、うん。多分、だけどね。発酵が終わったら、水分量が六パーセント？　んー、発酵のときがいくつなんだろう？　とにかく、水が百だとして、六になるまで乾燥させるんだって……」

「大丈夫ですよ。六パーセントですよね？　あたしたちも使う単位です」

どれだけルードたち〝悪魔憑き〟の先人たちは、この世界に影響を与えたのだろう？

ルードはおっかなびっくり、単位を言ったのだが、あっさりと受け流されてしまい、苦笑するしかなかった。

「あはは。そうなんだ。それでね、その乾燥は、天日乾燥か、それとも、魔法で乾燥させた方がいいかは、試してみないとわからないみたい。乾燥させたら、焙炒？　〝ロースト〟？　んー、炭火なんかでゆっくり優しく炒《いた》めるんだって。水分を飛ばす焙煎とは違うらしいんだけど……」

「あー、なんとなく理解しました」

「〝コーヒー豆〟や〝ほうじ茶〟とかの焙煎とは違うのね。……確かに、煎じると炒るの違いを説明するのは難しいわ」

「あ、またイエッタさんが、わからないことを言ってるわ」

「あはは」

そのあとの作業工程を、ルードは説明していく。

「焙炒が終わるとね、この白い繊維状の部分が焼けるでしょ？　カカオ豆だけになって、それを軽く擦ると、外皮と残った胚乳部分に分けられるらしいんだ。その胚乳部分が、〝カカオニブ〟って言ってね、油脂を含んだ部分というわけ。それを磨砕？　細かく砕いてすり潰すこと、かな？　すり潰したものが、〝カカオマス〟って言って、更にぎゅっと絞ると、油脂部分の〝カカオバター〟と、残りの〝ココアケーキ〟？　〝カカオケーキ〟？　どっちだっけ。まぁいいや。絞りかすが残るみたい。それを乾燥させて、さらに細かく砕いてやると、〝ココアパウダー〟になるんだって」

「そうだったのね。このカカオが、あのココアになるのに、そんな手間暇がかかっていたのは知らなかったわ……。繊維質でお腹の調子を良くするのにもいい、ココアがねぇ……」

イエッタは自分しか理解できないだろう、そんなことをブツブツと呟いていた。

「そのカカオマスと砂糖を混ぜ合わせると、イエッタお母さんが言ってた〝チョコレート〟に、なるはずなんだよね。油脂部分の溶け出す温度が、僕たちの体温より少し低い温度だっていうから。口の中で蕩けるお菓子っていうのは、間違いないみたいだね」

これだけのことを調べていたから、長い時間あの状態だったわけだ。

こうしてルードが調べた手順で、検証作業を続けていくことになった。

▼

ルードはすり鉢に入った、黒褐色《こっかっしょく》の粘液を、ひたすらすりこ木でごりごりと混ぜ合わせている。

これはタバサが何種類かの発酵時間から分けて、一番香りの良い時間で焙炒を終えたカカオ豆を選択。

一粒ずつ外皮を取り除き、すり潰したドロドロのカカオマスを使って、チョコレートの試作に入る段階。

カカオニブをすり潰した後に、砂糖を入れてひたすらごりごり。

少し経ったら味見をして、また砂糖を加えていった。

「魔法でやると簡単なんだけどさ、それじゃ加減がわからなくなるから、こうして味見をしながらね」

ルードは、指でちょっとだけ掬うと嘗めてみた。

「にがっ。むー……」

更に砂糖を入れてごりごり。

「……イエッタお母さん、こんな感じでどう？」

ルードは改めて人差し指につけて、親指と擦り合わせ、粒の細かさを確かめていた。

『同じようにやってみて』という感じに指を見せていたら、横にいたイエッタが遠慮なくぱくっと咥えた。

「ぅひゃっ！」

ルードは奇声を上げると、慌てて手を引っ込める。

「あら、ごめんなさい。んーでも、美味しいわ。こんな香り、こんな味、だったわね。なんともまぁ、懐かしぃわぁ……」

タバサには、数種類の調理機材の開発も、並行して進めてもらっている。

そのひとつがこれで、調理用のバットであり、液体が染みこまない、銅製の薄い器。

他には、磨砕や圧搾に使う機材も、新たに作ってもらうことにした。

種や実から油を絞る道具は元々あったようだが、それは木製のものだった。

それを木製から石製に変更するなど、より丈夫に、より繊細なものができるように作ってもらっている。

ルードはすり鉢で混ぜる作業をやめ、匙で掬って小分けしていく。

風の魔法である程度冷却すると、チョコレートは固まっていった。

「これはもったいないから、お湯を入れて、……と」

料理の素材は全て、無駄にするようなことはしない。

ルードは王太子でありながら、貧乏性に見えるのはある意味微笑ましい。

小さなころから、リーダに『ものを大事にするように』と、育てられたから、このような子になったのだろう。

ルードは少なめの熱湯で、すり鉢に残ったチョコレートを溶かして集めていく。

それを小さなカップ三つに入れる。

「甘い。ちょっと苦いけど、おいし」

真冬の作業場所には、腹の底から温まる、簡易的なチョコレートドリンクもどきができあがった。

「いい香りねぇ」

「はい。甘くて、でもほろ苦くて」

優雅にカップを傾けるイエッタと、両手で挟み込むような仕草で飲むタバサ。

二人とも、まるでお酒を飲んでいるかのように、うっとりとした表情になっていた。

「うん。僕にはちょっとだけ、苦いんだよね。このチョコレートも……」

こうして、試作版第一号の手製チョコレートが、ここに生まれた。

チョコレートドリンクを啜りながら、ルードがイエッタにぼそっと言う。

「そういえば、イエッタお母さん。〝田楽〟って、知ってますか？」

リラックスしていたと思われる、ちょっと垂れ気味になっていた、イエッタの金髪狐耳が、ぴくりと跳ねる。

「えっ？」

「ランドルフさんが、ナターリアさんに作ってあげてたんです。イエッタお母さんが作ってくれた、焼きおにぎりに似た、香ばしくて良い香りだったんです」

「……ルードちゃん。それ、聞き間違いじゃ、ないわよね？」

「はい」

「野菜を育てる……。あの指切りの仕草。そこにきて田楽、ですって？　ルードちゃんの目を通して見ていたのだけれど、何だか違和感を覚えてたのね。それじゃまるで……」

右手にカップを持ち、左手の手のひらを頬にあてて、自らの膝あたりをじっと見ながら、考え込んでいたイエッタ。

「まるで？」

あの料理には、ルードも興味を持っていたのだろう。

何か面白い答えが出るのかと、ルードは身を乗り出して、期待しながらイエッタを見ていた。

「ルードちゃん」

すると、急にイエッタが顔を上げたものだから、目と鼻の先にイエッタの顔が近づいてびっくりする。

「は、はいっ」

「今度村に行くとき、我も一緒に連れて行ってくれないかしら？」

「それはいいんですけど、イエッタお母さん。空、大丈夫?」

ルードから視線を外し、左上を向いているように見せながら、誤魔化すように薄く開いたその目は、ちらっとルードの方を見たりする。

「あー、……すっかり忘れていました。高いところ。……いいでしょう。我も覚悟を決めます」

バーナル村には陸路でたどり着くためには、海も含めてかなりの時間を要してしまう。

イエッタはおそらく、イリスと同じで高所恐怖症の気があった。

胸の前で両拳をぐっと握り、何か覚悟を決めた表情になる。

「あのぉ、イエッタさん、ルード君。試作品、食べてもいいんでしょうか?」

「あ、ごめんなさい。母さんたちにも食べてもらいたいから、ちょっとだけ、ですね」

「「「いただきます」」」

各々口の中に、トリュフチョコ大の欠片を放り込む。

口の中の体温で蕩け始める、香ばしい香りの甘くてほろ苦い大人の味。

試作品だからか、カカオ豆のざくざくした、荒々しい食感が気になる。

「んーっ。ルードちゃんが言う通り、ちょっと苦みは強いみたいだけれど、この口溶けの感じは、間違いなくチョコレート。ほんと、たまらないわね」

あまりの懐かしさ。

千年以上思い描いていた、憧れの記憶の中のお菓子の一つ。

イエッタは目尻に涙を浮かべながら、口の中の余韻を楽しんでいる。

「えぇ。これはまた、プリン以上の衝撃です」

大人の二人には、この世界に今までなかった珍味中の美味。

「……にがいよ、やっぱり」

甘味、酸味、塩味、辛味、苦味。

五味と言われるもののうち、辛味はほどほどしか使っていない。

苦みというと、そのジャンルの食材を、ルードはほぼ使ったことがなかった。

そんな、お子様味覚のルードだけは、お気に召さなかったようだ。

▼

その晩、エリスとリーダにも試食を頼んでみた。

エリスとリーダは、毎日の仕事のお疲れ様を労う、少々のお酒を楽しんでいる。

「あらぁ。イエッタさんの言った通りね。ほろ苦くて、甘くて、口の中で蕩けるわ。濃厚な味だけど、お酒で洗い流すことができるのね。一口囓《かじ》っては、ゆっくりと溶かして。口の中を洗うように、お酒を飲んで。これは快感と言ってもいいわ。お酒が進むこと進むこと」

「そうね。リーダ姉さん。私も美味しいと思うわ。……ってあらっ？　ルードちゃんたちは、なんだか納得いかなそうな感じじゃね？」

リーダもエリスも、イエッタと同じ酒豪だ。

お酒が大好きな人は、甘いものも好きな人が多いというが、この世界でも同じ趣向を持つ人がいるようだ。

そんなとき、目を見開いたリーダが、

「あら？　冷えちゃったかしら？　ちょっと失礼」

リーダは席を立ち、小走りに廊下へ消えていく。

「あそうそう。調べたときにね、〝高血圧〟？　や、〝動脈硬化〟？　の予防が期待できて、〝アンチエイジング〟の効果もあるんだって」

「あんちえいじんぐって、何かしら？」

エリスがルードの言葉に首を傾げる。

一人だけその言葉にピンときたのはイエッタだった。

「あのねエリスレーゼ。その、ごにょごにょごにょ……」

「うそっ。それは絶対に売れるわっ！　ルードちゃん。これ、量産体制に入れるのはいつなの？」

ルードをぎゅっと抱きしめて、頭をご褒美と言わんばかりに撫でまくる。

嬉しそうな表情のルードなのだが、

「あー、うん。ごめんねママ。まだ試作の段階でね、できたのがこれだけなんだ」

「……そうなの。ごめんなさいルードちゃん。私ったらひとりで興奮しちゃって」

エリスの、最近出しっぱなしの狐耳と尻尾。

ルードと再び出会ってから、体力も戻ってきてはいたが、この『化身の魔法』を知って以来、内から湧き出る力強さが楽しくて、こうして出しっぱなしになっているのだそうだ。

そんなエリスも、しゅんとして、耳も尻尾も項垂れるように、『へにゃっ』となってしまっていた。

「ううん。大丈夫。あ、そうそう。この、チョコレートにはね、〝テオブロミン〟っていう成分が含まれているみたいで。それにはね、緩やかな〝興奮作用〟？　があって、〝利尿効果〟？　もあるんだって。〝カフェイン〟？　に似た〝覚醒作用〟？　があって、仕事とか勉強の合間に食べたりするのもいいって書いてあったよ。でもね、摂り過ぎは〝不眠〟の要因にもなるから、気をつけるようにって」

ところどころ、意味ありげな言葉が混ざってはいるのは、ルードが理解できていないために、うまく説明できていないからなのだろう。

唯一、その意味を理解していたのは、ルードと同じ〝悪魔憑き〟で、前の記憶を持っているイエッタだけ。

「あら、それでリーダさんが、慌てて……」

「もしかして、りにょうさようって、利尿。あ、そういうこと？」

「えぇ。おトイレに行きたくなるような、そんな作用のことですね」

確かにお酒を飲んでいれば、トイレに行く回数が増えることくらい、この世界でも常識だ。

だが、それ以上に近くなる作用があるとは、思っていなかっただろう。

「ふぅ、……危なかったわ、……こほん。ただいまルード」

「うん。母さん」

戻ったリーダに、ルードが説明したことをかいつまんで耳打ちするエリス。

「そう……。思ったよりも強い成分みたいね。苦みも強いみたいだし、子供たちには――」

「にがにがなの。べーなの……」

「うにゃぁ……。これはちょっと、頭がくらくらしますにゃ」

もちろん、クロケットとけだまは、ルードと同じ感想。

キャメリアは平然としていたが、イリスはルードたちと同じような感想だったようだ。

ルードが気になったのは、ざらざらとした不快ではないが、気持ちいいとは言い切れない舌触りと、子供たちには強すぎる苦みと、その含有成分。

「えぇ、リーダ姉さん。ちょっと、大人の味、すぎてしまったようですね。今後に期待でしょうけど、これは絶対に、人気がでますよ」

子供たちにはマイナスに働きそうな成分も、大人にはプラスになるかもしれない。

エリスはそう判断したのだろう。

ジョエルから出されている課題、『交易に使える新商品』の正解が見えてきたような気がする。

安定した材料の仕入れをするには、バーナル村の兎人族たちの協力なくしてはあり得ない。

まだまだ課題は多いが、これですこし先が明るくなったような気がしたルードだった。

第七話　どっこいしょ、の使い道。

チョコレートのプロトタイプはできあがった。

だが、これだけでは兎人族のランドルフは首を縦に振らないだろう。

何か一つ、大きな条件がないときつい。

そんな壁にぶつかり始めたときだった。

「ルードちゃん、ちょっといいかしら――」

フェリスがそう切り出してくる。

その話は思ったよりも単純なことだった。

ルードたちが主食としている米の美味しさと、その重要性にフェリスは気づいた。

リーダの親友でもある、猫人族の族長ヘンルーダは、クロケットがルードと婚約したことで、ルードに集落を任せたいと話していたことも知っていた。

このあたりは、フェリスがシルヴィネにお願いして、ここ数日集落へ出かけていたときに聞いたらしい。

今年は、米の収穫も終わり、冬を越そうとしている状態だったから、いい機会だと思ったのだそうだ。

「結局、何のことなの？」

「そうねぇ。長くなりそうだから、現地で説明するね。とりあえずは――」

ルードに、準備だけ説明を始める。

リューザ、エライダ、シュミラナの三人も一緒に来てもらう。

あとはルードとキャメリア、フェリスとシルヴィネだけでいいだろうと。

ルードは意味がわからなかったが、

「ルードちゃん、ちょっとまた悩んでるんだって？　リーダちゃんから聞いたわよ。気分転換になるかもだし、一緒にいらっしゃい」

「あ、はい」

こうして、強引に連れていくことになった。

▼

「えっとね、シルヴィネちゃん。このあたり？」

「はい、そうですね」

フェリスは、集落に着くと、所定の位置に、何やら巨大な金属でできた杭《くい》を打ち込んでいく。

ここ数日、集落へ現地調査に来ていたのだろう。

簡単な図面を持ち、上空からシルヴィネが見ながら、フェリスに位置を教えていく。

その場所に、ルードの身体と同じくらいの、巨大な杭を落として打ち込んでいく。

その杭の頭には、何やら怪しげな黒い魔石のようなものが埋まっているのが見える。

そして、シルヴィネが〝隠して〟いたものを上空から落としていくのだ。

『ズシン』という衝撃に驚くルード。

集落の子供たちは、何やら楽しそうにはしゃいでいる。

あらかじめ説明がなされていたのかもしれない。

「うん。こんなものかしら？　ルードちゃん、こっちきて」

「あ、はい」

「ルードちゃんは、魔法の四大元素というのは知ってるわよね？」

「はい。地、水、風、火。ですよね？」

「よくできました。これからやるのはね、地の魔法。その応用よ。ちょっと見ててね」

フェリスとシルヴィネが、その場に膝立ちになり、両の手のひらを地面につける。

「シルヴィネちゃん、いくわよ。せーの」

「「どっこいしょ！」」

『ドシン』という魔力の波動のようなものを感じる。

「……ふぅ。これで大丈夫だと思うわ。シルヴィネちゃん、例のものをヒュージさんたちに渡してくれる？」

「はい。フェリスちゃん」

リューザたちが受け取ったもの、それは背中に背負うようなタイプのハーネスに似たもの。

「これをね、龍になったらつけてほしいの。あとはその後に説明するわ」

三人はそのまま飛龍の姿になり、受け取ったハーネスを装着する。

「はいはい。そうしたらね、リューザさんだったっけ？」

「はい」

「あなたはね、そこの太い綱をそれにつけて。エライダさんとシュミラナさんはあのあたりにあるのをお願いね。つけたら綱がぴんと張るまで上昇してくれる？」

「はい」

「わかりました」

「かしこまりましたー」

シルヴィネが飛龍の姿に変わる。

フェリスはととんと軽い足取りで彼女の背中に乗ると、シルヴィネは上昇していく。

『三人とも、そのままゆっくり上昇してくれる？　私の高さに合わせてね』

きっとは魔法を使ったのだろう。

フェリスの声が村全体に響き渡った。

そのときだった。

一瞬だったが、足元が浮くような浮遊感に襲われる。

ルードは、フェリスが土の地面に対して、何らかの作用を起こす魔法を使ったことだけは予想できていた。

一人当たり馬車十数台分の荷物を余裕で運べる、ヒュージ種の三人。

墓地の話を聞いていたから、それだけを何とかして移動するものと考えていたのだが、フェリスのやろうとしてたことはルードの予想を遥かに超えていた。

ゆっくりと上昇していく猫人の集落だった地面。

集落全体、ヘンルーダの屋敷の裏にある墓地も丸ごと浮かび上がっている。

それは徐々に目の前の森にあった木々を、軽々と超える高さになっていく。

「ルード様。これって……」

「うん。ここがまるっと、空に浮かんでる、ね……」

ルードはキャメリアの背に乗り、上昇すると、シルヴィネの横につける。

「フェリスお母さん」

「なぁに？」

「これ、どうするんです？」

「あら、もう気づいているでしょう？　引っ越しよ、引っ越し」

「えぇっ？」

▼

足下遠くに、ウォルガードの手前の危険な獣が住むという、あの森が見えてくる。

この森を抜けるともうウォルガードだ。

『そろそろ着くわよ。あの湿地が見えるでしょう？　あの手前に整地した部分があるわ。雪がどけてあって、草が生えていないところが見えるでしょう？　あそこにゆっくり降ろしてね』

『わかりました』

リューザたち三人は応えた。

ちょっとした森の手前に湿地が見える。

墓地のある部分を森側に、村の出入り口を湿地側にしながら、三人はゆっくりと降下していく。

『はい、もうちょっと。ゆっくりよ。はい。よし、到着ー』

『ずん』というちょっとした振動があって、猫人の村は着地に成功する。

目の前に広がる未開発の湿地が、足元と同じ高さに広がっていて、緑の良い香りがする場所だった。

フェリスたちは地面に降りてくる。

シルヴィネの背から降りると、彼女も人の姿に。

二人そろってしゃがみこみ、地面に両手をついて。

「せーの」

「「どっこいしょっ」」

魔力が一気に広がる気配が感じた瞬間、固くなっていた足元は元の状態に戻ったように感じられた。

「ふぅ。これで元の土地と一緒になったわ。引っ越しは終わりよ」

現地で待っていた、タバサの工房に勤める学園の研究員たちが集まってくる。

研究員が猫人の農耕職人と一緒に、土地の融合具合と、湿地の確認を始めていた。

「さぁみんな、ルードちゃんのお屋敷に行くわよ」

『はーい』

フェリスとシルヴィネの後について、猫人の子供たちが歩いていく。

そこにヘンルーダが屋敷から出てきた。

「あ、ヘンルーダお母さん」

「あら、ルード君。その、なんて言ったらいいのかしら、ね？」

お互いに苦笑し合うしかできない状態。

「と、とにかく、みんなの後を」

「そうね。行きましょ」

こうしてあっさりと、猫人の集落の引っ越しが終わってしまう。

▼

「うにゃ？　うにゃにゃ？　ど、どうしてっ！」

クロケットだけは混乱しているようだ。

何せ、ヘンルーダがウォルガードにいるだけではなく、子供たちも一緒にいるではないか？

「お、お母さん。にゃぜここに？」

「あら、クロケット。久しぶりね」

「久しぶり、じゃにゃいですってば」

「お姉ちゃん、説明は後でするから、とりあえず、プリンとか大量に、ね？」

「は、はい、ですにゃ？」

ここから始まる、プリンの食べ放題。

やっと落ちついたあたりで、ルードはフェリスと一緒に屋敷の庭の出てくる。

そこで、先程の魔法の手ほどきを受けることとなった。

▼

「そうよ。魔法は『いかにその現象を脳裏にイメージできるか』だって、イエッタちゃんが言ってたわ」

ウォルメルド空路カンパニーのある場所、そこは以前、イリスの生家があった場所だった。

あの『実証実験』というのは、この魔法の実験だったということ。

元が土であったものだからという漠然とした理由で、あのとき、分解、再構築、整地が可能だと確認したらしい。

以前は詠唱にこだわっていたフェリスも、今はイエッタが提唱する方法。

シルヴィネも実は、フェリスの呪文詠唱が少々恥ずかしかったのか、イエッタの方法に同意していた。

ルードが独自に、詠唱の短縮により効果を発揮させていることを知ったイエッタ。

シルヴィネの相談に乗り、フェリスに無詠唱呪文を勧めることになったらしい。

実はイエッタも、この世界の詠唱は若干恥ずかしいと思った時期があったそうだ。

そのため、祝詞《のりと》のような詠唱を思いついた。

実際は詠唱はきっかけに過ぎないということに気づいて、あとはどう展開するか、どう再現するかの方法に重きを置くことを考えた。

無詠唱だと、タイミングを合わせるのが難しいため、そこで出てきたのがあの『どっこいしょ』だった。

確かにルードも、フェリスの詠唱センスは『ちょっと変だよね』と、思った時期があった。

砂と固まり、土と固まりという変化の繰り返しで、魔法を展開し続ける。

ただ一つ困ったことがあった。

フェリスとシルヴィネが作ったこの魔法は、消費魔力のコストがルードには高すぎる。

ルードが最初に発動させたとき、軽く尻もちをついてしまった。

それも、ルードの身長ほどの花壇《かだん》程度の規模で、土を固めたときだ。

フェリスと同じように『どっこいしょ』とやった瞬間、体中から力が抜けて、腰からくだけてしまった。

それはもちろん、以前味わったことのある、魔力の枯渇。

ここがウォルガードでなければ、ルードは暫く動くことができなくなっていた。

しばらく待って、魔力が回復したところで、また発動して尻もちをつく。

その繰り返しが、何となくおかしくて笑えてしまった。

数時間遊びながら繰り返していたところで、ルードはやっとコツをつかんだようだ。

まだ十五歳のルードは、内包する魔力の総量的にも伸びしろが十分に期待できる。

魔法の上達は、遊びながらが一番というところだけ、ルードとフェリスの考えは似ていた。

楽しんで学べば上達が早い、それは間違いないことなのだろう。

けだまは、クロケットの従妹にあたるクロメとすぐに仲良くなり、回りの子供たちともあっさりと打ち解けてしまったようだ。

次の日から、けだまは朝早くから、猫人の区画へ遊びに行くようになる。

ルードとクロケットに、行ってきますを笑顔で言ってくれる。

成長したけだまが、眩しくて仕方ないルードは、ちょっとだけお兄ちゃんの気持ちを味わっていた。

▼

ルードとリーダ、イエッタがキャメリアに、タバサがラリーズニアに乗せられて、兎人族村、バーナルへ向かっている。

高所が苦手なイエッタのために、なるべく低い位置を飛ぶこととなった。

そのため、目立たないように夜の飛行ということになった。

足下の明かりが殆《ほとん》どないことから、それほど怖くはないらしい。

「そういえばルードちゃん」

「はい？」

イエッタは暗闇の中、ルードに問いかける。

「兎人族のランドルフさんと言ったかしら？　前に訪れたときは、何と物々交換したの？」

「あー、はい。前は、味噌と少しのしょう油。乾燥したお魚とお肉だったはずですけど」

「プリンやおまんじゅうは？」

「あ、忘れてました。ランドルフさんって、味噌を物凄く喜んでくれたものですから」

「ふふふん。なるほどなるほど。これならうまくいくかもしれないわ。ルードちゃん」

「はい？」

「チョコレートは我が話を切り出すまで、秘密にしてくれるかしら？　リーダさんもいいわよね？」

「はい」

「えぇ、わかったわ」

▼

前回よりもゆっくり飛んできたからか、ちょうど良い感じに朝日が上がってきた。

兎人族との再交渉の朝となったのである。

「それでですね、僕が今日来た目的は、ここにはない作物の苗の話。それと、綿種果の発酵から醸造と精製についての、新しい提案なんです」

「ほほぅ。考えたね？」

「はい。前に来たとき、ここにはない苗がシーウェールズやエランズリルドにあることがわかっていました。あと、今回連れてきたタバサお姉さんですが、発酵と醸造を専門とする錬金術師で――」

綿種果酒の作り方から、ルードが推測し、タバサと一緒に考察を繰り返し、作り出した綿種果油と綿種果酒、それと絞りかすを細かいパウダー状にしたものを提示する。

ひとつひとつ、タバサが説明をし、

「なるほどね。お酒と油、その〝ココアパウダー〟は、俺たちにはまだ作り出せない精度のものだと思うから、その提案はありがたいと思うよ。でも、いいのかい？」

「はい？」

「俺がそれを栽培したとして、もしかしたら一度だけで、次の苗まで〝育てて〟しまうかもしれないんだよ？」

イエッタの優しげな糸目が、ほんの少しだけ開いた感じがする。

ランドルフが言ったその言葉の中に、ルードとイエッタしか知り得ないキーワードが混ざっていたことに気づかないわけがない。

「えぇ、構いませんよ。僕は、兎人族の皆さんに、もっと豊かになってもらいたい。そう思ってるだけですから」

ルードの真っ直ぐな目は、ランドルフも呆れるほどのものだった。

そんな彼は少しだけルードに心を許してもいいかもしれない、そう思い始めたところだっただろう。

「我からも一つ、よろしいかしら？」

「はい。イエッタさん、と言われましたね？　そういえば、エリスさんにそっくりですね」

「えぇ。エリスの母の母、ですので。似ていてもおかしくはありませんね」

「なるほど、エリスさんのおば――」

「お婆ちゃん言わないのっ！」

糸目がくわっと開いて、怪しげに光る瞳がランドルフを睨みつける。

「ひぇっ……」

瞬間、ランドルフの頭は、ナターリアの膝へと逃げ込んだ。

それはランドルフの数倍は生きている、イエッタの迫力であり、イエッタの背後にはきっと、九本の巨大な尻尾が見えてしまったことだろう。

蛇に睨まれた蛙というより、巨大な妖狐に睨まれた兎、だったのかもしれない。

嵐が過ぎ去ったか確認するためにか、恐る恐るランドルフは顔を上げると、ルードを見て『今の何？』という表情をする。

ルードもランドルフの方を見て、『それ、禁句です』と言わんばかりに、頭の上で手を交差させてバッテンを出し、悲壮な表情をして首を左右に振っていた。

ナターリアも、『ドルフ、それ、女性に失礼』と、小さな声で忠告する。

「すみましぇんでした……」

「あら失礼。おほほほ……」

今日はエリスはお留守番だが、ルードと同じ、その果てしなく長い『笑顔でお尻ペンペン』の経験者である。

きっと今のイエッタを見たら、ルードと二人ですくみ上がったことだろう。

「さて、話を戻しましょうか？　ランドルフさん」

「は、はいっ」

「そのモフモフした毛、夏場は大変そうですね」

「あ、そうなんですよ。前に毛刈りをしたとき、まるで〝プードル〟みたいになってしまって、リアに笑われてしまったことがありまして」

「そう。〝プードル〟みたいになってしまったのですね。それは可愛らしかったのでしょう」

何気に交わされた〝プードル〟という言葉。

それは間違いなく、この世にはない愛玩《あいがん》動物の種の名前だった。

ルードも『ぷーどる？』と、首を傾げている。

イエッタはリーダに、アイコンタクトで『もう大丈夫でしょう』という視線を送る。

同時にルードに耳打ちをした。

『ルードちゃん。間違いないわ。このランドルフさん。我たちと同じ、〝悪魔憑き〟ですよ』

『えっ？　そうなんですか？』

「ルードちゃん、お土産に持ってきてくれた、『プリン』ありましたよね？」

そのときやはり、ランドルフの耳がピクリと動いた。

「そ、それ。どういうことでしょうか？　プリンと聞いたような……」

「あー、はい。僕が作って、タバサお姉さんが量産してくれている、プリンをお持ちしたんです。

前はお渡しするのを忘れてしまっていて。ラリーズニア、出してもらえますか？」

「はい。ルード様」

エリス商会謹製の、持ち帰り箱を一つ、ラリーズニアから受け取る。

それを開けると、そこには六つの小さな容器が入っていて、同じように使い捨ての匙が入っていた。

「はい、これどうぞ。まだ冷たいですから、ナターリアさんも気に入ってくれるかと思います」

ランドルフは目を疑った。

それは確かに、彼の記憶にあったプリンそっくりのもの。

「ドルフドルフ。これつるっとしてて、甘くて、とろっとしてる。おいしっ」

匙を咥えて、にっこり微笑むナターリア。

慌ててランドルフも匙でそれを掬う。

ふるふると自重で震える、僅かに黄色とも乳白色にも見える、液体とも固体とも言いがたい、懐かしい香りとそのフォルム。

そっと口に運ぶと、冷たさと、滑らかな舌触りと、上品でほのかな甘味。

鼻へと抜ける、卵とミルクの香りもなんとも懐かしい。

「ルード。わたしも食べたいわ」

「ルードちゃん。我も、いいかしら？」

「あはは。タバサお姉さん。どれくらい持ってきてもらったっけ？」

「大丈夫よ。二十ケースは持ってきてあるはずだから」

「よかった。はい、母さん。イエッタお母さん。ランドルフさん、ナターリアさんも、おかわりありますからね？」

「は、はいっ」

「あまあま。これ、幸せ」

普段無口そうなナターリアも、気に入った食べ物に巡り会うと、多少言葉が多くなるようだ。それだけ喜んでくれているのだろう。

「ルードちゃん。あと、あれは？」

イエッタは、両手の人差し指と親指で、小さく丸い輪っかを作る。

「あ、あれね。タバサお姉さん、温泉まんじゅうあった？」

「えぇ。あるわよ」

ラリーズニアに持ち帰り用の、包みを出してもらう。

「はい。イエッタお母さん」

「ありがとう。ルードちゃん。これ、ルードちゃんがシーウェールズで作った温泉おまんじゅう、なんです」

そう言って、半分に割って断面を見せるイエッタ。

「そ、そうなんですかっ？　まさか小豆まであるとは……」

それを見て、即座に小豆と言い当てたランドルフもまた、油断しまくっていた。

徐々に強固なその性格も、イエッタにペースを握られていくのだった。

「さて、ルードちゃん。今回のお楽しみ。あれを出してくれるかしら？」

「あ、でも。まだ苦いんですよ？」

ルードはキャメリアに、携帯用氷室を取り出してもらう。

ランドルフとナターリアの前に出されたそれは、ちょっといびつな雨粒に似た涙型の、焦げ茶色で表面が少しだけ輝く、香ばしいあの香り。

「こ、こ、こ……。これは、もしや、俺が失敗して作れなかった、チョコレート、ですか？」

「はい。ルードちゃんが、こちらから分けていただいた、綿種果で試行錯誤して作り上げたものです。まだ、荒々しい感じですが、どうぞ、ご賞味くださいな？」

遠慮なしに、ナターリアはチョコレートを頬張る。

「ほろにが。でも口の中で、ゆっくりとろーりとける、あまい。綿種果の香り、だね？」

「あぁ、俺が作ってあげられなかったけど、いつか作ってあげると約束した、あのチョコレートだよ。間違いない。この味、とても懐かしすぎる……」

二人が食べたチョコレートは、ルードからしたらまだまだ未完成品。

大人の味の、少々苦めに作られた、食感もざらっとしたチョコレートの試作品。

「ランドルフさん。我とルードちゃんは、あなたと同じ、魂を持つものですよ。この世界では〝悪魔憑き〟と呼ばれていますけどね」

「……はて？　何のことでしょうか？」

ランドルフは目を隠せないほど、汗でべとべとに毛が絡まり、焦っているのを隠せない。

何とかして誤魔化そうとしているのが見え見えだったりするのだ。

「プードルでしたっけ？　あれは、ワンちゃんの品種。この世界にはないものですし、田楽も、そう。もちろん、ココアパウダーもそうです。我もルードちゃんも、綿種果で作ったお菓子をチョコレートと、一言も言ってないのですよ？」

これぞ、語るに落ちた状態。

ドヤ顔のイエッタに、もう返せる言葉はなかった。

「………………」

「ルードちゃんも、リーダさんも、エリスも。あなたに対して誠実だったと思うのだけれど？　どうかしら？」

「……はい。ご協力させていただこうと思います。ですが、これはこの村の秘密でもありますので、その――」

「もちろん、企業秘密ですものね。業務提携という形を取るとは言え、守秘義務は守るのは至極当然のことですから、ね？」

ルードにはさっぱり、イエッタの言っている意味がわからなかっただろう。

ただ、ランドルフだけは、全て納得いった上で、頷くしかできない状況だった。

▼

村長の旦那さんであるランドルフは、やはりルードたちと同じ〝悪魔憑き〟だった。

全てのことを明かしてくれたわけではないが、ルードも感じた農園と作物への違和感は、そのあたりに解答があったのかもしれない。

タバサが改めて、綿種果酒の簡易工場を見せてもらうことができた。

彼女が言うには、かなり無駄が多いように思えたそうだ。

ランドルフが持つ、〝悪魔憑き〟としての能力により、綿種果は毎年豊作を迎えていたからこそ、無駄の多い作り方でもある一定の酒と油を残すことができていたのだろう。

タバサが改良点を模索しているとき、ルードは農園の一番外側に来ていた。

「せーのっ、『どっこいしょ』っ！」

ルードの両手を中心に、高さ三メートル、厚さが一メートルはある壁が、五十メートルほどの距離で立ち上がる。

そのまま尻もちをつくと、荒い息を上げ始めた。

それは、魔力が枯渇しかかっている状態。

この後、キャメリアの背中に乗り、ここより比較的近い、メルドラードへひとっ飛びの予定。

そこで魔力を回復した後、また戻って来て柵を作っていく。

獣の被害を抑えるための、防壁を作っているのだ。

これを繰り返せば、日が落ちるまでに村を一周できるだろう。

こうすることで、獣の襲撃を一カ所に絞り込むことができる。

対策も難しくなくなる、というルードの提案だった。

▼

キャメリアは、メルドラードの山間部を周回しつつ、ルードが好きそうな小川が流れる場所をみつけてしていく。

ふわりと着陸すると、雪煙を上げながらも、綺麗な清水の流れる川が目の前に現れた。

ルードがキャメリアの背中から降りると、龍人化し、雪を押し固めて敷布を敷く。

「どっこい、しょ、と。……ふぅ」

キャメリアから温かい飲み物をもらって一息つけたようだ。

「ここ、綺麗だねー。魔力も染みてくるくらいに濃いし……」

周りの気温はきっと氷点下。

だが、キャメリアの魔法により、彼女を中心としてルードを寒気に晒していないだけ。

これは彼女が飛行中に行っている、気流操作の応用みたいなものらしい。

「ルード様、あまりご無理は」

「ん。わかってるよ。でもね、一つ一つなんだ。僕はね、母さんとママが今この時間に、シーウェールズとエランズリルドで交渉してくれてることを知ってる」

「はい。左様でございますね」

「だからさ、僕のできることをしっかりとやるだけ。ほら、もう魔力も戻って来てるし」

「ルード……、ちゃん」

キャメリアは、普段言わない呼び方をすることで、心配していることを伝えようとする。

「うん。わかってるよ。絶対に無理はしないからね、キャメリアお姉さん」

▼

「ルード君。あのね――」

その晩、ご飯を食べながら、ルードはタバサからの報告を受けていた。

綿種果、いわゆるカカオの実は、今年も余るくらいに豊作らしい。

お酒を造る行程に関してだけいえば、タバサ的には及第点。

だがやはり、そこから取り出される胚乳部分の処理方法が荒く、炒り方も甘いそうだ。

油の抽出方法が、細かく刃物で潰してから、木桶のようなものに重しを乗せて、ゆっくりと絞る方法で行っているため、かなり贅沢な感じだった。

それは綿種果が豊富にあるからこそ、油はあくまでも副次的なものだからこそだと思われるとのこと。

ルードたちがチョコレートの試作をした際は、全て手作業で行っていた。

あくまでも、発酵具合や焙炒時間、香りと味の一番の頃合いを測るためである。

「やっぱりさ、圧搾《あっさく》の装置と、石臼《いしうす》が必要だよね？」

「えぇ」

この世界にも石臼は存在する。

ただ、加工が大変なことと、小麦などの乾物を碾《ひ》くものなのだそうだ。

水分や脂分をなるべく吸わない石で作られることが、大変珍しいのだという。

「それは困ったね。んー、ん、ん、……あ」

「どうしたの？」

「ちょっと待って、僕、できるかも」

外に出て、桶《おけ》に土を盛ってから戻ってくる。

「んー、『どっこいしょ』。こんな感じに『どっこいしょ』っと」

ルードは頭で色々考えながら、まるで粘土でも扱うがごとく、円形の固まりを精製してしまう。

「うん。これくらいなら、魔力の枯渇もないね。ん、固くて密度も細かいからどうだろう？」

中央を凹ませたその精製された石の上に、ルードはキャメリアから受け取った水差しから水を注ぐ。

タバサと小一時間ほど雑談しつつ眺めていたが、水を吸い込むような感じは少なかった。

あとはこの表面に、石臼に必要なパターンを彫り込めばいいだけ。

「これ、大丈夫じゃないかな？」

「えぇ。でも、ルード君」

「ん？」

「あなたって、本当に、おばけ、ねぇ」

「それ、ひどいよ……」

▼

密度の細かい石臼ができあがる。

焙炒を終えた豆を外皮と胚乳にわけ、石臼に入れてすり潰す。

「あーこれ。すり鉢よりも細かくできるねー。僕の努力はなんだったんだろう……」

自ら軽く、落ち込んでいくルードのスタイル。

これはトライアンドエラー好きな彼ならではの、癖だから仕方がない。

にじみ出たカカオマスをへらでかき集め、砂糖と混ぜてこね回す。

魔法で冷ますと、試作品よりも滑らかないわゆる、ビターチョコレートが完成した。

「んー、やっぱり苦い……」

「美味しいですよ?」

「そうかしら?　とても美味しいわ」

「えぇ。大人の味ね」

ルードだけは相変わらず。

タバサ、リーダとイエッタは絶賛していた。

「そういえば、なんだっけ?　んー……」

ルードが腕組みをして、目を閉じてうなり始める。

これはいつもの〝記憶の奥にある知識〟に問いかけている仕草だと、家族は知っていた。

「あ、やっとみつけた。そっか、この割合で配合すれば……。タバサお姉さん、その綿種果油、とってくれます？」

「どうするの？」

「これをね、こっちと、んっと、これが三割五分。これが四割五分。んでもって、これが二割。……これくらいかな？　これを『風よ、混ぜ合わせろ』」

金属のボールを持って、ルードは魔法でチョコレートの材料を練り始める。

数分後、滑らかな感じに練り合わさるのが見て取れた。

「これをこうして。『風よ冷やせ』……、でよしっと。あむ。ん、んー。前よりも優しい感じ？ざらざら感は仕方ないけど、試作品よりきつくない感じだと思うよ」

「どれどれ。……んまぁ。これはお酒に合いそう」

リーダは見えない尻尾をふりふりしているような、そんな表情になる。

「我もいいかしら？　こ、これは美味しいわ。ビターチョコレートね。リーダさんの言う通り、お酒に合いそうね」

ルードは、カカオマスと砂糖だけではなく、ここで作られているカカオバターを混ぜて、更に優しい味へと変えることができたというわけだ。

▼

次の日、ルードが基礎をつくり、排水などの溝をしっかり確保して、工場の土台を作り上げる。

午後から、ウォルガードから建築に詳しい人を呼び、工場の建設を始める予定だ。

そこでは、お酒醸造と油の抽出、チョコレート用のカカオマスの製造の二つのラインに分ける予定だ。

ルードの作業により、獣の被害を受けない形で、防護用の城壁ができたことで、農園の管理と工場に人員を割くことができそうだ。

ランドルフとしては、女性に傷だらけになって獣の対処にあたって欲しくはないと、前から思っていたそうだ。

特に、自分の妻であり、村長のナターリアが自ら先頭に立ち、傷を負って帰ってくるのは見るに堪えない。

そこはルードに相談された、最初の提案だったのだ。

「そういえば、タバサお姉さん」

「どうしたの？」

「タバサお姉さんと、僕たちがいるとさ、獣、寄ってこない気がするんだけど」

「あ、それ。あたしのいた村と、同じ理屈よ。忘れちゃった？」

「……あーっ、そうだった。んー、そっかそっか」

ルードは何かいい方法を思いついたのだろう。

第八話　甘いチョコレートの製造。

ルードが作った工場の基礎を使い、壁材をもルードが作ってしまったため、工場の建築はあっさりと終わってしまった。

機材もある程度のところまでは石材で作ったため、本来利用していた木製のものと組み合わせて使うように調整も早めに済んだのだという。

タバサは自分の身体が空き次第、ウォルガードの工房とバーナルの工場を行ったり来たりと精力的に動いてくれている。

そのおかげか、今年のお酒の仕込みも、例年よりも早く終わったとのことだ。

チョコレートの素材のカカオも、良い加減で焙炒されたものがルードの手元に入るようになった。

現在、バーナルの村には、ウォルガードにいるタバサの工房の研究員の中から、農業研究に携わっていた研究員が数名、管理農法を学ぶ名目で交代で駐在することになった。

もちろん、彼ら、彼女らは、フェンリルでありフェンリラ。

タバサとルードが思い出した『狼人やフェンリルなどの強い種族には獣が寄りつかない』という仮説の通り、バーナルの村には攻撃性の高い凶暴な獣は、一切寄りつかなくなったとのこと。

ルードとリーダが先日追い回したこともあって、あの地域にはフェンリルがいると知らしめたようなものなのだろう。

苦労して作った防壁のおかげで、農作物が荒らされることも少なくなったと、ランドルフから感謝された。

ルードはある意味ほくほく顔。

ただここで、油断はできない。

現在できあがっているチョコレートは、改良を加えたおかげで、多少口当たりはなめらかになったとはいえ、苦みが強くて大人しか食べられない代物だ。

けだまを始めとした、子供たちに食べさせるには少々問題がある。

▼

ルードは自室の机に並べられた小皿とにらめっこ。

そこには、焙炒加減の違うカカオ豆の乳胚部分、カカオニブが、少量ずつ入っていた。

焙炒の時間が短いと、香りは薄いが苦みは少ない。

あのチョコレートの良い香りを出すためには、程よく焙炒されていなければならない。

焙炒時間の短いものを使ったチョコレートは、苦みがないからといって、ただの砂糖を油脂で固めただけのものになってしまう。

ルードもけだまも、クロケットもイリスも、カカオの匂いだけは大好きだ。

ただ、苦みが苦手なだけ。

並べられた皿の中から、一番良い香りの出ているカカオニブを手のひらの上に乗せる。

かみ砕いたあと、鼻から息を吐く。

そのときに感じる、香ばしい残り香は、ルードも大好きなものだ。

食感は、リーダがお酒の肴によく食べる、炒った木の実によく似ている。

脂肪分が多く、柔らかくて容易くかみ砕ける。

だが、わかってはいたが、とにかく苦みが強い。

飲み込んでも口の中と喉の部分に、どうしても残ってしまう。

ルードは、『苦みや辛みは、ミルクを飲むと和らぐ』と、イエッタから聞いた話を思い出した。

キッチンに駆け込み、よく冷えたミルクを含み、噛みながら飲み込むように、ゆっくりと苦みを洗い流していく。

するとどうだろう？

聞いていた通り苦みがきえて、香ばしい良い香りだけが残っているような感じがした。

それはルードが、匂いに敏感なフェンリルだったからだろう。

ミルクの瓶とグラスを持って、部屋に戻った。

これからやろうとしていたことは、もちろん『行儀の悪いこと』だとは、理解している。

それでも試さないではいられなかった。

ルードはカカオニブを口に含み、そのままミルクも含んだ。

そのまま一緒に、ゆっくりすりつぶすように、混ぜるようにかみ砕く。

これはさすがに驚いた。

予想以上の、なんとも言えない香ばしい香りと、ミルクの香りが混ざりあい、まろやかな味わいが感じられる。

飲み込んだあと、多少口の中に豆のかすが残ったが、同時にさっきの優しい香りが鼻を通っていく。

ルードは再度、キッチンに駆け込むと、今度は砂糖の入った容器と匙をもって部屋に戻る。

先ほどと同じように、カカオニブを先に、次に砂糖を一匙、最後にミルクを含んで、ゆっくりとかみ砕き、すり潰しながら、口の中で合わせていく。

そこには、予想を遥かに上回った、美味しいものができあがってしまっていた。

「(んくっ。これ、すっごく美味しいかも……。でも、人前でやったら『行儀が悪い』って、怒られそうかもだね)」

ルードがにやっと笑ってしまったのは、きっと手応えを感じていたからなのだろう。

ルードは目を瞑って、〝記憶の奥にある知識〟を参照する。

もちろん、検索方法は、カカオニブとミルクだ。

すると、出てくる出てくる。

大量の『ミルクチョコレート』という結果に、苦笑を隠せないルード。

机の上を片付けると、ルードはキッチンでグラスを洗い、そのまま出ていこうとしたとき、

「あ、ルードちゃん」

クロケットとすれ違ったのだが、

「ごめんねお姉ちゃん。僕ちょっと、タバサお姉さんとこに――」

「うにゃぁ。忙しそう、ですにゃね。でも、すっごく楽しそうな顔してましたにゃ」

▼

その足で、ルードはタバサの工房へ走っていく。

時間が惜しい。

ルードは走りながら、『祖の――』変化の呪文を唱える。

彼を黒い霧が包んだかと思うと、そこから純白のフェンリルが姿を表す。

屋根を伝い、タバサの工房へ到着。

「タバサお姉さん、いる?」

そう言うと同時に、ルードは彼女の、書斎兼物置兼工房長室へ行こうとしたのだが、裏手にある勝手口の扉にはまって、通れなくなってしまう。

「あ、そうだった……」

正面から呆れたような表情のタバサ。

「ルード君。……何やってるの?」

「あはは」

勝手口の扉は、人が通れる程度の大きさ。

フェンリル姿のルードには、ちょっとだけ小さかった。

人の姿に戻ったルード。

「タバサお姉さん。あのね、あのね」

「はいはい。落ち着いて。ルード君は、夢中になるとそれだから……」

「(タバサお姉さんも似たようなものじゃないの)は、はい」

軽く深呼吸をして、上がってもいない息を整えるふりをする。

「それで、どうしたの？　そんなに急いで」

「あのね、チョコレートなんだけど、カカオニブと一緒に砂糖とミルクね、もぐもぐさせたらね。とっても美味しかったんだ」

「すごく嬉しそうなのは伝わるんだけれど、あたしには何のことやら」

「あー、うん。そうだよね。落ち着け落ち着け。えっと——」

順を追って、カカオニブとミルクの関連性の部分を説明する。

「とにかく、やってみせるね。えっと、カカオニブとミルクを」

「はいはい。今準備するから。ってあれ？」

「タバサさん。これですか？」

音もなく這《は》い寄っていた、漆黒の飛龍、ラリーズニアが、右手にカカオニブの入った容器、左手にミルクの入った瓶を持っていた。

おそらく、ルードたちの話をこっそり、隣の部屋あたりで聞いていたのだろう。

彼女も、錬金術師になりたくて、タバサの弟子に志願したくらいだ。

朝晩、エリス商会の開店と閉店の作業を手伝い、日中はタバサの工房。

閉店作業を終えるとまた、タバサの工房で何らかの作業をもくもくとしているとのことだった。

とても勤勉で、真面目で、無口な女性。

それがラリーズニアだった。

「あ、うん。ありがと。ラリーズニア」

「いえ、どういたしまし、て？」

最後の『て？』にはきっと、『これから何をするんですか？』の意味も含まれていることが、無意識に話している人の目を見る癖のあるルードだからか、彼女の目を見ていたから気づいていた。

「あのね、これから、甘いチョコレートを作るための実験をするんだ。ラリーズニアも、作業の手が空いてるなら、見ていくといいよ」

「はい。ありがとうございます」

「この子ったら、頑張りすぎなのよ。いっつも夜遅くまで、それもクロケットちゃんのお弁当を食べながら、観察経過を見たりとか……」

これだけ心配するのだから、タバサも気に入っているのだろう。

ルードはすり鉢の中に、カカオニブと砂糖、少量のミルク入れて、ごりごりすりこぎで合わせ始めた。

『ごりごりごり』

三人の呼吸の音と、すりこぎの擦り合わされる音だけが、工房の中に響いている。

「あれ？　おっかしいなぁ……」

『ごりごり』

確かに、チョコレートとミルクの混ざった、甘くて良い香りがしてくる。

だが、かれこれ数分混ぜているのだけれど、一向に混ざる気配すら感じられない。

ルードは混ぜながらも、再度、どれだけ美味しかったか、力説をしていた。

かといって、女性であるタバサとラリーズニアに、あのようなはしたない行為を試してみてくれとは言えない。

「ルード君。あのね」

「はい」

『ごりごりごり』

「（返事はしても作業の手をとめないのは、職人肌だからなんでしょうね）あたし、思うのだけれど」

「はい」

『ごりごりごり』

「カカオニブってほとんど油じゃない？　それにミルクって脂肪分はあるけれど、水分の方が多いじゃない？　水と油は混ざらないというのが、錬金術師の間では、常識なのだけれど」

「あ……」

ルードの手がピタッと止まった。

「あぁあああぁ……」

自信満々に作業を進めていたルードに、『やってしまった』というような、ちょっとした絶望感が襲ってくる。

ラリーズニアは、そんなルードをフォローしようとしたのだろう。

おたまのようなもので、カップにルードが合わせていた、カカオとミルクを注ぎ、こくりと喉を鳴らして美味しそうに飲む。

「ルード様。おいしい、ですよ？」

彼女の目は嘘を言ってなかった。

タバサも、

「え？　ほんと？　どれどれ。……あらぁ。美味しい」

ルードの味わった『美味しい』を共有できたことだけは、一歩前進だっただろうか？

ルードはその場で目を瞑り、いつものように思案にふけっている。

ゆっくりと目を開けると、

「あ、〝コンデンスミルク〟っていう状態にすればいいってあるけど」

「ルード君、何それ？」

「あ、すみません。別名で、〝練乳〟って言うらしいんですけど。わかりませんよね」

「うん。ちょっとわからないわ」

コンデンスミルクも、練乳も、この世には出回っていないようだ。

「えっと、んー。ミルクと砂糖。あと鍋なんだけど」

「そうねそれなら」

「はい、ここに」

相変わらず仕事の早いラリーズニアに、ルードとタバサは苦笑する。

とくに、甘い物に関しては、彼女も大好きだからだろう。

「じゃ、ちょっと作ってみるね。簡単、みたいだからさ」

ルードが『みたいだから』というときは、作ったことはないけれど、作り方はわかるという意味を、二人は知っている。

工房には大きな調理場と、小さな調理場がある。

大きな調理場は、量産するプリンの原液を作ったりするとき。

小さな調理場は、主に夜食や簡単な試食を作る際に使うからと、ルードが作らせたのだった。

ルードは鍋に、秤にかけて計量したミルクと、その四分の一の量の砂糖を入れて、ゆっくりと魔法で加熱していく。

焦げないように焦らず、木べらでかき混ぜながら。

水分が蒸発し、鍋の底が見えてきたところで、加熱をやめる。

風の魔法で冷まして、完成。

「これがね、練乳って言うんだ。……うわっ。あまっ」

ルードは匙でちょっと掬って、味をみた。

思った以上に甘く、それでいてミルクの味も濃い。

「ほんと、でもいい味ねぇ」

「はい。とても、です」

「でも、これなら、水分がほとんどなくて、脂肪分と糖分だけだから」

「あ、そういうことなのね」

ルードは、まず、カカオニブをあらかじめ粗く潰して、どろりとしたカカオマスにしておく。

違う鍋に、カカオマスと作りたての練乳を入れる。

「手だと疲れちゃうから、ここは魔法で」

ゆっくり、時間をかけて、飽きそうになったら、今度はタバサと交代。

タバサが疲れたら、ラリーズニアと交代。

こう見えても、彼女は飛龍の中では、キャメリアの母シルヴィネのように、魔法が達者なのだそうだ。

この程度の魔法であれば、鼻歌を歌いながらこなしてしまう。

実はこれも、タバサから教わったらしい。

そのタバサの魔法の師匠は実は、ルード。

ラリーズニアは、タバサの妹弟子みたいなもの。

ルードは交代の間、更に〝記憶の奥にある知識〟に問いかけ、あるヒントを探し当てる。

それは〝コンチング〟というもの。

簡単に説明しようとするなら、『一昼夜どころか、二日も三日もかけて、温度を一定にした状態で、ひたすら混ぜ合わせる作業』というものらしい。

そこでルードはタバサに、そのような動作をする仕組みを作れないか提案した。

タバサは、そういうものは案外得意で『わかったわ。明日、作ってみるわ』と、あっさり快諾してくれた。

▼

何度目の交代の後だっただろうか？

工房の外は日が落ちて、夜になろうとしていた。

「甘い。美味しいわね」

「うん。僕でも十分食べられる。口の中にもわっと、なんて言えばいいんだろうね」

「わかるわ。ほろ苦いのも好きだけど、こっちも、表現しがたい美味しさね」

「ルード様。これ、もっと食べたいです」

「あー、うん。多分、早いうちに作れると思うよ。でも残りはさ、お姉ちゃんやけだま、イリスにも食べてもらいたいから」

みんな、食べたい気持ちをぐっとこらえる。

▼

家に帰り、夕食後のデザートとして、作ったばかりのものを食べてもらった。

「あまーなの。うまーなの。とろとろー、なのっ！」

「ほんとですにゃ。これはとろとろうまうまにゃんですにゃ」

けだまもクロケットも喜んでくれた。

「これが、ルード様の作った……。甘いです。苦くないです。口の中でじわっと、噛まなくてもとろけてしまいます。これは絶対に、人を駄目にしてしまう、食べ物です……」

普段凛々しいイリスも、こんなときは蕩けてしまうのだろう。

リーダが横でひっくり返って、お腹を抱えて笑っているくらいだから。

まだまだ稚拙《ちせつ》な感じはするが、子供たちでも安心して楽しめる新しいお菓子。

ここに甘いチョコレート、ミルクチョコレートが誕生したのだった。

第九話　空港予定地の整地と、ジョエルとの再交渉。

ルードが兎人族との間に良い関係を結び、チョコレートの改良を重ねていたときのこと。

改良作業の合間をみて、エリスはルードとリーダ、イエッタの四人による家族会議の時間を設けていた。

ルードとイエッタが〝悪魔憑き〟だという事実を知るエリスは、その利点を生かし、ルードが希望する形を、イエッタの持つ知識を元に情報を補完するという手法を選んだ。

ルードは『シーウェールズにある、港のようなものを作りたい』と言う。

イエッタのしてくれる話は、空想上のものではなく、まるで自分の目で見てきたかのような、リアリティのあるものだった。

リーダを『母さん』と呼び、エリスを『ママ』と呼ぶルードが、初めてお母さんと呼んだ女性がイエッタだった。

それだけルードが尊敬をしている彼女が、嘘を言うことはあり得ない。

ルードがこの世ならざる情報の泉である、〝記憶の奥にある知識〟を持っていることはリーダたちには理解できている。

イエッタがルードと同じ〝悪魔憑き〟で、ルードがこの世界にやってくる前、同じ場所に生きていた可能性があることも話をされていた。

彼女の記憶の真実は、あのフェリスも認めたことから、安心して聞いていられたのだろう。

「ルードちゃんが言ってるのはね、〝空港〟という施設のこと。海を行き来する船の発着場を港と言うじゃない？　それに似たものでね、空を飛ぶ鳥のような形をした〝飛行機〟というものがあって、それが離陸したり、着陸したりする〝飛行場〟という施設があるの。荷物を積んでいる機体を〝貨物機〟、人を積んでいる機体を〝旅客機〟と呼んだわ。その荷物や人が一時的に集まる、〝飛行場〟に隣接した建物や施設を〝空港施設〟と呼んだわけなの」

イエッタは、ルードが説明する前情報として、イエッタの知る空港の定義を説明する。

「そうなんだ。その飛行機の代わりに、リューザさんたちのような、ドラグナ、ドラグリーナの皆さんが、周りに驚きのような心配をかけずに発着できる場所。それにその荷物を一時的に保管しておく倉庫も、一緒に作ればいいと思ってるんだ」

ルードの説明に、『うんうん』と、イエッタは頷く。

「なるほどね。私は、イエッタさんにもう少し詳しく聞いて、その空港の仕組みを、エリス商会で管理できるようなものに、作り替えればいいと」

「そうね。その間にわたしは、シーウェールズとエランズリルドの王室で、ルードの考えを説いて、空港敷設のための予定地の確保をしてくれればいい。そういうことね?」

「はい。ママ、母さん。イエッタお母さんも、ありがとう」

エリスは、シーウェールズに残り、じっくり昼は甘いものを食べながら、夜はお酒を酌み交わしながら、空港がどのようなものかを熟知するために、イエッタに質問を重ねていく。

▼

その翌日、アルフェル、ローズと共に、空港の利用とその管理のための仕組み作りを進めていった。

リーダはイリスと打ち合わせをし、その日のうちに、シーウェールズの王家へ話を通しておく。

イリスはエランズリルドへ行き、国王でルードの伯父エヴァンスにアポイントを取りに行く。

後日、リーダは空港建設のため、土地の提供をお願いしていく。

両国に対して、空港の敷設にかかる資金は、今までルードがお菓子などで稼いだものを使う予定だと。

これはいずれ、ウォルガードとシーウェールズ、エランズリルドの三国との共同事業となれば、望ましいが、今は土地の提供だけをお願いしたいとはっきり伝えるつもりだ。

もちろんあらかじめ、ウォルガードでは『ルードちゃんのやりたいようにおやりなさい』と、女王フェリシアから許可をもらっており、『好きにやっちゃっていいわよ』と、フェリスからもお墨付きをもらってあるのだ。

シーウェールズの王家では、王女のレアリエールがお世話になっていることもあり、『お互いの国の発展に繋がるのであれば、協力させていただきたい』と、言葉をもらった。

その帰りの足で、リーダはアミライルに乗せられて、イリスの待つエランズリルドへ。

エヴァンスが言うにはこうだった。

『リーダさん。僕はね、ルード君に王位を譲りたかったんです。あっさり断られましたけどね。ルード君は、僕とリネッタを結びつけてくれた、可愛い甥です。ルード君が行う事業なら、国をあげて応援させていただきます。もちろん、その空港がある方が、ルード君たちももう少し多く、遊びに来てくれるきっかけになるのではないかと、期待していたりするんですよね』

このように、エヴァンスも快諾してくれた。

▼

甘いチョコレートができあがったあたりで、約束の三十日が過ぎようとしていた。

同時期に、シーウェールズの海岸の北側の一部を、空港予定地とすることが決定される。

ルードはその部分の整地を、一気にやってしまうつもりだった。

そこは元々古い塩田で、今は新しく整備した塩田があるため、使われなくなった場所。

ルードはその場所にリューザを連れていき、軽く表面を膝くらいまで掘り起こしてから、一度隠してもらう。

その量は、かなりの量になったが、その後、彼を少し離れた城下とは関係のない砂浜へ連れて行き、そこに掘り起こした砂を出してもらう。

ルードは海から、水の魔法を使って、大雑把に水を取り出すと、砂に何度もかけていった。

気持ち程度になるだろうが、塩抜きをしていたのだ。

多少手間だが、キャメリアに手伝ってもらい、火の魔法で砂を熱して乾かしていく。

再びリューザに隠してもらい、メルドラード地方の山奥から、土を持ってきてあるので、それと交互に、予定地のやや上空から落としてもらった。

適度に混ざり合った土と砂。

ルードは両手をつくと、頭の中で平坦になるよう、イメージを描く。

そこでいつものかけ声『どっこいしょ』と、魔法を顕現させた。

「あ……、やっぱりね」

ルードは額に脂汗をかきながら、予想通り尻もちをついてしまっていた。

それでも、眼下に広がる平坦な土地。

城下町の商業地区が丸ごと入ってしまうくらいの、広大な土地ができあがる。

ここまでは、ルード一人でやらなければならなかった。

どうしても、フェリスに力を借りるわけにはいかなかった。

それはルードの意地であり、『僕が整地をしました』と言える、自信の元でもあったから。

「ルード様、お疲れ様でございます」

「ルード様。お見事でございました」

キャメリアからは労いの言葉。

リューザからは尊敬の眼差しと、褒め言葉をもらった。

「僕はね、ドラグリーナやドラグナたちの力を借りないと、この事業は実現できないと思ってるんだ。だからさ、これからも力を貸してね」

「はい、かしこまりました」

「もちろんでございます。ルード様」

キャメリアは左足をすっと後ろへ引き、スカートを両手でつまんで、頭を低くする、クレアーナから教わった一礼の作法を。

リューザは左膝をつき、右拳を握ってを胸の前に、左手は背に這わせる一礼の作法。

これはメルドラード王家の庭師であった彼が、ドラグナの姿でも行っていた、礼儀作法の一つなのだそうだ。

二人とも、ルードに対して、最上級の礼を尽くしてくれている。

それが嬉しくないわけがないだろう。

「ありがと」

その声を聞いた、二人の表情は柔らかかった。

▼

少し休んで、今度は三人でエランズリルドへ飛ぶ。

同じように、空港予定地の整地を行うからだった。

ルードは、キャメリアを連れてエヴァンスに挨拶をしにいく。

エヴァンスに『久しぶりだから』と、引き留められる。

いつものように、隣にいる王妃であり妻のリネッタに、頭ごなしに怒られる。

ルードはエヴァンスたちに、苦笑しつつごめんなさいをして、王城を後にする。

「相変わらず、仲が良いんだよね」

「あのように怒られているのに、ですか？」

「うん。実は僕たちが出ていったあと、きっと仲良くなってるんだよ。前もね――」

奥歯が浮いてしまうような甘い、二人の作る雰囲気の中、偶然扉を開けてしまって、気まずい状態になったことを、ルードは楽しそうに話す。

後から聞いた話、エヴァンスは、伝説の飛龍に初めて会うことができたから、もっと話がしたかったらしいのだ。

それを聞いたルードは、空港開設が全て終わったら、キャメリアを連れて改めて遊びに行こうと思った。

「せーの。『どっこいしょ』っと」

王家の衛兵たちが城下の人たちの安全を確保する中、ルードの魔法による整地が完了した。

やはりここでも、ほぼ魔力を使い切ってしまったようだ。

まるで祭りのような騒ぎの中、ルードにこっそり会いに来てくれた、この国の新公爵夫人のワイティと、息子のミリスが手を振ってくれる。

「フレットさんによろしく言って下さいねー」

キャメリアの背にだらしなく腹這いになって、ルードは二人に手を振った。

こうして、ウォルガードへ戻って、魔力の補給をしてくるという、ちょっと大変な作業になっていた。

▼

シーウェールズでは、空港倉庫の建築も終わり、必要な機材の搬入が始まっていた。

この倉庫の建材は、ルードとフェリス、シルヴィネの三人が交代で作っていき、ウォルガードの職人たちが組み上げたしっかりしたもの。

同じものが、来週辺りにエランズリルドでも建てられる予定になっていた。

この辺りで、ジョエルとの約束のうち、四十日を過ぎようとしている。

シーウェールズとエランズリルドでの空港事業は、アルフェルが新しく立ち上げた『ローズ商工会』が管理することとなった。

この商工会は、元々エリス商会のシーウェールズ支部と、エランズリルド支部だった。

それを一度解散して、ローズと二人で商人たちのためになるようにと、設立したということだ。

シーウェールズでは、アルフェルの部下として働いてくれている、マイルスたちが陣頭指揮をし、シーウェールズとエランズリルドで新しく雇用した人たちを使って、倉庫の管理、商品の引き渡しなどを行う予定となっている。

鮮度管理の必要な、生ものまで請け負うつもりで、巨大な氷室を内部に制作中。

皆、忙しそうにあっちこっちへ走り回っていた。

ルードの姿を見かけると、マイルスは一旦立ち止まって敬礼をし、また走り去っていく。

全ての人が、ルードの夢のために動いてくれているのだから、嬉しかっただろう。

同日の午後、ルードが自らガイドとなり、ジョエルを連れて空港施設を案内して回った。

アルフェルが、ローズが、忙しそうに指示を飛ばす様子が見て取れる中、ジョエルはとても複雑そうな表情をしている。

ルードが説明しきれない部分を、忙しく走り回っていたエリスがルードたちを見つけ、足を止めてジョエルに詳しく説明をしてくれた。

エリスから全ての説明を受けたあと、改築をしてローズ商工会となったアルフェル家の一室で、アミライルのいれてくれたお茶を飲み、二人は一息ついていた。

ジョエルはテーブル越しに、ルードへ目一杯頭を下げてしまった。

「そ、そんなにしなくても。僕は約束を守ろうとしただけですから」

「それがね、なかなかできないものなのさ。実に見事な、よく考えられた仕組みだったよ」

基本的には、空港施設はローズ商工会の会員でないと利用できない。

会員となるには、まず、『正しい道を歩んできた商人である』アルフェルの面談を経た審査が必要なる。

人となりをじっくり見抜かれたあと、署名を行い、事務手数料と保証金を預かって、会員の証を受け取る。

もちろん事務手数料と保証金は、冷やかしではないという証明にもなるため、決して安くはない。

こうしてやっと、空港施設を使えるようになる。

登録は個人でも、仲間で集まって代表者を立てても構わない。

もちろん、商会での登録も歓迎である。

保証金はただ預かるだけではなく、いざというときの会員への救済にも使われる予定だ。

新鮮な野菜や魚、肉などの足の早い生もの、資材などを大量に輸送するなど、比較的安い料金で引き受ける。

これにより、今まで長い時間馬車で揺られていた手間と、時間という概念を買うことが可能になる。

もし、審査に落ちた場合も、その明確な理由と、再審査に必要な方法を詳しく教える用意がある。

「ところでルード君」

「はい、なんでしょう？」

「その、失格した輩の調査は、どうやってやるんだい？　調査員みたいなのを尾行させるみたいなことをしないと無理だと思うんだけどね」

「あ、そこは簡単ですよ。特定の場所の一つは、狼人の村で、タバサお姉さんの出身の村ですからよく知ってます。それにうちには、フェンリラの執事イリスと、〝瞳〟のイエッタお母さんがいますから、二人とも手伝ってくれるって言ってました」

「……それは、また。伝説通りなら、絶対に逃げられないね」

「はい、そうですね」

笑顔であっさり答えるルード。

「あとですね、これが新しく扱う商品になります」

ルードは、飾り箱をゆっくりと開けた。

その瞬間、ジョエルは蓋が開ききる前に、『すん』と鼻を動かす。

秘密のヴェールに包まれたような、その箱の中から、焦げ茶色や黒い色、薄茶色の丸いツヤツヤしたものが顔を出す。

「これはまいった」

全てが姿を現す前に、ジョエルは頭を抱えた。

「急にどうされたんですか？」

手を止めてルードはジョエルに問う。

「それは見なくてもわかるよ。綿種果だね？　いや、綿種果で作った、何かなんだね？」

「はい。どうしてそれを？」

ルードは箱を開ける。

そこには、ルードたちが作った、配合の違う数種類のチョコレートのサンプルが入っていた。

「あたいはこれでも商人なんだ。それにこの、香ばしい独特な匂い。こんな特徴の有る匂いを忘れたら、犬人が廃るってもんなのさ」

アルフェルは当たり前のように、タバサも知っていたくらいだ。

ジョエルが綿種果を知らないわけがなかった。

「ところでルード君」

「はい」

「これだけのものを作るんだ。かなり手間がかかっただろうに。それともしかして」

「はい？」

「兎人族の誰かと、……いや、あの村は確か、商人を嫌っていたは――」

「はい。村長さんと旦那さん。皆さんと仲良くさせてもらっていますが」

「――う」

「う？」

「うっそでしょう？」

ジョエルはルードたちと出会ったときや、クレアーナが生きていたとルードから聞いたときとは違った驚きようだ。

「あ……」

彼女の目は、タバサがよく、自分のことを『おばけ』と呼ぶときと同じ。

だからルードは察してしまった。

「いやはや、ルード君には敵わない。あたいの負けだよ。あんたは、あの兎人族を口説き落としたんだ。商人としては、偉業を成し遂げたようなものなのさ」

「どういう、意味ですか？」

「あんたも知ってるだろう？　兎人族は、ここ十数年。商人を毛嫌いしている。あたいたち商人は、兎人族たちが作ったものは、ただ届くのを待つしかなかった。そうさね、例えるなら『甘い木の実が熟して落ちてくるまで、木の下で大口を開いて待つ』ようなものだよ」

ランドルフが話してくれたあの事実を考えれば、その例えは大げさではなかっただろう。

「そう、だったんですね。僕も母さんたちに支えてもらって、なんとか彼らの要求に応えることができたんだと思います」

謙遜するのはルードの良いところ。

短い間だが、ルードの人となりを見てきたジョエルも、まなじりを落とすくらいになってしまっている。

「それでですね、新しい商品の提案なんですが——これは、綿種果からとれた材料で作った、チョコレートという新しいお菓子です。こちらの黒いものは、お酒の肴や、滋養強壮に良いとされています。成分が高いので食べすぎには注意しなければなりません。こちらの薄い色のものは、ミルクが沢山練り込まれていますから、小さなお子さんでも美味しく食べられます。どうぞ、食べてみてください」

「これが、あれかい。『あんちぇいじんぐ』とかいう」

「僕、それの意味良くわからなかったんですけどね」

「んっ。これは苦い。でもすっきりした苦さだね。何となく意味はわかるかもしれない。これは、んー。甘い。前にいただいた、プリンとは別の、子供に喜ばれるものみたいだね」

「はい。ですが、これらは、人の体温より少し低い温度で溶けてしまいます。夏場の輸送には、氷室を使わないと駄目になってしまうのだけが、難点ですね」

「あぁ。どうりで口の中で溶けるわけだ。うんうん。いい商品だと思うよ」

「価格については、ママに聞いて下さい。僕はそこまで商売には詳しくありませんから」

カカオ濃度が高く、六割を超えるものは、嗜好品であり滋養強壮にも効果がある。

これはもちろん、高価なものになってしまう。

通常のものは、もうカカオの濃度は低く、四割程度に抑えられている。

それでもイエッタが言うには、ビターテイストのチョコレートだと言っていた。

反面、ミルクチョコレートという名にした銘柄は、カカオバターと練乳の比率が多く、香り付け程度に抑えられていてカカオの濃度が低く、子供の手が届くような価格設定にできる。

同じ材料を使っていながら、最高級品と高級品、普及品の商品を用意したということになる。

ルードは、ジョエルの設定した期日で、二つの課題をクリアしたことになるのだ。

くる。


「そうかい。エリスさんとの交渉が大変そうだねぇ。まあいい。それでだね、約束通り、砂糖の価格は元に戻させてもらうよ」

「そうですか。ありがとうございます。よかった。頑張って本当によかったなぁ……」

ルードがお茶代わりに飲んでいる、温かい飲み物からは、チョコレートに似た良い香りが漂ってくる。

「そういえば、ルード君が飲んでいるそれは、何なんだい？」

「あ、これですか？　まだ改良が必要なんですが、イエッタお母さんが言うには、ココアミルクという飲み物ですね。チョコレートの材料、カカオバターを絞った残りの粉末をですね、更に細かく砕いて、ミルクに混ぜたものなんです。本当はもっと、細かく砕かないと喉に残ってしまって、小さな子には飲みにくいんですけど……。イエッタお母さんとママは、『女性にはこの状態でも、良い飲み物なのだけれどね』って笑っていました。僕にはいまいちよくわかりませんけどね。こうして、試飲しながらでき具合を確認してるんですけど、なかなかどうして……」

ルードは納得いかないような、苦笑する表情を浮かべていた。

今使っている石臼では、限界があるような気がしていたのだろう。

そのあたりは、ルードの菓子職人としてのプライドのような、こだわりの反面が見えてきている。

これだけのものを作っておきながら、更なる商品開発を片手間で続けているルードを見て、ジョエルは末恐ろしさを感じていた。

第十話　空港開設セレモニー。

冬晴れの午前。

ルードは今、シーウェルズ空港の落成式の式典に参加していた。

シーウェールズ王家からは、王太子のアルスレット・シーウェールズが国王の名代として参加してくれているのだ。

ルードとしっかりと握手を交わし、祝ってくれる皆の前に立つ。

「シーウェールズ王国王太子、アルスレット・シーウェールズです。この度は、シーウェルズ空港の落成に立ち会えて嬉しく思っています。これから、この場所より、空の道が開けることとなるでしょう。ここ、シーウェールズは、船舶で、馬車で様々な人々が訪れていただいています。商人の方々、旅行者の方々に支えられて成り立っていると言っても、過言ではありません。特に、馬車での移動は、これまで大変だったと思われます。何日もかけて、途中で盗賊や獣に怯える日々もあったでしょう。そのような方々に、ご苦労様などと、軽い言葉をかけるわけにいかないことも理解しております。ですがこれからは、空の道により、安全な移動や輸送も可能になると思っております。この度、我が国シーウェールズのために尽力していただいた、友好国であるウォルガード王国の王太子である、フェムルード・ウォルガード殿下に、この場でお礼を申し上げたいと思っております。

あなたには、感謝をしてもしきれないほどの、幸せを分けていただきました。これからも良き友、良き隣人であることを私たち、シーウェールズは望みます」

アルスレットが、自らのスピーチが終わると同時に、ルードの背後に回ると背中をとんと押す。兄のような優しい眼差しで『君の番だよ』という表情をする。

ルードは一度目を閉じ、一つ深呼吸をすると、目を開けて集まってくれている人々に笑顔を向けた。

「ご紹介に預かりました。ウォルガード王国王太子、フェムルード・ウォルガードです。この度はシーウェルズ空港の落成式においでいただきまして、誠に、ありがとうございます。僕はつい先日になりますが、立ち直れなくなるほどの、手痛い失敗をしました。良かれと思ってしたことが、そのまま裏目にでてしまったのです。ですが人は、二度同じ失敗をしない気持ちを持って、行動すればいいと思っています。もちろん、僕を含め、人は万能ではありません。目の前に立ち塞がる問題を解決するためには、そのとき、その場で、できることをするしかないのです。家族や周りの皆様のご協力を得て、今日この日を迎えることができました。嬉しさで僕の胸はいっぱいになりました。明日はエランズリルド空港が、落成の日を迎え、最初の一便ずつが、発着をするでしょう。これは新しい交易の始まりです。物資の輸送だけでなく、いずれ安全で快適な、空の旅を楽しめるようになると思っています。簡単ではございますが、これにて、落成の挨拶とさせていただきます」

拍手が起きる。

発着場に向けて、倉庫の奥に設けられた、舞台袖で見守る家族たちも、ほっと胸を撫で下ろしたことだろう。

▼

落成式も無事終わり、ローズ商工会のある建物の裏にあるアルフェルの屋敷。

そこでは簡単な、お疲れ様の宴が開かれていた。

キャメリアとクレアーナが陣頭指揮を行い、調理担当であるエライダとシュミラナが忙しそうに料理を作り続けていた。

ルードとクロケットは、今日は料理をしないように言われていた。

ルードの横にはクロケットが座り、その隣にはなぜか、イリスが座っている。

手持ち無沙汰になってしまった彼女は、膝の上にけだまを座らせて料理を食べさせては、うっとりと見ている。

少し離れた場所では、リーダとエリス、イエッタがよく冷えた綿種果酒の入ったグラスを傾けている。

ルードの向かいには、ジョエルが座っていた。

彼女はいつもの姿とは違う、落ち着いた感じの服装になっていた。

「ルード君。君って本当に、王太子殿下だったんだねぇ」

「あははは、よく言われます」

ルードは笑って誤魔化すことにした。

「それにしても、あたいがここに招かれて、よかったのかい?」

確かに落成式にも、舞台袖で家族として出席してもらった。

「えっと、何て言ったらいいんでしょう？　クレアーナは、僕が生まれたときから、常に一緒にいてくれて、ママを支えてくれました。言ってしまえば、ママのお姉さんのような人なんです」

忙しそうなクレアーナを見ると、『そんな大層なものではありませんよ』という感じに、笑みを浮かべていた。

彼女は、ルードの話をしっかり聞いていたようだ。

「ジョエルさんはクレアーナの叔母さんですよね？　クレアーナは僕のママのお姉さん。それなら、ジョエルさんは、僕の叔母さんでもあるわけです。家族と一緒じゃないですか」

ルードはそう言って、コロコロと笑うではないか。

「参った。完敗だよ。十五歳の子に、ここまでしてもらったのは初めてだね」

「そんな……。あー、うん。僕も必死でしたから」

ジョエルは一度無理に微笑むと、真顔になってルードに問う。

「ところでね、ルード君」

「はい」

「エリスさんから聞いたんだけどね。輸送の手間賃。あんな安い値段設定で大丈夫なのかい？」

商工会の会員であれば、格安の価格設定で輸送を依頼することができる。

その金額は、交易に必要な馬車や馬を維持する費用とは、比べものにならないほど安かった。

「はい。ここだけの話ですが、実際にかかるのは人件費だけなんです。今後必要な資材は、シーウエールズとエランズリルドが支援してくれるんです。空港の運営はアルフェルお父さんがやってくれます。僕たちの家族、調理師のエライダさんとシュミラナさん。庭師のリューザさんが飛んでくれるだけですから。ウォルガードを出て、シーウェールズとエランズリルドの間を数度往復したとしても、彼らの話では『食事前の軽い運動程度』だと言ってくれています。彼らは、一度に、馬車数十台分の荷物を運ぶことができるんです。正直、彼らのお給金が稼げれば、僕はそれで構わないと思ってます。あとは、ローズ商工会に勤めてもらっている方々の人件費が賄えれば、それで十分なんです。輸送にかかる価格も、ママとアルフェルお父さんが話し合って、最低限の利益が出るように設定してくれましたから。もちろん全て、ママと母さんの受け売りなんですけどね」

受け売りと言いながらも、ルードは理解したうえで説明をしてくれている。

ジョエルは、神妙な表情から、呆れるようなものに変わった。

「なんともまぁ、ルード君もそうだけど、豪快な家族だこと。そっかそっか。その家族にあたいも数えられているんだったね。さて、あたいも戻ったらさっさと空港を作らなきゃならない。レーズシモンだけ遅れをとるわけにはいかないからね。これは商売の、最大の好機なんだよ」

身を乗り出して、ルードの髪をくしゃくしゃくしゃと撫でる。

それはまるで、叔母が甥っ子を褒めるような、そんなものだっただろう。

「ジョエルさん。整地の段階になったら連絡をください。整地までは、僕がやることになってますから」

「そうかい。それは助かるよ。しかしいいのかねぇ。大国の王太子にそんなことをさせちまって」

「いいんですよ。ジョエルさんも僕の家族なんですから」

「そうかい。長生き、してみるもんだね。クレアーナに、会わせてくれただけじゃなく。あたいのことまで……」

ルードは後ろ頭を掻いて、ちょっとだけ困ってしまっていた。

そんな二人のやりとりを黙って聞いていたアルフェル。

彼はジョエルに今一度、頭を下げる。

「ジョエルさん。俺たちの息子。ルードと俺が巻き起こしたこの度の騒動。申し訳なかったと思ってる」

「いえ、いい子ですよ。ルード君は。あたいたち商人が逆立ちしても考えつかない、空の道を作ってしまったんだからね」

「そうですね。ルードの発想は俺も舌を巻くらいです。ですが、知識はそうはいかない。だからこそ俺たちがもう少し頑張って、後進の者を育てなきゃいかんでしょう。こんなところで立ち止まってる暇なんてないですから」

「そうだね。アルフェル殿。でも、レーズシモンの空港は、あたいが運営するよ。まだあんたには負けられないからね」

「いいでしょう。空港職員の指導は任せてください」

「あぁ、頼んだよ」

アルフェルとジョエルはしっかりと握手を交わす。

商人として、先人として、まだまだ立ち止まるわけにはいかないのだろう。

▼

日は変わって、エランズリルド空港の落成式。

ルードの叔父であり、国王であるエヴァンスは、そこでしっかりとやらかしてくれた。

「皆も知っての通り。私の横に立つ少年は、私の甥でもあり、伝説のフェンリルの国、ウォルガード王国王太子。フェムルード・ウォルガード君だ。彼はこの国を救ってくれた。知らないとは言わせないぞ。あの旨い、ふかふかのパンを作ってくれたんだ」

歓声が沸き上がる。

「私も毎日食べている。あれはとても美味しい。さて、その名の通り、彼はフェンリルだ。この世でも最強の種族と言われてはいるが、心の優しい少年でもある。強さとは、優しさが伴わないと駄目だ。本当は私が退いて、彼にこの国を任せたかったのだが、彼は大国の王太子。仕方ないから、いずれ私に子ができたら、彼の力になれるよう育てるつもりだ。この国はウォルガードの後ろ盾があるわけではない。私と彼との縁があるだけだ。その縁が切れないように。笑われたりしないように。この国を大切に育てていきたいと思っている。本日、これにより。エランズリルド空港の開港を宣言する。安全な空の輸送。空の旅が未来に開けていくことを、私は望んでいる」

エヴァンスの演説が終わり、開港の宣言もされた。

それと同時に、ルードが手を上げると、沢山の荷を積んだ大型の飛龍。

両翼を広げると、キャメリアの倍以上はあるその姿。

ヒュージドラグナのリューザが大空高く、その巨体を音もなく上昇させていく。

ヒュージドラグリーナのエライダとシュミラナも、彼に続いて上昇していった。

それはとても、幻想的な瞬間だっただろう。

伝説の飛龍が目の前にいるだけでなく、隣人として存在し始める。

そんな三人の姿は、きっと人々の記憶に残るはずだ。

こうしてやっと、ルードの夢が改めて叶った瞬間を迎えるのだった。

▼

セレモニーも終わり、再会の挨拶をエヴァンス、リネッタの二人と交わし、ルードはキャメリアと大空を飛ぶ三人を追いかける。

「あ、キャメリア。抜いてるって、追い抜いちゃったってば」

「も、申し訳ございません」

全力で飛ばなくとも、フレアドラグナ、ヒュージドラグリーナの彼女はヒュージドラグリーナの速度を軽く上回ってしまう。

ルードは皆の横につけてもらうと、

「大丈夫？」

「はい。問題ありません。ご心配ありがとうございます」

「大丈夫ですよ」

「はーい」

軽く馬車数十台分の荷物を三人で積んでいるのだ。

今までの交易ではありえない日程。

日程というより数舜と言ってもいいだろう。

軽く挨拶を交わす程度の時間で、目下にはシーウェールズが見えてくる。

毎朝、けだまの両親エミリアーナとダリルドランが、朝食を食べにきては、けだまを撫でて帰っていく。

『食事前の軽い運動』とは言い得て妙だ。

シーウェルズ空港に降りる三人を見守ってルードたちも降りていく。

三人は人の姿に戻ると、『お疲れ様です』と声をかけてくれる、ローズ商工会の職員たちに荷物を渡す。

ひとつひとつ丁寧に、種別ごとに色付けされている、木枠に入った荷物を選別して格納していく。

冷蔵の必要なもの、温度に関係のないものなど。

空を飛んでいる時間よりも、荷物の仕分けの方が時間がかかっているようだ。

それも慣れれば、時間が解決してくれることだろう。

数日後、ジョエルから『明日整地をお願いしたい』と連絡が入った。

ルードは快く返事をする。

「ルードちゃん、わたしも行ってみたいですにゃ」

「うん、いいよ」

「よかったですにゃ。これでお砂糖を沢山買ってこれますにゃ」

「何しに行くんだか……」

▼

「せーのっ、『どっこいしょ』」

クロケットが見守る中、ルードは一気に魔力を解放する。

少々でこぼこしていた、休耕地のあった場所に、綺麗に整地された空港予定地が姿を現した。

ルードはその場にぺたんと、尻もちをついてしまう。

「ルードちゃん、お疲れ様ですにゃ」

「あはは。ちょっと、大きかったみたいだね」

魔力の枯渇まではしなかったが、少々無理をした感じになってしまったのだろう。

「ほんと、ルード様は無理をしすぎなのです」

「キャメリアちゃんの言う通りですにゃ」

「ごめん、ってばさ……」

しょんぼりするルードと、微笑むクロケットとキャメリア。

大勢の人々が、ルードの見事な魔法を見て、拍手を送ってくれていた。

▼

休憩を兼ねて、ジョエルにお茶をご馳走になっている。

空港業務の説明に訪れていたアルフェルも一緒だった。

目の前には、精製された純白の〝上白粉糖〟とも言える砂糖を固めただけの、上品なお菓子が添えられている。

「うわ、これ。お砂糖だけなのに、口の中でふわっと溶けちゃうね」

「ですにゃ」

「そういえばジョエルさん」

「なんだい？」

「僕、また失敗してしまったかもしれないんです。頭からすっかり抜けてしまっていて……」

「どうしたんだい？　別にこれといって思い当たらないんだけどね」

「あの、こんなに大きな事業を始めるんです。僕、国王様に挨拶した方がいいかなと思うんですが」

「ほら、目の前にいるじゃないかい。アルフェル殿。あんた、教えてなかったのかい？」

「いや、ルードなら知ってるものかと失念していた。ルードすまないね」

「えっ？　ということはジョエルさんが国王なんですか？」

「いや、いないよ」

「はい？」

「ここ、レーズシモンは王国でも公国でもないんだよ。ここはひとつの商会みたいものなのさ。あたいが立ち上げた商人のためのね。あたいはここの代表。ただそれだけさ。じゃなければ、砂糖の値段を勝手に変えたりはできないだろう？」

ルードの〝記憶の奥にある知識〟にある記述や、イエッタの知るところの連邦や、共和国のようなものなのだろう。

ルードが一瞬記憶を辿ったときに、そういう結果が出てきた。

「それは〝共和国〟みたいなものですか？」

「きょうわこく？　さぁ、知らないね。あたいは国王なんて柄じゃない。だから国という概念がめんどくさかっただけなのさ」

▼

整地から数日後、翌日の夕方には空港の利用ができるだろうという連絡が入ったと、アルフェルから教えられた。

ジョエルは商人らしいというか、『式典は簡単に済ましておいた。早速輸送をお願いしたい』というメッセージも預かっていたとのことだった。

同時にジョエルから、シーウェールズでの塩や魚介類の買い付けの依頼を受けている。

砂糖の輸送に関しては、ジョエルが直接依頼する形になるらしい。

シーウェールズとエランズリルドの両国で、ジョエルの部下が空港近くでレナード商会の支店を開く予定になっているのだという。

商人だけあって、手配の速さはルードの予想の上をいっていた。

それはきっと、『式典はないから、気にしなくてもいい』という、頑張りすぎていたルードへの優しい気遣いなのだろう。

ジョエルはそれよりも、輸送する物資を確実にお願いしたいと念を押されたのだ。

そこでルードは少しいたずらを思いついた。

「ママ。明日の夕方から、んーっと。明日いっぱいくらい、もしかしたら明後日までかな。クレアーナを貸してもらえる？」

「私は別にいいけれど、どうしたの？　クレアーナは何か予定ある？」

「えぇ、私は構いませんが。どうなさったのですか？」

「あのね。今日、レーズシモンで空港の開港があるんだけどね、そのときにね――」

ルードはルードなりの可愛らしいいたずらを、二人に説明していく。

エリスはとても面白そうに、クレアーナは何やらすまなそうな表情になっている。

「ルードちゃん。それいいわ。きっといいお祝いになると思うの」

「あの。ルード様。少々やりすぎではないでしょうか？」

「そんなことないわ。ね、ルード」

「うん。きっと喜んでくれると思うよ」

「だといいのですが……」

こうしてエリス公認の、ルードのいたずらが決定した。

▼

翌日、荷物を積み終えたリューザは、飛龍の姿になっていた。

今回の飛行は、新たに用意されたものを背負ってのものとなる。

それはルードが馬車にあやかって、龍車と名付けた、人が座ることができる座席だ。

ルードとエリス、タバサがアイディアを出し、ウォルガードの木工職人、革職人の総力が結集されたもの。

リーダが以前、フェンリラの姿で背負っていた大きな鞄をヒントに、大きな馬車が前後に四台ほど連結されて形どられたものを、背負ってもらうことになる。

後付けのタラップのような階段を設置することで、容易に乗り降りができるように考えられたものだ。

その龍車の、最初のお客さんが今乗車する。

その人は、まっ白な冬用のケープコートを羽織り、ロングスカートの服装に、深く鍔の広い帽子を被った、クレアーナだった。

今回は珍しく、ルードとクロケット、キャメリアもリューザの背中に乗せてもらう。

キャメリアからしたら、飛龍の背に乗るのは生まれて初めてのこと。

「き、緊張しますね。これは流石に……」

「大丈夫だって。僕たちも一緒なんだから」

「ですにゃ」

「えぇ」

姉妹のようなクロケット。

師匠と仰ぐクレアーナ。

一緒に並んで旅をするとは、思っていなかったはずだ。

キャメリアの表情も、いつもより明るい感じがした。

「じゃ、リューザさん。お願いします」

「はい。では、多少揺れるかと思いますので、ご注意ください」

ゆっくりと羽ばたくリューザ。

少しの浮遊感と共に、上昇を始める。

キャメリアのような急激な上昇とは違い、風に乗るようなそんな感じだ。

「うんうん。これなら一般の人が乗っても大丈夫だね」

「ですにゃ」

ゆっくり飛んでいるように見えて、リューザの飛ぶ速度は実は遅くはない。

キャメリアや彼女の母、シルヴィネのようなフレアドラグリーナが速すぎるだけなのだ。

地上最速と思われるイリスの、倍以上で飛んでいるのだという。

そろそろレーズシモンが見えてくる。

陽が落ち始めて、綺麗に照らされていた。

リューザはゆっくりと高度を下げていく。

「あ、あそこが空港だね。沢山の人が見てるねー」

「ですにゃね」

「凄い、ですね」

「クレアーナ姉さん。とても綺麗ですにゃ」

「からかわないでくださいっ」

クレアーナは横を向いて照れてしまった。

リューザは空港にゆっくりと降りていく。

▼

レーズシモンには、こんなにも人がいたのかと思うくらいに多数の人々が見守ってくれている。

倉庫の目の前には、いつもの商人らしい服装とは違い、女性らしい小奇麗な服装をしたジョエルが待っていた。

「お待たせしました、ジョエルさん」

「ルード君。待ってたよ」

ルードが先に降りて、龍車に右手を伸ばす。

「はい。クレアーナ」

「すみません。助かります」

「おや？　クレアーナって聞こえたんだけれど」

「はい。来てもらっていますよ」

ルードが手を引くその女性。

そこには大きな花束を抱えた、白い春物のドレスに身を包んだクレアーナの姿が。

少しだけエリスに化粧をされ、少し恥ずかしそうにジョエルの前に降り立った。

順番にクロケットとキャメリアも降りる。

リューザはキャメリアが降りたのを確認すると、龍車を隠した。

「クレアーナ。その姿」

「エリス様とルード様がどうしてもというので。その、似合ってませんよね？」

「そんな、ことないよ。とても似合ってる。綺麗だよ。クレアーナ」

「よかったです。これ、おめでとうございます」

クレアーナからジョエルに大きな花束が贈られた。

もう、意地や体裁なんて構っていられない。

ジョエルの涙腺はあっさりと決壊した。

花束を左に抱え、クレアーナを右腕で抱く。

「ありがとう。リリアーナ姉さん、そっくりになったね」

「叔母様。もしや、ここの名前は」

「あぁ。あたいとリリアーナ姉さんの、父さんと母さん。クレアーナのお爺ちゃんとお婆ちゃんの名前。シモン・レナードとレーズ・レナード。忘れたりはしないけど、村を捨てたあたいの、戒めの意味もあったのかもしれないね」

ルードたちと同じ方向をリューザが向く。

その瞬間、盛大な拍手が浴びせられた。

「クレアーナ。これが、あたいが作ったレーズシモンだよ。どうだい。立派なもんだろう?」

「はい。亡くなった母さんたちも、喜んでいるかと」

「やっぱり聞いてたんだね。はねっ返りの妹が、商人になるって出ていったって」

「はい。とても頭のいい人だと言ってました」

「これはね。あんたに全部譲るつもりなんだよ」

「嫌ですよ。私は死ぬまでエリス様、ルード様に仕えると誓ってしまったんですから」

「あらら。振られちまったね」

ちょっと拗ねたようなクレアーナ。

姪に断られたジョエルの表情は、何故かとても嬉しそうだった。

レーズシモンでは、雅よりも実を選んだようだ。

ルードたちが来るよりも前の日に、開港のセレモニーはさっさと終わらせて、業務を回すことを考えていた。

さすがは商人が興した都市だけはある。

ヒュージドラグリーナのリューザは、新しく積み込みの終わった荷を持ち、エランズリルド経由でシーウェールズへ飛び立っていった。

「さぁ。ルード君たちも、って。もしかして。あー。ルード君は未成年か」

「はい。十五になったところです」

「そうかい。あと三年だね……」

ジョエルの基準でも、成人は十八歳だったようだ。

「クロケットさんも、まさか」

「いいえ。私は二十ににゃりましたけれど」

「そうかい。それはよかった。これから盛大に祝いがあるんだけれど」

「あ、それなんですが。僕、レーズシモンの荷の説明。忘れちゃったんです。どれがエランズリルドか。どれがシーウェールズのものなのか」

「……ルード君。あんた、わざとだね？」

「そんなことあるわけ、ないじゃないですか？　あ、それなので、クレアーナに代わりに残ってもらいますので。クレアーナいいよね？」

「はい。……叔母様。私なんかでよろしいですか？」

「やめておくれ。おばさんでいいんだよ。あんたはルード君が言うところの家族、なんだからね」

「はい。ジョエル叔母さん」

キャメリアはお辞儀をすると、その場で真紅の飛龍へと姿を変えた。

ルードの手をとり、クロケットが先に乗る。

ルードが後ろに乗るか、前に乗るか揉めた結果、ルードがクロケットに抱かれる形で前に乗ることになった。

「じゃ。僕たちそろそろ行きます。これからもよろしくお願いします。クレアーナ、ゆっくりしてきてねっ」

「では、失礼いたしますにゃ。クレアーナ姉さん、ごゆっくりですにゃ」

キャメリアは頭を少し下げて、その場から一気に飛び立っていった。

空へ、空へと上昇していく、一人の美しい真紅の飛龍。

彼女はわざと急いでか、翼から紅い炎のゆらぎを残しながら上っていった。

「あの子ったら。最初からそのつもりだったんだねぇ」

「はい。ルード様はいたずらだと言ってました」

「本当に。フェンリルは親子共々、末恐ろしいねぇ」

「でも、凄く可愛いんですよ」

ジョエルとクレアーナは、空高く消えていくキャメリアの翼から出る赤い光を見上げていた。

▼

「ではここに、ご署名を。はいここに、その黒朱肉をつけて、右手の人差し指を押しつけてください」

ルードはアルフェルの横で、加入手続きの申込書を記入する説明をしていた。

記入を終えた男性は、ルードが言うように人差し指を申し込み用紙に押しつけてくれる。

ルードはその四角く枠の書かれた部分へ、上から少し大きな紙を挟んで、裏移りしないようにしていた。

これは別に、ただ指紋をとっているわけではない。

後から何かあったとき、匂いで追うためのものでもあったのだ。

この大陸では、指紋を保存するなどという文化は、聞いたことがない。

これは、〝悪魔憑き〟でもあるイエッタの提案だった。

「お申し込み、ありがとうございます。では、隣にある待合室でお茶をお飲みになってお待ちいただくか、外出されたあと、こちらへ戻られてもかまいません。『審査に合格された方』には、午後一番には会員証が発行される予定となっております。では、お待ちしております」

ルードの隣で、アミライルが記入を終えた申し込み完了者に、笑顔でこれからの説明をしてくれている。

ここは、シーウェールズにある、空港倉庫の一角にある事務所として使っている部屋。

空港利用のためには、ローズ商工会へ入会が必須条件になっている。

今日は、そのための『事前入会申し込み』が行われていた。

アルフェルとルード二人が立ち会い、入会時の説明をした後、一人一人面談を行っていた。

面談を終えたあと、こうして申し込みをしてもらっている。

午前中に全てを終えて、昼食のあと、会員証が発行される。

別段、審査がこれからあるわけではない。

面談の段階で、すでに合否が決まっていたからだ。

アルフェルも、目の前の商人が、いままでどのような行いをしたかの情報くらいは持っていた。

ルードは前回、シーウェールズで騒いだ輩の顔は、ほぼ覚えていた。

ルードは一度見た人は、あまり忘れることがないからだった。

商人の顔や名前、その噂や行いを記憶しているアルフェルは、ある意味ルード以上の記憶力を持ち合わせているのかもしれない。

今日、面談した商人のうち三名ほど、あのときいた輩が混ざっていた。

本人は気づいていないと思ったのかもしれない。

先日とは違って身なりを整えて、まるで大店の使いのようなふりをし、素知らぬ顔で面談を受けていた。

もちろん、受付の際、保証金と事務手数料を預けてもらっていた。

けっして安くはない金額だが、空港を利用することがあれば、十分に元が取れるはず。

保証金は、丈夫な木枠で作られた、コンテナのような輸送に使う車輪のない馬車のようなものを借りるためのもの。

ちなみに、事務手数料は、遊びや冷やかしではないことの証明のようなもの。

申し込みをやめたとしても、保証金しか返ってくることはないことは説明済み。

▼

午後になり、三名を除いて、会員証が発行されることとなった。

アミライルが順に名前を呼んでいく。

最初に呼ばれる前は『合格する者がいるのだろうか？』という懸念が皆にあっただろう。

だが、一人呼ばれてしまうと、あとはコンスタントに会員証を受け取ることができた。

次々と会員証を受け取り、コンテナある場所で利用方法の説明を受ける人。

今回の応募者三十名のうち、三名だけ名前を呼ばれずにその場に残っている。

「さて」

アミライルが部屋から出て行き、アルフェルが残る。

「なぜ会員証の発行が許されなかったか、もちろん理解できていますよね？」

丁寧な言葉遣いが、かえって気味の悪さを演出していた。

文句を言おうとするのだが、声が出てこない。

あらかじめ、ルードが支配の能力を使っていたからだろうか？

それは違っていた。

アルフェルの形相は、言葉遣いとは反比例し、鬼のようなものへと変わっていたからだ。

「あなたたち、いや、気味が悪いだろうから元に戻そう。申し込み前に教えたと思うが、お前たちは、当ローズ商工会の会員規則に違反したのと同じ行為を、すでに行ってしまった。身に覚えはあるだろう？　会則その一、『商人として、お客様の迷惑になる行為をしてはならない』。会則その二、『ローズ商工会の名を貶める行為をしてはならない』。これらを忘れたとは言わさないぞ？」

この二つに関しては、商人というものに誓って、やってはならないことの基本だ。

「お前たちは、この二つの会則に違反した。よって、会員証発行と同時に取り消しの手続きが行われ、回収されたということになる。会員証の再発行ができない、二年間の欠格期間が終了してから、再度申請してもらうことになる。申請手数料は元より、保証金は没収され、迷惑のかけられた人たちへの補償に使われることになるだろう」

いわゆる、免許発行と同時に免許取り消し処置がとられたということになる。

これはイエッタが提案した、制裁措置である。

シーウェールズで起きた事件の際、三人はその場にいたからだろうか？

それともそれ以外に、身に覚えがあるからだろうか？

三人の商人は、両肩を落として、落ち込んでしまう。

それはそうだろう。

商人としての元手として、必要な資金を取り上げられたようなものだ。

「なぁに、欠格期間を短縮するための方法がないわけではない。それは――」

三人の内二人は、一年間の空港職員としての労働を選んだ。

もちろん最初は、掃除から始まるのは説明されていた。

その間の賃金は、職員と同じ働きができれば、その労働内容に応じた額が支払われることになる。

この処分を選んだのは、手持ちの資金的に厳しいというのが理由だろう。

残りの一人は、資金に余裕があったのか、違う方法を選んだ。

その方法とは……。

▼

鬱蒼《うっそう》とした森の中、緑の香りが強く、仕事でさえなければ、足を踏み入れるような場所ではなかっただろう。

なるべく森の浅い場所を選びながら通り、迷わないように馬車を進めなければならない。

ごく近い場所から、獣のうなり声が休みなく聞こえており、シーウェールズを出てからはや二日、一瞬たりとも気を抜くことが許されない時間が続いた。

疲弊しきった商人とその従者たち。

やっとの思いで目的地にたどり着いた。

「村長に会わせろ」

本来であれば、『村長殿に会わせていただきたい』、そう言うべきなのだろうが、疲労と油断からつい、普段通りの言葉使いをしてしまっていた。

商人たちは、文字通り固まってしまった。

「……何、だと？」

ドスの利いた声。

口元から見え隠れする、牙にも見える犬歯。

人間には滅多にいない、灰色に近い銀髪の荒々しい毛並み。

二メートルはありそうな、背の高さ。

商人たちの太股はありそうな、太い腕と引き締まった筋肉とその体躯。

「誰に向かってその口を利いている？」

商人たちは、踵を返して森の奥へ逃げてしまっていた。

「あら？　商人さんたちかしら？」

「どうだろうな？　とてもそうとは思えないほど、柄の悪い者たちだったようだが」

「駄目でしょう、ガルム。あなたはただでさえ、目つきが悪いのですから」

商人たちが選んだ奉仕活動。

それは、ローズ商工会が贔屓《ひいき》としている、狼人族の村との交易だった。

だがその商人たちは、どこまで逃げていったのだろう？

その後、狼人族の村にも、アルフェルの元へも、二度と姿を現さなかったらしいのだが……。

第十一話　ちょっと遅れたクリスマス。

年を越してから、二ヶ月、軽く六十日を超えてしまっている。

それでもウォルガードを始めとした、この大陸にある国には、更に寒い冬が訪れることだろう。

タバサの工房にある、大きな方の調理場。

そこには、ルードを中心に、クロケット、タバサとクレアーナ。

キャメリアにクレアーナ、シュミラナとエライダ。

少し離れた場所で邪魔にならないように、イエッタとけだまを抱いたイリスが見守っていた。

ここにいないリーダとエリスは、ルードに頼まれた、あるものをエリス商会で作ってくれている。

調理場の調理台に並べられたものは、これから作るお菓子、一人前の材料。

卵が三個、砂糖と小麦粉の入った計量容器。

ミルクの瓶と、バターの入った皿。

あらかじめ、ルードはクロケットと打ち合わせを終えていた。

失敗を繰り返しての試作が、二人だけで繰り返され、それはかなり壮絶なものだった。

もちろん、失敗したものも、一応食べられるものだったから、工夫して食べたことは食べた。

できあがった形に問題があっただけで、味に関しては悪くなかったからだろう。

「えっと、みんな。いいかな?」

『はいっ』

「まずね、この卵を全部、白身と黄身に分けること」

ルードは二つ用意された、銅製のボールにそれぞれ卵の殻を使って、白身と黄身を取り分ける。

この作業は、料理にさえ慣れていれば、子供でもできるところだ。

白身だけが入ったボールを前に持ってくる。

猫人の集落を引っ越しさせたときに教わった、フェリスとシルヴィネが作った魔法。

それを応用して、ルードが発展させた地の魔法。

その魔法を使って、ルードが作った調理器具。

目の前に並ぶボールもそうだが、細い針金が幾重にも合わさり、手元で纏まっている泡立て器というもの。

それを持って、ルードはカシャカシャと卵白を泡立て始める。

「これはね、泡立て作業っていって、卵白にね、空気を含ませてふわっとさせる作業なんだ」

本来であれば、ルードは風の魔法だけでやってのけるのだろうが、今回は皆に教えるという必要があったため、このような調理器具を作った。

ややあって、透明だった卵白は、乳白色に色を変え、徐々にふんわりとしたメレンゲ状になっていく。

ルードは手を止めて、すうっと泡立て器を持ち上げる。

それに追随するように、卵白はふんわりと角状に持ち上がった。

「ね？　キャメリアの角みたいでしょ？　これくらいがね『角が立つ』って状態なんだ。こうなった卵白をね、〝メレンゲ〟って言うんだって」

エライダもシュミラナも、同じ角を持っているのだが、どうしても名指しされたキャメリアを見てしまう。

同じようにクロケットとタバサ、クレアーナもキャメリアに注目してしまう。

「あのっ、いいですからっ。ルード様の料理を、ですね……」

恥ずかしそうにキャメリアは、皆の視線をなんとかして回避しようと促す。

「あー、うん。それくらいにしてあげて」

くすくすと笑うイエッタたち。

皆はやっと、ルードの手元に視線を戻した。

「んっと、そしたらね、このふんわりを潰さないように、砂糖を少しずつ入れながら、また混ぜていくんだ。お姉ちゃん」

「はいですにゃ」

ルードは、数回に分けて、クロケットに砂糖を入れてもらいながら、メレンゲを混ぜ続ける。

全体に混ざり合ったとき、

「これくらい混ざったらね、残った卵黄をね――」

「はいですにゃ」

阿吽《あうん》の呼吸とでもいうのか、クロケットがもう一つのボールに入った卵黄を入れてくれる。

「ありがと。これも混ぜていく。このときね、このメレンゲを潰さないように気をつけるんだ」

クロケットはお湯を張ったボールの上に、またボールを重ねて、ルードに手渡す。

「ここにね、ミルクを入れて、バター入れる。お湯を使って湯煎《ゆせん》っていう方法で、バターを溶かしながら混ぜていく。これを少しだけメレンゲに入れて、ちょっと混ぜるっと……」

湯煎したバターとミルクが入ったボールを持ち上げ、その下をクロケットが布で拭いてくれる。

おたまで少しだけミルクを入れて、また混ぜ合わせていく。

次にクロケットがルードに手渡した、見慣れない調理器具の粉ふるい機。

円形の金属の輪っかの中心に、細かく小さな穴が開いているように見えるほど、網目状に極細の針金が編まれているようなもの。

「ありがと。これでね、小麦粉がだまにならないように、軽くふるいをかけるんだよね」

小麦粉を乗せて、左右に振りながら、メレンゲの上に落としていく。

木製の薄いへらをクロケットから手渡される。

「このときもね、なるべくふんわり感を壊さないように、注意しながら小麦粉と合わせていく。三回くらいにわけてやってね？」

ことりと音を立てて、円形状をした素焼きの器を置いてくれる。

「ここにね、周りにバターを塗って、少し小麦粉を振っておく。それでこの材料をね、入れてからオーブンで焼くんだ」

工房にある、オーブンに器を入れてあとは焼き上がるまで待つことにした。

「今までの行程、どう？」

ルードはタバサに聞く。

「大丈夫よ。分量も正確に把握したわ」

後ろを向くと、キャメリアとクレアーナ、シュミラナとエライダも頷いていた。

▼

オーブンを見ると、綺麗に焼き上がっているようだった。

軽く冷ましてから、器を持ってきて、器の内側に沿って軽くナイフを入れる。

ひっくり返して、器を軽くまな板の上で叩くと、ふんわりと焼き上がった状態が見て取れた。

「これがね、〝スポンジケーキ〟って言うんだ。お姉ちゃん」

「はい、用意してありますにゃ」

クロケットはルードにボールを渡す。

そこには、角が立つほど泡立てられた生クリームが入っていた。

スポンジケーキを真ん中から薄く二枚に分かれるように、ナイフで切る。

その間に、生クリームを塗り、これまたクロケットが用意してくれた、色とりどりの小さくカットされたフルーツを置いていく。

その上にまた生クリームを塗り、もう一枚のスポンジケーキで蓋をする。

これからの作業は、少々難しかった。

練習ではうまくいかず、ルードは少々ふて腐れ、クロケットが宥《なだ》めることが度々あった。

ルードは何でもできるように見えるが、万能ではない。

細かい作業が得意ではあるが、それは魔法を使ったときだけ。

ルードはクロケットが用意した、生クリームをおたまで山盛り掬う。

もりっとスポンジケーキの上に、山盛りになった状態。

「これからの作業はね、僕、うまくいかなかったんだ。だからね、魔法を使うことにします。あとは、できる人に任せますから」

そう言って、苦笑するルード。

目を瞑って、できあがりをイメージしつつ。

『凪よ』

ルードのかざした両手のひらから、風の固まりが上から優しく押しつぶすような、そんな状態が発生する。

手をかざす角度を変えて、それこそ器用に生クリームを塗りつけて成型していく。

「いいよ。お姉ちゃん」

「はいですにゃ」

ルードの合図で、クロケットはもう一つ用意してあった、ほろ苦いチョコレートを溶かした溶液を、おたまで上からかけていく。

それも一緒に、ルードは魔法を使って器用に塗りたくっていく。

最後に、

『凪よ、軽く冷やせ』

お決まりの適当詠唱呪文。

ルードの詠唱を軸にして、ぱりっと固まるチョコレート。

布製の絞り器を使って、クロケットが器用に、黒いチョコレートの上から生クリームで模様を入れていく。

それはまるで、チョコレートの土台に、白い花が咲いたような、そんな可愛らしさだっただろう。

「〝チョコレートケーキ〟のできあがり。これをね、みんなで沢山用意して欲しいんだ。もちろん、僕たちも手伝うからね」

『はいっ』

▼

レーズシモン空港から、初の物資がシーウェールズへ到着した。

ルードの両肩に重くのしかかっていた、責任感という大荷物。

空の便の正式なサービスが開始されたという事実で、やっと羽が生えたように羽ばたいていなくなってくれた。

エランズリルド大問題を解決したあの後、やることを見失ってしまい、燃えつきたような喪失感を味わってしまった、あの頃のルードとはちょっと違う。

ルードには『各地にいる子供たちへ笑顔を届けたい』という、新しい使命が待っているのだ。

▼

昼食後のひととき。

ルードは甘いチョコレートをお茶請けに、渋めのお茶を啜りながら。

子供たちに何をどう送れば良いか喜んでくれるか？

紙に落書きしては、『これは違う』、『これもちょっとなぁ』と、良い意味で悩んでいた。

「ルード、わたしにもそれ、ちょうだい」

ルードが悩んでいるのに気づいていたが、前と違って切羽詰まった感じがないのを知っているので、あえて見守ることにしていたリーダ。

冬場だからこそ、フェンリラの姿でルードの後ろにうつ伏せで寝そべっていた。

要は、傍に居てルード分の補充をしていたのだろう。

リーダは大きな口を開けて、ルードに『食べさせて』と、せがむ。

「はいはい。あーん」

ルードは、甘いチョコレートを一つつまむと、肩口にいるリーダの開いた口の舌の上に乗せた。

口を閉じたリーダは、またうつ伏せの状態に戻る。

ルードの腰の横に顔を寄せて、口の中の温度でゆっくりとチョコレートを溶かして堪能する。

「あーん……、んーっ。体温で蕩けるこんな味。前はなかったわよね。甘いわ。とてもとろっとしてるの。幸せよねぇ……。あ、」

「どうかしたの？」

「そういえば、イエッタさん」

ルードの向かいにいるが、外をゆったりと眺めていたイエッタに声をかける。

「何かしら？　リーダさん」

振り返ることなく、雪の積もる庭先から目をそらさずに、リーダの受け答えをする。

「ルードがね、忙しそうだったから、聞くに聞けなかったのだけれど」

「えぇ」

「あの〝くりすます〟という、美味しそうな催しは、どうなったのかしら？」

「あらぁ。そういえば、そうだったわね。引っ越しで忙しくしていたものだから、すっかり忘れてしまっていたわ」

「くりすます？　……んー」

ルードはリーダに背を預けながら、ごろんと横になる。

純毛百パーセントな、ルードのためだけのやわらかクッション。

お腹がいっぱいのこの時間帯、思わず眠ってしまいそうになるのに逆らって、〝記憶の奥にある知識〟へと意識を移す。

「あれ？　イエッタお母さん」

「なぁに？」

「〝クリスマス〟って元々は、年を越える六日前にあって、その一日前に教会で神様にお祈りするだって。そのあと家に帰ったら、〝クリスマスツリー〟？　を飾って、プレゼントを開けるってあるけど。あとは食事をしてゆっくり過ごすって……」

「そう……。もう過ぎてしまったの。神様ねぇ。どこかにいた、というのは聞いたことがあるのだけれど、わたしは見たことも会ったこともないわ。ウォルガードには、神様にお祈りをする習慣がないものだから、なんともいえないのだけれど。そう、年末の祭事だったのね、それは残念だわ……」

ルードは後ろを向いて、リーダの首元に顔を埋める。

その後、『終わっちゃったのは、仕方ないよね』と、リーダを慰めるように、同意の言葉を言う。

イエッタが振り向く。

「ルードちゃんの言ってくれたことは、大方合ってると思うわ。でもね、それは、あくまでも〝あちらの世界〟でのお話。こちらには、クリスマスを祝う習慣が元々ないのだから、あえてどう過ごしても、どう祝っても構わないと思うのよね」

「そうなの？」

ルードとリーダが、ちょっと希望を持ち直したような表情になって、イエッタを見る。

「えぇ。これから春になるまで、この大陸は、雪深くて寒い時期がしばらく続くわ。その間、蓄えを消費して、ゆっくり春の訪れを待つだけ。それならば、クリスマス。やってもいいと思わない？クリスマスツリーを飾ったり、家族の言いつけを守って、良い子にしている子供たちにプレゼントを配ったり」

ルードは身体を起こして、テーブルに身を乗り出す。

そんなルードの肩越しに、興味津々な目でリーダも顔を覗かせる。

「真っ赤な服着た、〝サタン、クロース〟だったっけ？」

「ふふふ、……違いますよ。〝サンタクロース〟。サンタさんのことですね。サタンでは、悪魔になってしまうわ。それではハロウィンになってしまうもの」

「あ、そうだった。でも、そうだね。そういう理由で、子供たちにプレゼントを配っていければ、退屈な冬の期間もまた、楽しみが増えると思うんだ」

「ルード、それいいわ。でも、何を配るの？　わたし、美味しいものがいいと思うのだけれど」

「あー、うん。どうしよ？」

さすがは母子。

悩んだ仕草もそっくりだった。

「ルードちゃん。クリスマスと言えば、鳥か、ケーキよねぇ……。んー、あのね、我、ケーキが食べたいわぁ。あぁでも、から揚げも捨てがたいわね」

早速、イエッタの物欲センサーが発動する。

「ケーキって、前に焼いたあの丸いやつ？　それにから揚げ？　んー……」

「うん。あれは、パンケーキよ。そうじゃなくてね、〝スポンジケーキ〟。あれに、フルーツを挟んで、生クリームを塗ってから、チョコレートを薄くコーティングしてあったら、もう、最高よねっ」

「……イエッタさん。それ、美味しそうね」

「それはもう……」

リーダもイエッタも、ルードを見た目には『作ってほしい』という、メッセージというか、念力というか、呪いのような気持ちのこもった、そんな視線を向けてくる。

たじたじとなったルードは、

「う、うん。ちょっと作り方調べてみるね」

「やったわ。これでケーキ、食べ放題よっ！」

「た、食べ放題？」

拳を握り、両腕を天に伸ばして喜ぶイエッタ。

よだれが垂れそうになりながら、期待に目を光らせるリーダ。

二人の期待が、ルードの両肩に優しくもたれかかる。

こうして、クリスマスを再現することが決定したのだった。

▼

作りも作ったり、クリスマスケーキ。

大きさはおおよそ直径十五センチ程度。

生クリームいっぱいでデコレーションされた上に、バーナルの村で栽培している、苺に似た赤粒果がスライスされて、中に挟まれ、上にも三つ乗ったショートケーキ。

様々なスライスされた果物が入り、生クリームの上にほろ苦チョコレートがコーティングされ、丸いミルクチョコレートの珠が三つ乗った、チョコレートケーキの二種類が用意された。

いずれ定番商品となるからと、先行投資ということで、エリス商会の名の入ったケーキ箱。

今回は、ウォルガード王家、フェリスやフェリシアのバックアップもあり、材料費が豊富に用意されたこともあって、数百個のケーキを作り上げた。

猫人や犬人の子供たちがいる猫人の集落では、皆、喜んでくれた。

けだまとクロメが並んでケーキを頬張る姿を見た、イリスが蕩けまくって仕事にならないのを見て、ルードは危うく吹き出しそうになったりした。

▼

「今日は絶対に、女の子の格好はしないからね？」

ルードは顔を真っ赤にして、求め訴える。

年末のハロウィンの催しは確かに楽しかった。

だが、ルードはイエッタたちの策略に嵌《は》まり、魔女の格好をさせられてしまったのだ。

ルードの前に、両手を広げて待機していたイエッタ、クレアーナ、クロケットがぴたりと固まる。

沢山用意された服の山に却下を出しまくり、妥協に妥協を重ねた結果、ルードの服装は決まった。

ハロウィンのときのように、仮装する必要があるわけではない。

そこは気分の問題だ。

サンタクロースのコスプレを知っていたイエッタがデザインした服に着替えた家族たち。

真っ赤に染められた膝上までのブーツに、白い縁取りの真っ赤なフレアースカート。

可愛らしいショールを纏い、赤い帽子を被った、積極的にこの格好をしているフェリス。

「ねぇ、ルードちゃん。可愛い？　可愛い？」

「うん。可愛いですよ、フェリスお母さん」

「やったーっ！　じゃ、いってくるねー」

「〝トナカイ〟さんならぬ、ドラグリーナさんに乗った、サンタさんなのね」

そう言ったイエッタが見送る中、ケーキを隠し持った、シルヴィネの背に乗り、フォルクスの方角へ飛び去るフェリス。

真っ赤なサスペンダーで吊られた半ズボンに、襟と袖口、合わせと裾がまっ白でもふもふな素材で縁取りされた、暖かそうで真っ赤な上着。

赤い長靴タイプのブーツを履き、赤い帽子を深く被った、ちょっと恥ずかしそうなルード。

今回の服は、イエッタ、クレアーナ、ヘンルーダ、クロケットの力作だったりする。

見た目以上にモフモフしていて、真冬の今でも寒さが気にならないほど、とても暖かい服に仕上がっている。

「これは結構目立つね……」

「でも、暖かいですにゃ。それに可愛いですにゃ」

フェリスよりも少し長めのスカートを履いた、クロケットが褒める。

「義姉さんと、ウィルに届けたらすぐ戻ってくるから、あたしはこれでいいわよ」

普段着の上に、真っ赤なローブだけ羽織ったタバサが、少々照れながら、ラリーズニアの背に乗り、狼人の村へと向かっていった。

「じゃ、僕たちも行こっか、お姉ちゃん」

「はいですにゃ」

「キャメリア、ちょっと長い距離だけど、お願いね」

「大丈夫です。お任せください」

家の中では、やり切った感のある笑顔で見送るイエッタ。

ケーキを食べながら、ヘンルーダとお酒を飲むリーダ。

エリスは今ごろ、商会でクレアーナと二人、商業区画の皆と一緒に、ケーキを楽しんでいることだろう。

イリスは、お腹いっぱいケーキを食べて寝てしまったけだまを、寝かしつけてくれている。

甘いものの情報をタバサから知らされていたのか、美味しそうにケーキを頬張る、レアリエールの姿も見えていた。

皆に手を振ると、仲良く二人は、キャメリアの背に乗り、シーウェールズへ向かっていく。

▼

シーウェールズで、お世話になった人たち、ミケーリエルにミケーラとミケル。

お城に寄って、アルスレットにケーキを渡す。

ローズ商会へ寄り、必要数をアルフェルに渡した。

「じゃ、まだまだ回るところがあるので、失礼します」

「しますにゃ」

皆に見送られてシーウェールズを飛び立つ。

「あにゃ、雪、降ってきましたにゃね」

「うん。そうだね」

「上空に出たら。あまり気になりませんけどね」

「そりゃそうだけどさ」

「ですにゃね」

エランズリルドに寄って、エヴァンスとリネッタに挨拶をし、フレットの屋敷でミリスとワイティにご挨拶。

忙しそうにエランズリルドを飛び立つと、レーズシモンでジョエルに会い、『働きすぎ』だと窘《たしな》められる。

メルドラードへ寄って、エミリアーナとダリルドランに直接手渡して、『明日、また寄らせていただく予定でしたのに』と言われて、三人で苦笑。

メルドラードを飛び立つと、最後に向かったのは、バーナルの村だった。

いくらキャメリアの速度でも、かなり遅くなってしまっていた。

それでも、農園をとりまくあちこちに明かりが灯され、そこは幻想的な雰囲気を醸し出していた。

さすがは〝悪魔憑き〟のランドルフが作った村。

夜になっても松明が焚かれ、明るい村になっている。

「こんばんはー」

「ですにゃー」

キャメリアの羽音と、ルードたちの声で気づいた村人が集まってくる。

子供たちに囲まれて出てきたランドルフが声をかけた。

「おや？　クリスマスでもないのに、サンタさんかな？」

やはり、クリスマスを知っているようだった。

「えぇ。うちのイエッタお母さんが『年末にお祝いするのは、あちらの世界でのお話だから』と、言ってくれたので」

「あぁ、確かに。言われてみればそうだね」

「はい。長い冬の期間、春を待つだけでは退屈だから、祝うことにしたんです」

「ということは？　もしかして」

「はい。キャメリア」

「かしこまりました」

クロケットとルードは、キャメリアから箱を受け取る。

「メリークリスマスです。バーナルの村の皆さん」

「メリークリスマス、ですにゃ」

子供たちから先に、手渡しを始める。

皆、ルードたちがお菓子を作っていることを知ってくれているので、喜んで受け取ってくれた。

「ランドルフさん、ナターリアさんと一緒に食べてください」

「ほんと、色々すまないね。助けられてばかりで」

「いえ。僕も、カカオと美味しいお野菜、いつも楽しみにしていますので」

「そういってもらえると、俺も嬉しいよ」

「では、遅くなってしまったので、僕たちは帰ります」

「失礼します、ですにゃ」

「失礼いたします」

兎人族の皆は、手を振って見送ってくれる。

その中には、こちらに駐在する、フェンリラ、フェンリルの研究員の姿もあった。

一時は、商人としては受け入れてもらえないこともあった。

ルードやイエッタと同じ〝悪魔憑き〟という立場もあったのかもしれないが、ランドルフの懐の深さに助けられ、こうして仲良くしてもらえるようになった。

もちろん、リーダやエリス、フェリスやイエッタたち家族の支えがあった。

イリスとキャメリアが背中を支え、クロケットがいつも笑顔をくれた。

家族がいたからこそ、ルードは今回もやり遂げることができたのだった。

早い時間からケーキを作りまくって、手分けをして各所に手渡しで届けることができた。

受け取ってくれたとき、食べてくれたときの子供たちの笑顔。

ルードたちにとって、それが一番のご馳走だったのかもしれない。

エピローグ

プレゼントを全て配り終えて、帰路についたのは、日付が変わろうとしていた深夜だった。

「ルード様、クロケット様。ウォルガードが見えてきましたよ」

「うん。もうちょっとだね、いつもありがとう」

「いえ。どういたしまして」

ルードたちの周りはもう、真っ暗闇。

雲海の切れ目から、遥か遠くに明かりが見えてくる。

真冬の上空は普通ならば寒くて動けなくなるところだが、キャメリアたち飛龍が魔法でガードしてくれているし、同時にルードも魔法を使って温度調整しているから、二人が魔力を遮断しないかぎり辛く感じることはないだろう。

ルードたち人を初めて乗せたころよりも、魔法の制御が上達したとキャメリアから聞いたことがある。

リーダの背中や、イリスの背中に乗ったときも、話すのが大変なくらい風の影響があったほどだ。

今は普通に会話ができるほど、快適な空の旅ができているのは、キャメリアたちの努力の成果なのだろう。

商業地区の、街の明かりが煌々と灯る。

今日はある意味お祭りのような状態だから。

上空を通り過ぎるキャメリアの姿に、人々は手を振ってくれる。

キャメリアは相当慌てていないかぎり、屋敷のまわりを旋回して速度と高度を十分に落としてから着陸に入る。

それは乗せているルードたちへの、最大の気遣いなのだろう。

今回はただでさえ、回りが暗闇に包まれていた。

街の明かりも急に大きくなると、目に負担をかけると思ったのだろう。

いつもよりもゆったりと、庭先に積もる、雪をあまり巻き上げることなく、優しく着陸してくれた。

だからルードも異変にすぐ気づいたのかもしれない。

「あれ？　お姉ちゃん、疲れちゃった？」

いつもならば、どんなに疲れていたとしても、ルードに気を使わせないよう、笑顔で飛び降りようとするのを、止められたりするくらいに元気に振る舞ってくれる。

ルードはすぐに、異変に気づいた。

今のクロケットは、自分の胸から頭を起こそうとすらしない。

確かに今日は、ルードと一緒に朝からこんな深夜まで頑張ってくれていた。

そのため、最初は本当に、疲労が溜まった程度かと思っていた。

だが、ルードの胸に寄せていた、頬から額にかけてが、いつも以上に熱を帯びているように感じる。

気になって手のひらをクロケットの額にあてると、ルードは眉をひそめ、

『祖の姿、印となる証を顕現させよ』

同時に化身の呪文を唱える。

両側の側頭部から顎の付け根あたりまでを覆うような、太めの力強い毛に覆われた大きな耳と、荒々しくも長い毛を持つ尻尾が顕現する。

ルードはそのまま、左腕をクロケットの両膝の下に通し、抱え上げる。

こうするためには、ルードの腕力が足りない、そう判断したのだろう。

「キャメリア」

ルードの声を聞き、すぐに龍人化を終え、キャメリアは走って屋敷に入った。

『癒やせ』

屋敷に入る前に、ルードは癒しの呪文を詠唱する。

一瞬クロケットの全身に、ぽうっとした光が帯びたような状態になる。

クロケットの辛そうな表情が、少しだけ和らいだような感じがした。

玄関をくぐると、足を乱暴に振り、靴を脱ぎ捨てる。

緊急時だから、土足で上がっても何も言われはしないだろうが、さすがに雪が溶けて滑ったりするのは本末転倒。

だからせめて、踏ん張りの利く状態にしておきたかった。

廊下を通り、階段を上って、クロケットの部屋ではなく、客間へたどり着く。

同じ考えがあったのだろう。

そこには、キャメリアもいて、ベッドの準備を終えて、三枚ほどめくられた上掛け布団が見えている。

「ルード様。こちらへ」

「うんっ」

ベッドにクロケットを揺らさず、起こさないように、そっと寝かせる。

今のルードは、フェンリル姿の一部の筋力を、発揮できる姿になっている。

そんなルードだから、できるような荒技だった。

肌掛け、中掛け、上掛け布団を順にかけてあげた。

ルードはベッドの横にある椅子に座ると、再度クロケットの額に手をあてた。

いつの間にか、キャメリアは部屋の外へ出ている。

後から階段を上がってくる足音が数人。

入れ違いにリーダとイエッタが入ってきた。

「ルード」

「しっ、……あのね。熱が、ちょっと待って」

ルードは『癒やせ』と、二度目の魔法を行使する。

ルードの身体からも、魔力が少しだけ抜けるような感じがしたから、間違いなく効いているはず。

リーダもイエッタも、椅子を持ってきてルードの傍に座った。

「おかしいんだ。バーナルの村を出るまでは、いつも通りだったんだけど。気がついたら、身体が熱くなってて……」

ルードが言うように、イエッタも自分の額をクロケットの額に合わせる。

「えぇ。確かに微熱だけ、……あら？　ちょっと熱いわ。おかしいわね？」

下がったはずの熱がまた上がり始めているようだ。

ルードは両手で、クロケットの左手を握る。

「母さん。イエッタお母さん。ちょっとだけ離れてて」

ルードの魔力が、全身から両手に集中していく。

ここしばらくは、詠唱を短く、無詠唱に近い状態にするのが、脳内にいかにイメージできるかが、魔法の顕現に必要か、そう思っていた。

『癒せ。万物に宿る白き癒しの力よ。我の願いを顕現せよ。我の命の源を……、すべて残らず食らい尽くせっ！』

リーダは話に聞いていた。

イエッタは自ら味わっていた。

ルードの手から、まるで命の火が一瞬で燃えつきるかのような、純白の眩い光が発せられた。

その光は、クロケットの全身を、優しく包み込んだ。

ルードは、彼女の手を握ったまま、その場にうつ伏せに倒れ込んだ。

「ルードっ」

「大丈夫よ。ルードちゃんはきっと、魔力が枯渇したのでしょう。我のときのように、ね」

イエッタがそう言ったから、クレアーナやヘンルーダ、クロケットからも同じことを、以前聞いたことがあった。

これがきっと、後先を考えぬ『ルードの全開の魔法』なのだろう、と。

ただここは、ウォルガードだ。

フォルクスや、エランズリルド、元の猫人の集落のように、魔力が薄いわけではない。

即座にルードに魔力は補充されていくことだろう。

リーダがルードを起こして、膝の上に抱き上げる。

「ごめんね、母さん」

「ううん。いいのよ。あれがそうだったのね?」

「うん、だからちょっと、疲れちゃった……」

「クロケットっ!」

慌ててヘンルーダが入ってくる。

彼女に気づいたリーダは、ルードをイエッタに預ける。

イエッタはルードを軽々と抱き上げ、『お疲れ様』と声をかける。

リーダは、慌てて入ってきたヘンルーダを抱き留める。

「大丈夫。大丈夫だから。ルードが今——」

いつもとは逆の立場に見える。

今にも泣きだしそうなヘンルーダを、クロケットの傍に座らせ、優しく諭すようにこれまでの経過を説明する。

ヘンルーダは以前、ルードが行使した治癒の魔法を見ている。

もちろん、その効果も知っているはずだ。

ヘンルーダはリーダの話を聞いて、安心しきったかのように、クロケットの左手を両手で軽く握った。

間を縫ってキャメリアが、桶に冷えた水と氷を入れて戻ってくる。

手ぬぐいを水につけてぎゅっと絞り、ヘンルーダに渡す。

ヘンルーダは、クロケットの額に滲んだ汗を拭っていく。

桶を受け取り、再度手ぬぐいを浸して絞ると、クロケットの額にそっと乗せる。

これで一段落、誰もがそう思ったときだった。

左手をまた握ったそのとき、ヘンルーダは立ち上がって、クロケットの額に右掌《てのひら》をあてる。

振り向いたときに見えた、再び曇る、ヘンルーダの表情。

「フェルリーダ、わ、私、どうしたら――」

慌ててリーダも、クロケットの額に手を当てる。

熱が再び上がっていたのだと、その様子から理解できる。

ルードは魔法を再度詠唱しようと、立ち上がろうとするのだが、うまく身体に力が入らない。

何とかして身体を動かして、クロケットの元へ行こうとするのだが、全くと言っていいほど、動いてはくれない。

諦めて脱力したルードを抱いている、イエッタの腕に強い痛みが走った。

イエッタはその痛みに耐える。

そうすることで、ルードの悔しさを、少しでも肩代わりしてあげられたらと、思っていたはずだ。

同時に、彼女の腕に何かの滴が落ちる感触。

「――おかしいよ。ママもイエッタお母さんも、エヴァンス伯父さんだって、治ったんだ。だからお姉ちゃんだって、絶対に、治るはずなんだ……」

それはルードが強く掴んで、悔し涙を落とした跡。

クロケットが身体を休められるようにと、薄暗くしていた部屋の中が、白く淡く、それでいて強い光が漏れ始める。

それはイエッタが抱いている、ルードの左目を中心とした、彼の魔力の光。

『なんで、……なんで、僕の大切な人を、また、苦しめるの？　僕がなにか、悪いことをしたからなの？　僕は――』

全身を震わせ、嗚咽を漏らしながら、それでもどこに怒りをぶつけたらいいのかわからず、しまいには自分自身を責め始めてしまう。

ルードは支配の能力を使ったわけではなかったのだろう。

誰にお願いするわけでも、警告するわけでもない言葉を紡いでいたから、何の効果も現れない。

おそらくは、ルードの感情が高ぶってしまったことで、無意識に魔力を全身に巡らせてしまったからなのだろう。

それでもルードは現実から目を背けないかのように、クロケットから、ヘンルーダとリーダから視線を外そうとしない。

ルードから漏れ出す白い霧が、薄まっていったとき、彼の右目が光を発していた。

ここ、ウォルガードにいる限り、ルードが魔力を浪費させていたとしてもすぐに回復してしまう。

だから偶然、右目にも通ってしまったからなのだろうか？

『ヘンルーダ姉さん、泣かなくてもいいよ。大丈夫。この子は死ぬわけじゃない。……ってあれ？』

リーダが奥に座り、その左にはヘンルーダが座っている。

二人の向かいには、椅子があるはずはない。

だがそこには、優しげな男性が座っている。

淡い姿だが、はっきりとその姿が見えていた。

今までクロケットの頭を愛おしそうに、撫でていた彼は、何かに気づいたかのように、驚いてこちらを向いている。

ヘンルーダとリーダは、何か信じられないものを見るような、きょとんとした表情。

ルードとイエッタは、何が起きているのかわかっていないようだ。

黒い髪、ヘンルーダとクロケットそっくりの耳と尻尾。

イエッタの糸目のような、細く微笑むような目をした猫人の男性。

『――みんな、なぜ僕をじっと見て。……もしかして、僕が見えてたり、しないよね？』

「「あ」」

一瞬、ヘンルーダとリーダの声がハモるが、リーダだけ言葉をかみ殺した。

そういえばリーダは、前にルードがこの能力を使ったのを見たことがある。

フェリスに、彼女の夫と娘を邂逅させた、あのときと同じ能力。

「あなた……」

その男性は二十年ほど前に亡くなった、リーダも良く知る、ヘンルーダの夫であり、クロケットの父だった。

『――しーっ』

クロケットを起こしちゃ駄目だよという感じに、彼はそういう仕草をする。

▼

『クロケットは生まれつき、魔力をうまく扱えないみたいだね――』

彼が言うには、クロケットは魔力を扱う素質を欠いて生まれてしまったらしい。

長い間すこしずつ取り込んでしまった、魔力を発散できないでいただけ。

獣人種も人種も、その総量の大小はあれど、体内に魔力を内包している。

だが、全ての人が呪文を正しく唱えれば、魔法を行使できるわけではない。

それ故に、学べば魔法を使える人と、学んでも魔法を使えない人が、存在しているらしい。

クロケットはいわゆる、後者の存在だった。

魔法を使えない人であっても、微量にだが生命活動に、その魔力を消費していると言われている。

「そういえばヘンルーダ。あなた、使えるの？　もしかして？」

「えぇ。この子には内緒なのだけれど、簡単なものなら使えるわよ」

ヘンルーダは、指先に炎をぽっと灯す。

魔法が苦手だったリーダは愕然と肩を落とす。

集落の猫人は、成人するときに簡単な魔法を教わる。

ヘンルーダもクロケットの体質を知っていたのか、彼女の前では使わないのが、集落での暗黙の了解だったらしい。

リーダは、自分の祖母と伯母、ルードの弟のエルシードが姿を現したあと、どうなったかを知っていたからこそ心配になり、彼に素直に質問した。

『この世の理に反してしまうかもしれないけれど、僕は、あちらには行くつもりはないんだ。このままクロケットの中で眠ることにするよ。そうすればね、僕が持っていた魔法の素質を、あげられるはずなんだ』

それはルードにとって、フェムルードとエルシードが残してくれた能力のようなもの。

きっと同じことなのかもしれないと、リーダには、彼の言っていることが少しだけ理解できたような気がする。

『魔力を消費することができれば、一時しのぎにはなるはずだからね』

そう彼は言うが、どれだけの魔力を消費することができれば安全なのかはわからない。

こうなった原因を突き止めないと、いずれ再発する可能性もありうるのだ。

『僕はこの子の中から、いつまでも二人を見守っているから。暫しの間だったけれど、また話せて嬉しかった。……姉さん』

「なに、かしら？」

『愛してますよ。これまでも、これからもずっと、ね』

彼はヘンルーダに、口づけのような仕草を見せる。

すると彼女は安心したのか、疲れて眠るように、クロケットの顔の横へ伏せてしまう。

彼は、リーダを見て微笑む。

『ありがとう、フェルリーダさん。僕たちを守ってくれて。これからも姉さんたちをお願いします』

「いいえ。わたしもみんなに、助けられたの」

そう言って、首を横に振る。

『ルード君』

彼はイエッタに抱かれた、ルードを見た。

「……は、い」

『クロケットを頼むね』

「わ、かりま、した」

ウォルガードでは、枯れることなく魔力を吸収できる。

とはいえ、能力を行使しながらの返事は、少々辛そうだ。

「【この言葉は姉さんも知らない、僕の先祖が使っていた言葉なんだ。おそらくルード君の能力でしか、理解できないはずだよ。これから言うことは男同士の秘密として、君の胸の内に仕舞って置いて欲しい――】」

彼の言葉は、能力を行使しているルードと、彼を抱いているイエッタには理解できている。

それは彼も重々承知の上だろう。

彼が言うには、クロケットが目を覚ましたら、簡単な魔法を教えてあげてほしい。

そうすれば、魔力を消費できるようになり、一時的には回復するだろう。

だが、そのままでは根本的な解決にはならない。

彼らは、ここからさらに東の海を渡ってやってきたのだという。

二人ともまだ幼かったから、どのあたりから来たのかは、詳しくは覚えていない。

だが途中に、彼らが海を渡るために手助けをしてくれた国が、広い海の真ん中にあったことだけは覚えている。

彼らの親族が何かを残していれば、解決の糸口になるかもしれないから、探して訪れてみてほしい、ということだった。

「【君も聞いたことがあるはずだよ。僕たち黒い猫人は、とても珍しい種族なんだ。僕もそこまでしか教えられていないから、説明ができなくてすまないと思ってるよ】」

「(いいえ、大丈夫です)」

ルードは心で答えて、一度首を横に振ったのち、縦に振る。

『【頼んだよ。僕たちの可愛い息子、ルード君】』

「(はい)」

ルードは無言で笑みで応えた。

そのあと彼は、満足したように微笑むと、黒く薄い布の重なるような魔力の帯に包まれていき、そのまま手のひらに乗るような、小さな黒い獣へ変化する。

クロケットやヘンルーダたちと同じ、耳と尻尾を持つその姿はまるで、黒猫だった。

イエッタは知っていた、ルードは知識で知っていただろう。

が、バーナルの村周辺には近い種がいたが、彼ほど毛並みが綺麗ではなく、岩猪よりも大きい。

もちろん、大陸のこちら側では見たことがない。

もしかしたら、フェンリル以外の獣人も、獣化ができるのかもしれないと、二人は思っただろう。

『ありがとう』

獣語でそう言葉を残して、彼はクロケットの鳩尾《みぞおち》あたりへ沈んでいった。

▼

ヘンルーダは数時間後、クロケットの眠っていた、隣の客間で目を覚ます。

リーダから、彼女が眠ってしまったあとことを、説明してもらっただろう。

クロケットには、昨夜のことは秘密にしておく必要があったからだ。

あの後リーダが、フェリスとフェリシアの元へ行き、ことの顛末《てんまつ》を伝えた。

フェリスは調べ物があるからと、フェリシアだけクロケットの元へ来させる。

フェリシアは彼女が持つ、フェンリラとしての固有能力である癒しの能力で、クロケットの状態を緩和してくれる。

フェリシアがクロケットの状態を確認すると、なんとリーダも幼いころにかかったことのある、『魔力酔い』という症状だと判断した。

▼

ヘンルーダが目を覚まして、それから数時間。

客間の窓から朝日が差し込んできた。

毎日の習慣なのだろうか？

クロケットも、いつも通りに目が覚める。

寝ていた状態から身体を起こし、両手を膝の方へ伸ばした。

そのあと、再び身体を起こして思いっきり背伸びをする。

「ふあ……。あふ」

ぼけぼけのクロケットだが、自分が寝ていたベッドの狭さに気づく。

「……うにゃ？　ここ、どこですかにゃ？」

けだまと一緒に寝るために用意してもらった、彼女の部屋のベッドはこの倍の広さはあったはず。

やはり、となりに寝ているはずの、けだまの姿も見えない。

それにこの部屋は、なんとなく見覚えがあった。

キャメリアと一緒に掃除をしに来た、屋敷にある客間の一室。

この部屋にも、ドレッサーのようなものがあり、その隣の壁には、全身を映す大きな鏡がある。

毎日の習慣なのか、ドレッサーのようなものの前にちょこんと座る。

そこに映し出された自分の姿を見て、更に違和感を覚えてしまった。

「うにゃ？　あにゃ？　にゃ、にゃんですかぁあああっ！」

クロケットの声に反応したのか、ドアをノックしてキャメリアが入ってくる。

「起きたのですね。クロケット。こんなに朝早くから一体、どうしたと言うのです？」

キャメリアを見上げ、首を傾げて訴えるクロケット。

「きゃ、キャメリアちゃん。私の身体、どうか、しちゃったん、でしょうかにゃ？　にゃんで、しっぽが、……ふたつあるんでしょう、か、にゃ？」

「（まったく、この子は……。心配させるだけ心配させて）あのですね――」

クロケットはやはり、自分が倒れたことに気づいていなかった。

キャメリアが昨夜あったことを一から説明して、クロケットもやっと状況が飲み込めただろう。

この日の朝食のときに、クロケットは皆に頭を下げていた。

イエッタから教わった、土下座とは違う、三つ指をつく深々とした座礼。

心配かけた家族に、クロケットが『ごめんにゃさい』をしていた。

皆が『いいから、わかったから』と、頭を上げるように促す。

するとクロケットは、笑顔で顔を上げ、ぽん、とひとつ手を叩く。

「ではではみにゃさん、朝ご飯、ですにゃ」

Heart-warming Meals with Mother Fenrir

書き下ろし番外編

料理と同じで基本が大事。

「こうして見ると、子は親に似ないものね」

背筋を伸ばして左手にソーサーを持ち、右手でカップを傾けつつそう呟く、クロケットの母ヘンルーダ。

「そうかしら？」

テーブルに肩肘をつき、頬に手のひらをあてるように頭を支え、気だるげにぼうっと相づちを打つ、ルードの母リーダ。

「『こんなに簡単なこと』なのに、どうしてあの子はできないのかしら？」

ヘンルーダは、指先に小さな炎をあっさり灯してみせる。

ルードがヘンルーダの息子で、クロケットがリーダの娘みたいだと。

そういう意味で、リーダをからかったのだろう。

「あらぁ？　それくらいなら、わたしだって――」

ヘンルーダに負けてなるものかと、指先に可愛らしい炎を灯すリーダ。

雪の降る日も少なくなり、もういくつか寝て起きると、春の声が聞こえてきそうな、朝食後の静かな朝。

リーダたちがいる場所は二階にあり、バルコニーのようになっている。

元第三王女の邸宅だけあって、魔道具により冷気や熱を遮断されていたりするのだ。

外はまだまだ寒く感じる気温なのだが、彼女たちはぬくぬくと、日差しだけを浴びることができているのは、魔道具《それ》のおかげである。

彼女たちの見ている場所は、親指をかざすと、漆黒の猫耳を持つクロケットの姿が、爪の大きさと同じに見えてしまうほど離れている。

自分たちの愛する息子と娘をお茶請けに、優雅に温かいお茶を楽しむ母二人。

リーダたちの高さから目線を降ろすと、芝のような庭草の生えている部分には、降り積もった雪が溶けることなく残っている。

一階の庭先に設けられた、簡易的なキッチンが備えたテラス席に、ルードとクロケットは座っていた。

厚着をしていないのに、寒そうに見えないのは、ルードが魔法で温度調整をしているから。

魔力の濃いウォルガードならば、このように魔法を行使しつづけることも容易い。

「うにゃぁあああっ！」

「「あらまぁ」」

親友の間柄な母二人は、声を揃えてため息をつく。

悲鳴と同時に火柱が上がったかと思うと、その炎は瞬時に消えてしまった。

ただその大きさは、屋敷内のキッチンであれば、天井に届いてしまうほどのもの。

こうなることを予想して、ルードは屋敷から少し離れた場所にいるのだろうか？

「落ちついて、お姉ちゃん。慌てなくても――」

「『――我が内にゃるにゃる……、にゃる？』」

発声がうまくいかなくて、ぽかんと開かれたその可愛らしい口から、舌が少々伸びすぎていたからなのか？

「あ、『内な』――あにゃっ！」

クロケットの短い悲鳴と同時に、彼女の尻尾が二本とも、ぶわっと膨れ上がる。

同時に、若干垂れ気味な目尻から、涙がこぼれ落ちそうになっていた。

そんな彼女の姿には、昨日とは明らかな違いがあった。

その違いとは、彼女の腰にある、艶やかな尻尾の数。

元々、彼女の尻尾は、集落の皆と同じ一本だった。

今朝方目を覚ましたあと、着替えたときに気づいたらしい。

両方とも美しい漆黒の毛だから、どちらが元のものかはわからない。

おそらくこの現象は、彼女の父親が身体の内にいる証拠。

その事実を知るのは、あの場にいた者だけ。

もちろん、昨晩起きたことは、クロケットには知らされていない。

尻尾が増えた原因は、ルードたちにもわからないと誤魔化す中、タバサだけが『千年以上前の文献ですが、猫人の女性大魔導師がいたそうなんです。彼女は二本の尾を持っていたとされていました』と言ってくれた。

おかげで『クロケットの尻尾は、病気ではない』と、彼女も納得してくれたようだった。

「……はい、お姉ちゃん。口をあーんって開けて」

「ふぁい、れすひゃ」

しゃがんでルードよりも低い体制になり、クロケットは素直に口を開けてみせる。

思ったとおり、舌から少しだけ、血が滲んでいるではないか？

慌てず騒がずルードは、彼女の頬に両の手のひらを当てる。

「あー、やっぱり噛んじゃってる。ちょっとだけど、血も出てるし。んっと——『癒やせ』」

いつものように、治癒の魔法の詠唱をして傷を塞いであげる。

以前はよくこうして、彼女が料理のときに切り傷なんかをこしらえた際、治してあげたものだ。

元々家事全般が得意だった彼女は、普段は怪我をするようなことはない。

だがクロケットは、ちょっと油断すると切り傷などをこしらえてしまう。

そのたびに、ルードの優しさいっぱいな、治癒魔法のお世話になっている。

「はい。もう大丈夫だよ」

「ルードちゃん、いつもありがとう、ございますにゃ。でもでも、すっごく難しい、ですにゃ、ね？」

今朝からクロケットは、ルードの指導の下、初歩的な魔法の訓練を始めていた。

さっきの悲鳴は、彼女が自分の詠唱で、『な』と『にゃ』の間違いに気づいたのか、言い直そうとしたときに、文字通り『噛んで』しまっていた。

クロケットは過去に一度だけ、ルードから魔法を教えてもらったことがある。

料理の際に展開される、ルードの卓越した魔法の効果を見て、クロケットもやってみたいと思ったときだ。

その理由は、魔法発動の難しさからくることは、ルードも知っていた。

この大陸に住む人々は、人種であろうが獣人種であろうが、その量に多少の違いはあれど、身体に魔力を内包している。

何らかの方法で、無意識に魔力を吸収し、自然と発散しているはずだ。

だからといって全ての人が、魔力を操作し、魔法を使えるとは限らない。

母リーダも、執事のイリスも、魔法の知識は兼ね備えてはいたが、魔法を使うことを苦手としていた。

家族のうち、魔法を得意としているのは、ルードの曾祖母フェリスと、家令のキャメリア、キャメリアの母シルヴィネ、あとは錬金術師で狼人族のタバサくらいだろうか？

同じ獣人種なのだから、練習をすれば自分もできるかもしれないと、クロケットも思ったことがあったが、それは叶わなかった。

一度は諦めていた魔法のお勉強、それを改めて教えてくれるというではないか？

だからこそ、クロケットは料理と同じように、いやそれ以上に必至だった。

教えているルードは、魔法に関して言えば、この国でも上から数えるほどの天才。

リーダから『理論だけ』を教わり、その場で偶然成功させてからは、自己流で鍛錬を続けて今に至っている。

リーダから教わった、彼女が学園にいるとき学んだ、古式ゆかしい詠唱方法。

『万物に宿る赤き炎の力よ。我の願いを顕現せよ』

この詠唱は脳内にイメージし辛く、少々言い回しも難しかった。

クロケットに教えるために、短く簡単にアレンジしたものが、今教えている『炎よ、我が内なる魔力をもって姿を現せ』だ。

「お姉ちゃん。魔法はね、料理と同じで基本が大事。呪文の詠唱は、料理の下ごしらえみたいなものなんだ。急いで作ったって、ご飯は美味しくならないでしょう?」

「にゃるほど。基本がしっかりしていにゃいと、ちょうど良い火加減を作れませんにゃ。お肉を焦がしてしまいますにゃ。それにゃら、頑張らにゃければ、いけません、……にゃっ」

「あはは。間違ってはいないと思う。でもね、頑張りすぎちゃ疲れちゃうよ。さっき教えた通りにやれば、大丈夫だから。ね?」

最初は大変だった。

クロケットは、ルードが教えた呪文をいつもの調子で、

『炎よ、我が内にゃる魔力をもって、姿を現してくれませんかにゃ?』

そう、アレンジしてしまうものだから、魔法が発動するわけがない。

予想してはいたが、きょとんとする彼女は、何がおかしいのかわかっていない。

そこから正さなければならなかったのだ。

小さなころから、獣語しか使わなかったクロケットは、『沢山の人と話をしてみたい』と、そんな思いで、ルードから公用語を教わった。

そんな彼女はルードに似て、負けず嫌いなところがあり、この程度の呪文ならば忘れることはない。

彼女の『にゃ』は、彼女自身が努力して、意識をせずに話せるようになったもの。

おまけに若干天然な部分もあるためか、呪文の詠唱におかしな部分があるのに気づかないでいた。

ついさきほどやっと、その違いに気づいたくらいだ。

何度目かの挑戦だっただろう？

「んっと、確か……、『炎よ、我が内なる魔力をもって姿を現せ』、でしたかにゃ？」

彼女の待ち望んでいた瞬間がやっと訪れ、指先からぽっと炎が灯っていた。

「うにゃ。で、できましたにゃ。ほら、ルードちゃんっ」

嬉しそうに、横にいるルードを振り向く。

それはもちろん、一番最初に彼に褒めてほしいから。

だが、クロケットはもちろん、ルードもまさかの展開が待っていた。

彼女は朝食が終わったあとから、魔法の練習を始めたばかり。

魔法は発動させるのも、維持させるのも、もちろん霧散させるのも、術者がやらなければならない。

彼女の指先に灯る炎が、徐々に強くなっていく。

集中を切らせてしまえば、どのように転ぶかなど、わからないのもまた魔法。

端的に言えばクロケットは、魔力の制御を失敗し、軽く暴走してしまっている。

「にゃぁあああ――にゃにかが沢山、抜けていくようにゃ、感じが、しますにゃ……」

もの凄い大きさで膨れ上がったその炎は、ぽんっ、と、音を立てて弾けるように消えてしまう。

同時に彼女は、膝から砕けるように、尻もちをついてしまった。

「うにゃぁ。身体に力が、はいりません、……にゃ」

この症状はルードにも覚えがあり、慌ててクロケットの背中を支えることとなった。

「あー、これって。魔力が枯渇しちゃったんだね」

ルードの内包する魔力量と比べたら、明らかにクロケットの方が少ないはずだ。

調整がうまくいかずに暴走し、一気に放出してしまって、魔力が枯渇したのだろう。

「うにゃ、ご、ごめんにゃさい、ですにゃ」

「お姉ちゃんが悪いわけじゃないから大丈夫。少し休んだら、またやってみようよ」

「はいですにゃ」

魔法の発動に成功したからといって、安定して使えるようになるまでは、繰り返しの修練が必要。

昨夜ルードたちは、彼女の父からクロケットが倒れた本当の理由を聞いた。

今は彼女の父が、彼女の内に留まることによって、症状が急変しないように抑えてくれている。

同時に、彼がクロケットの内にいることで、彼女が魔法を使えるようになるというのだ。

クロケットに魔法を教えるのは、ルードは彼と約束したからだけでない。

彼自身に、もっと差し迫った理由があったからだった。

クロケットの父が、彼女の内へと旅立ったあと、フェリシアが遅れて到着した。

彼女のフェンリラの能力で、治癒を行ったのだが、また徐々に熱が上がっていく。

クロケットの症状は、ウォルガードで、子供たちの誰もが一度はかかるものによく似ていた。

そのため、フェリシアは即座に、『魔力酔い』だと断定することができたのだ。

フェリシアは、再びクロケットが熱を出して倒れた場合の、応急処置も教えてくれた。

彼女は、『普通は母親がすることなのだけれどね』と、苦笑しながら言うと、自らの唇をクロケットの唇に合わせ、何度か深く息を吸うようにする。

その行為は、過剰摂取してしまった魔力を、口から吸い出すものだった。

子供が魔力酔いを起こしたときは、母親がこうして応急処置をし、早い内に能力の使い方を教えるらしい。

イエッタが呟いた、『〝人工呼吸〟に似たもの』とは言い得て妙。

あとで〝記憶の奥にある知識〟を頼りに調べてみたのだが、確かに人工呼吸のそれによく似ていて、フェリシアの仕草を思い出し、ルードは赤面してしまう。

フェリシアは『フェルリーダが小さなときに、こうしてあげたのですよ』と、コロコロと笑うが、リーダは『してもらった側』であったから、覚えていないのも仕方がない。

魔力を吸い出すか、魔力を消費させるかを秤にかけ、ルードは迷わず後者を選んだ。

今のルードには、『恥ずかしくて』絶対にできない治療方法だからだろう。

クロケットの父が言っていた『クロケットは生まれつき、魔力をうまく扱えない』という意味。

彼が娘の内側へ旅立つ前、ルードだけに聞き取れる言葉で教えてくれた、こうなってしまったことの謎を解くヒントを思い出す。

「（そういえば、お義父《とう》さんの言ってた場所って、確かアルスレットお兄さんが――）」

▼

それはシーウェールズ空港、開設の式典の当日のこと。

ルードたちは、式典が始まるまでの間、お茶を飲みながら待っていた。

ルードの右隣にはクロケットが座り、後ろにはキャメリアが控えている。

リーダたちは、時間までアルフェルの屋敷で寛《くつろ》いでいる。

イリスは例のごとく、イエッタを乗せて陸路でこちらへ向かっているそうだ。

ルードたちの向かいには、この国の王太子であり、式典の主催でもあるアルスレットが座っている。

執事のジェルードは、式典の最終チェックを行っているとのこと。

「お姉ちゃん、ここってさ」

「あのときの場所、ですにゃ」

アルスレットも思い出したのか、苦笑いをしている。

「やっぱり。あのとき僕、母さんの料理人だと、思われてたんだっけ？」

「ですにゃね。あれは、びっくりしましたにゃ」

当時、伝説の存在でもあるフェンリルが住んでいるという噂と、そのフェンリルの関係者が作ったとされる、プリンが有名になりつつあった。

ルードの名前は今ほど知れ渡ってはいなかったため、フェンリルの使用人と勘違いされてしまう。

この国の王女レアリエールに招かれ、プリンの入った鍋を持って呆然としてしまった場所だった。

リーダの存在に震え上がる国王、王妃、アルスレットのことは全く気にもとめず、一心不乱にプリンを食べ続け、『おかわりっ』と、少女の笑顔で求めたレアリエールの表情は、今でも忘れられない。

話題はそのまま、この国の王女レアリエールの話になると、聞いているだけでは、たまらないと思ったのか、アルスレットも話に混ざってくる。

「そういえば、レアリエールお姉さんって、人魚、……じゃなく、ネレイドという種族だったんだよね？」

「はいですにゃ。同じ女性《おんにゃのこ》として、嫉妬《しっと》してしまうくらいに、すっごく綺麗でしたにゃ……」

姉を褒められた、弟のアルスレットは悪い気はしないのだろう。

だが、プラスしてもなお、マイナスの方が多すぎるから、素直に喜べない部分もあったりする。

クロケットは幼少のころ、寝物語として、ヘンルーダから、色々な話をしてもらったと聞く。

そんなお話を、集落の子供たちや、けだまにしてあげるのも好きなのを知っていた。

ルードはそんな彼女に、曾祖母イエッタから教わった話をしてあげようと思う。

「人魚といえばね、僕がフォルクスで動けなくなっちゃったとき、イエッタお母さんに色々な物語を聞かせてもらったんだ。その中にね、『人魚姫』というのがあってさ」

クロケットも、アルスレットも食いついてくるのがわかった。

「えっとね。この物語は、今から千年、いえ、もしかしたら、それ以上前かもしれません。そんな昔の人が書いた、架空の物語、なんだそうです『むかしむかし、あるところに——』」

ところどころつまづいてしまう、そんなたどたどしいルードの話し方でも、十分に物語は伝わったようだ。

「かにゃしい物語、ですにゃ、ね」

「うん。確かに考えさせられる物語だと思う。とはいえ私も、その物語に出てくる。『人魚族』というか、ネプラスなんだけれどね」

「あ、そういえば」

「はいですにゃ」

「うちの姉さんは、その儚《はかな》げなお姫様、という感じではないと思う。なにせ姉さんはあのとき、ルード君が作ったお菓子を食べ過ぎて、ジェルードが運動不足を心配するほどだったからね」

ルードとクロケットは、顔を見合わせて、くすりと笑ってしまう。

「どちらかというとね、姉さんよりも、本国にいる僕たちの従妹《いとこ》の方が、お姫様という感じだったと思う。その子も姉さんも、同じ王女なのに正反対だからね」

「本国、ですか?」

「あれ? ルード君にはまだ、話していなかったかな? ……ちょっと待っててほしい」

そう言うと、アルスレットは立ち上がり、走って出て行っていく。

ややあって、巻物のようなものを両手いっぱいに抱えた状態で、彼は再び走って戻ってくる。

広げたそれは、大きく細長い海図。

テーブルの上に何枚もの海図を広げて、重ね合わせる。

ルードがシーウェールズに住んでいたころ、彼はこうして、ルードの家庭教師を買ってでてくれていた。

ウォルガードの王太子として招いたルードを、今もこうして変わることなく、まるで兄が弟の面倒をみてくれるかのように接してくれる。

「ここがシーウェールズで、ここをこう、東へ船で向かうらしいのだけれど、私も幼少のころから、数度連れて行ってもらっただけなので、正確な位置は記憶にはなくて——」

彼の言う本国とは、この国の国王と王妃が生まれ育った国。

国王の妹であり、アルスレットからすれば、叔母が治める国。

「私が十五歳のときが最後だったかな。ほら、姉さんがあの調子だったから、会いに行く暇がなくて……。私が船を操って、向かったわけではないから、詳しくは説明できないけれど、前に調べたときには、確かこのあたり——」

海図を指さしながら、おおよその場所に印を置いていく。

その場所には、小島と思われるものはあるが、国があるとは書かれていない。

まばらに点在する、海図に乗らないほどの小さな小島が目印らしい。

「その海底深くに本国がね——」

「海底に、国があるんですかっ？」

「そ、そうなんだ。そこにはね、私より五つ年下で、背が小さくて、とても可愛らしい従妹がいるんだ。私とルード君も五つ違いだから、ルード君とは同い年かな？　久しく会っていないものだから、どんな感じに育ったんだろうね」

シーウェールズと、繋がりのある国にいる王女様。

それもルードと同じ立場で同い年の、背が小さくて可愛らしい王女様。

そう聞いただけでも、一度会ってみたいと思うのは、仕方のないことだったのだろう。

そんなまだ見ぬ海底の王国を思い浮かべながら、ルードは夢中になってアルスレットの話を聞いていた。

「にゃにがにゃんだかよく、わかりませんにゃ……」

横で聞いていたクロケットには、『ちんぷんかんぷん』だったのかもしれない。

▼

クロケットの体質は、正直言ってルードたちにも状態が読めない。

彼女の体内の魔力が飽和状態になれば、また、熱を出して倒れてしまうだろう。

クロケットも、魔法が使いたくてうずうずしていたのか、料理のときより一生懸命に見える。

ここウォルガードや、飛龍の里メルドラードのように、大気中の魔力が濃い地域なら、さじ加減を間違って魔力が枯渇してしまっても、少し休めば動けるようになる。

だが、そうでない地域で魔力が枯渇すると、身動きがとれなくなるから危険だ。

そのためには、クロケットの父親が言っていた、クロケットたちのルーツと、その秘密を解明しないと彼女の安全を確保するのが難しい。

彼が残した『海を渡るために手助けをしてくれた国が、広い海の真ん中にあった』という言葉。

それはアルスレットが教えてくれた、海底王国の情報と一致している部分が多々ある。

「(お姉ちゃんが魔法を使えるようになってくれたら、一安心なんだけどね。僕はフェリシアお母さんみたいなこと、とてもできそうに思えないし……)」

思い出しただけでルードの頬は真っ赤に染まりそうになり、頭を振って忘れようとする。

自分の治癒の魔法では、最愛のクロケット《おねえちゃん》の身体を治せなかった悔しさもある。

とにかく当面の目標は、クロケットが魔法の展開に慣れ、落ちついた状態になってもらうこと。

あとはキャメリアにお願いして、シーウェールズの西の海上を飛び回り、海底にあるというネレイドの国を探し当てて訪れること。

そのためには海底王国に行き、漆黒の髪を持つ猫人族のルーツを辿《たど》らなければならない。

ヘンルーダを始めとする、集落にいる猫人たちと違う、クロケットの身体の謎を紐解かなければならないのだから。

「(海底にある国かぁ。お姉ちゃんのルーツも調べないとだから、早めに行かないと駄目だね。……でも今は、この状況をなんとかしないと——)」

「うにゃぁああああっ!」

「(だめかも……) ほらほらっ、慌てないでいいから。一つずつ、確実にやっていこ。ね?」

心配そうに見守るルード、必死な表情のクロケット。

「はいですにゃ。ものすごーく頑張って、大魔導師ににゃるんですにゃっ!」

ルードの思いとクロケットの野望は、若干のずれが発生していたのかもしれない。

あとがき

ルードちゃんの、ママのお母さんの、そのまたお母さん、イエッタでございます。

——お婆ちゃん言わないのっ！　……こほん、失礼いたしました。

さてこの度は、『フェンリル母さんとあったかご飯～異世界もふもふ生活～』をお買い上げいただき、ありがとうございます。

——え？　メタ発言は勘弁して欲しい？　ですって？

嫌ですよ、ほんとに。我がどこから来たか、ご存じなんでしょう？

我はほら〝瞳のイエッタ〟。ルードちゃんと同じ、〝悪魔憑き〟と呼ばれているのです。

それに、我の〝見る〟能力もご存じですよね？　ルードちゃんや、クロケットちゃん。エリスレーゼの目を通して、しっかり読ませていただきました。

ルードちゃんは実物と同じように可愛らしく、味わったご飯も美味しそうに書かれていて、……堪能させていただきました。

この作品は、いわゆる『ファンタジー小説』というジャンルのものですよね？

えっ？　生前の歳がばれるですって？　ほほほほ、そんなこと、我の知ったことではありません。我もその昔、沢山の作品を読んだものですから。

佐藤夕子先生の描かれた漫画も、もちろん読ませていただきました。我がまだ出てこないのは少々残念ではありましたが、それは後の楽しみとしてとっておきましょうね。

さて、今回のチョコレートについてですが、我が無理を言って、ルードちゃんに作ってもらった——本当に、甘くて、ほろ苦くて、千年以上前に味わった記憶のとおりの、美味しい洋菓子でしたよ。

我が言うのも〝あれ〟でしょうけど、はらくろという猫鼬人族の先生。猫鼬と書いて、マングース人族でございましたね。あの方もおそらく、我たちと同じ〝悪魔憑き〟なのでしょうね。隠してもわかってしまいます。何せほら、我が〝目〟を通して、見てしまっているのですから。

これからも、我の可愛いルードちゃんと、家族の皆をよろしくお願いお願いいたします。

ルードちゃんのお母さんのひとり、イエッタでございました。

Heart-warming Meals with Mother Fenrir

巻末おまけ&コミカライズ試し読み

原作 はらくろ
漫画 佐藤夕子
キャラクター原案 カット

食材あつめ
あ！
釣り道具
忘れちゃった
私に
まかせてくださいにゃ！
このくらいで
いいですかにゃ
わあ…
ありがとう

う～ん…
太ってきたかしら…
最近
食っちゃ寝
しすぎたかしらね
ダイエット
しなくちゃ!
母さん
ご飯できたよ
明日からで
いいわよね
ぱく
次の日
明日から
パク
パク
その次の日
明日から…
パク
現在
また
食べちゃったわ…

第1話
じゅう‥ぅ

クロケットお姉さん お皿出して
はいですにゃ
母さん ワインいる？
もう 出しておいたわ

カタン
さあ
ごはんの時間だよ

んん〜〜♡
ルードのごはんはホントに美味しいわ
お母さん幸せ…
えへへ

ルード坊ちゃま
私この料理
覚えたいですにゃ
うん今度
教えてあげるね
にゃあああん

フェムルード…
ルードと呼ばれるこの少年は
人間と獣人が暮らす
この大陸をやがて
大きく変革していく

そんな彼の物語が始まるのは今から十四年前――…

フェンリル母さんとあったかご飯
～異世界もふもふ生活～ 4

2020年3月1日　第1刷発行

著　者　はらくろ

発行者　本田武市

発行所　TOブックス
〒150-0045
東京都渋谷区神泉町18-8　松濤ハイツ2F
TEL 03-6452-5766（編集）
0120-933-772（営業フリーダイヤル）
FAX 050-3156-0508
ホームページ　http://www.tobooks.jp
メール　info@tobooks.jp

印刷・製本　中央精版印刷株式会社

ISBN978-4-86472-918-5